W0218486

rororo

ro
ro
ro

Weihnachtsherzen

Die schönsten
Geschichten zum Fest

Herausgegeben von
Anne Tente

Rowohlt Taschenbuch Verlag

Veröffentlicht im Rowohlt Taschenbuch Verlag,
Reinbek bei Hamburg, November 2015
Copyright © 2014 by Rowohlt Verlag GmbH,
Reinbek bei Hamburg
Umschlaggestaltung Hafen Werbeagentur, Hamburg
Umschlagabbildung Anna Wray/Getty Images
Satz aus der ITC Legacy Serif, InDesign,
bei Pinkuin Satz und Datentechnik, Berlin
Druck und Bindung CPI books GmbH, Leck, Germany
ISBN 978 3 499 26918 9

Inhalt

Morgan Callan Rogers

Divider Island

Aus dem Englischen
von Claudia Feldmann

Erinnerst du dich nicht mehr an mich, Matthew?», fragte Zoe.

«Im Sommer kommen so viele Leute hierher», sagte der Barkeeper. «Tut mir leid. Aber hey, frohe Weihnachten.»

Zoe wollte noch hinzufügen: «Du hast mir deine Nummer gegeben», doch Matthew schlenderte schon wieder zum anderen Ende der Bar, um sich weiter mit den drei dicklichen Männern zu unterhalten, die dort auf den wackeligen Barhockern saßen. Zoe sah sich in dem trüb beleuchteten Raum nach weiteren Gästen um, doch anscheinend hatte sich außer ihr, Matthew und den drei Männern niemand in die Lost Gull verirrt.

«Komisch», murmelte sie in ihren Vanilla Martini. Sie war im Juni mit ihren beiden Cousinen über ein Wochenende in diesen Touristenort in Maine gefahren, um ihren fünfundzwanzigsten Geburtstag zu feiern. Die Lost Gull war ihre Lieblingskneipe gewesen. An ihrem letzten Abend hatte Matthew sich, nachdem die letzten Gäste gegangen waren, zu ihnen nach draußen gesetzt und ein paar Joints spendiert. In einem Augenblick des Überschwangs hatten sie alle ihre Telefonnummern ausgetauscht und geschworen, sich wieder zu treffen. Aber das war im Sommer gewesen. Jetzt war Winter, und das Gedächtnis von Matthew, dem Barkeeper, fror offensichtlich ein, wenn die Außentemperatur fiel.

Zoe nahm die Vanilleschote aus dem Martini und sog den Duft nach Holz und zarten Blüten ein. Während sie mit dem Finger über den Glasrand strich, bewunderte sie das dunkle, leuchtende Rot. Sie trank einen Schluck und genoss den süß-herben Geschmack auf ihrer Zunge, bevor sie die Flüssigkeit in ihre Kehle rinnen ließ.

Die vier Männer am Ende der Bar lachten über etwas, das einer von ihnen gesagt hatte, und lösten damit eine Welle von Einsamkeit aus, die über Zoe hinwegschwappte. Sie trank den Rest ihres Drinks mit einem Schluck, stellte das Glas klirrend auf den Tresen und glitt vom Barhocker. Die Vanilleschote steckte sie in ihre Jackentasche, damit sie später noch daran schnuppern konnte. Sie zog die Jacke an und ging zur Tür. «Vielen Dank», rief Matthew, als sich die Tür quietschend hinter ihr schloss.

Kälte und Stille durchwoben die Nachtluft. Zoe zog sich ihre braunen Lederhandschuhe an, während der Alkohol des Martinis eine falsche Wärme in ihre Glieder schickte. Auf ihren hochhackigen Stiefeln stakste sie den Gehweg entlang, vorbei an geschlossenen Geschäften und zurück zu ihrer Ferienwohnung.

Nach ein paar Metern erblickte sie in einem schwach beleuchteten Schaufenster eine große Stoffpuppe und blieb stehen. «So eine wie dich hatte ich auch mal», sagte sie. Ihr Atem ließ die Scheibe beschlagen, und sie wischte mit der Hand darüber. Sie erinnerte sich, wie ihr ein struppiger Hund die Puppe aus der Hand gerissen hatte und damit weggelaufen war, ohne ihr empörtes Protestgeschrei zu beachten. Damals war sie sieben gewesen, und sie hatte tagelang um die Puppe getrauert. Doch ungefähr eine Woche später hatte sie sie wiedergefunden, schmutzig und ohne Augen. Sie hatte mitten auf dem Schotterweg gelegen, der um den Autofriedhof in der Nähe ihrer Schule herumführte. Eigentlich durfte Zoe da nicht entlanggehen, aber sie tat es trotzdem, um sich zu beweisen, dass sie mutig war. Ihre Mutter hatte nicht nachgefragt, wo sie die Puppe gefunden hatte, sondern sie nur in die Waschmaschine geworfen, getrocknet und ihr zwei schwarze Knöpfe als neue Augen angenäht. «Lass sie im Haus», hatte sie zu Zoe gesagt, als sie ihr die Puppe zurückgegeben hatte. Soweit Zoe sich erinnern konnte, hatte sie das auch getan. *Aber wo ist sie jetzt?*, fragte sie sich.

Falls die Stoffpuppe im Schaufenster es wusste, verriet sie es nicht. Zoe nahm ihr Handy aus der Tasche und ging weiter. Keine Anrufe, keine Nachrichten. Die Zeitanzeige stand auf zweiundzwanzig Uhr. Heiligabend.

Im Haus ihrer Eltern, ein Stück die Küste hinunter, wo sich traditions- und pflichtgemäß alle am Heiligabend versammelten, herrschte jetzt vermutlich der übliche Durchhänger vor der Mitternachtsmesse. Alle hockten im überheizten Wohnzimmer träge vor einem Weihnachtsspielfilm und warteten auf den Moment, wenn sie grantig vor Müdigkeit in ihre Autos steigen und in einer Karawane zur St. Lucius Church fahren würden, um Weihnachten einzuläuten. Nach der Messe würden sie wieder in die kalte Nacht hinausgehen, und ihr kollektiver Atem würde zum Himmel aufsteigen wie dampfender Lobgesang, der allerdings längst verklungen war, bevor er bei den Sternen ankam.

Ein dicker Schal aus Heimweh legte sich um Zoes Herz. Auch wenn ihre Familie sie wahnsinnig machte, wäre sie jetzt gerne dabei gewesen, und sei es nur, um das missmutige Pflichtgefühl zu verspüren, das die erholsame

Nachtruhe und den Morgen voller Vorfreude und Frühstückspfannkuchen stets begleitete.

Doch das Thanksgiving-Wochenende zu Hause war ein einziger Eiertanz um Dinge herum gewesen, über die Zoe nicht reden wollte. Sie war für ein paar Tage aus der Stadt heruntergekommen, und natürlich hatten alle sie gefragt, was sie denn so gemacht hätte. Da das, was sie gemacht hatte, nicht unbedingt als Tischgespräch geeignet war, hatte sie sich auf nichtssagende Wendungen beschränkt wie: «Ach, nichts Besonderes, und du?», oder: «Na ja, das Übliche, und bei dir?» Innerhalb von zwei Tagen war sie ein Profi darin geworden, den anderen den Gesprächsball zurückzuspielen, in der inständigen Hoffnung, dass sie ihn auffingen. Dieses Wochenende hatte ihr Gewissen und ihr Herz so strapaziert, dass sie sich für Weihnachten eine Auszeit genommen und ihrer Familie gesagt hatte, sie sei bei einer Freundin eingeladen. Das war natürlich eine Lüge; stattdessen versuchte sie, die Erinnerung an eine schöne Zeit an einem schönen Ort wiederzubeleben. Doch die Sommerstadt hatte sich in einen tiefen Winterschlaf vergraben und zeigte ihr die kalte Schulter.

Zoe wandte sich nach rechts, Richtung Hafen. Ihre Ferienwohnung, im ersten Stock über einem im Winter geschlossenen Klamottenladen, lag auf halbem Weg einen steilen Hügel hinunter, an einer Einbahnstraße. Sie ging ein paar Schritte, geriet ins Rutschen und konnte sich gerade noch auf den Beinen halten. «Ach du Scheiße», sagte sie laut.

Tagsüber war die Temperatur in den Plusbereich gestiegen, aber mit Einbruch der Dunkelheit hatte es wieder angefangen zu frieren. Auf dem Weg in die Bar war Zoe nichts Ungewöhnliches aufgefallen, aber jetzt sah sie, dass das ganze Wasser, das während des Tages herabgetropft war, gefroren war. Im Schein der wenigen, strategisch platzierten Straßenlaternen schimmerte eine Eisschicht, die sich über den gesamten Gehweg und die Fahrbahn zog. Zoe überlegte, wie gut die Chancen standen, dass sie sich hinlegte. «Tja, ist eigentlich auch egal», sagte sie sich. «Einen anderen Weg gibt es nicht.»

Ein hüfthohes hölzernes Geländer trennte den Gehweg von der Straße. Sie hielt sich daran fest, um nicht das Gleichgewicht zu verlieren, doch die glatten Sohlen ihrer schicken Stiefel rutschten unter ihr weg, und sie landete schwungvoll auf ihrem Hintern. Während sie noch überlegte, wie sie ihre Beine und Arme sortieren sollte, hörte sie schwere Schritte hinter sich, und eine männliche Stimme rief: «Ist alles in Ordnung?»

«Nichts passiert», sagte Zoe, ohne sich umzudrehen. Leicht verärgert, weil sie das Gefühl hatte, sich komplett lächerlich gemacht zu haben, versuchte sie aufzustehen, doch sie fiel sofort wieder hin. Wie sie da so saß, beide Beine von sich gestreckt, überkam sie plötzlich eine Woge der Heiterkeit, und sie fing an zu lachen.

«Warten Sie», sagte die Stimme.

Bevor sie den Unbekannten vor dem Eis warnen konnte, stand er schon hinter ihr. Einen Moment lang bangte sie um ihre Sicherheit, doch dann beschloss sie, das Beste von ihrem Helfer zu denken; außerdem würde jeder Versuch, sie anzugreifen, ohnehin in einer Rutschpartie enden.

«Wie wollen wir das machen?», fragte sie.

«Ich schiebe meine Hände unter Ihre Achseln und ziehe Sie hoch, und dann stellen Sie sich wieder auf Ihre Füße», sagte die Stimme. Es war eine angenehme Stimme, beruhigend und entschieden. Und genau wie er es angekündigt hatte, schob er seine kräftigen Hände unter ihre

Arme und zog sie vorsichtig in eine aufrechte Position. «Halten Sie sich am Geländer fest, oder an mir, oder an beidem», sagte er. Sie griff nach dem Geländer und lehnte sich zur Sicherheit mit dem Rücken daran. Ihr Samariter stand ihr gegenüber auf dem Gehweg und schob die Hände in seine Jackentaschen.

Zoe musterte sein blasses Gesicht. Er hatte blaue Augen, schien ungefähr in ihrem Alter zu sein, Mitte zwanzig oder so, und war ziemlich groß, wie sie selbst auch. Auf dem lockigen blonden Haar saß eine dunkle Wollmütze, und er trug genau wie sie eine Cabanjacke. Seine ausgeblichene Jeans steckte in soliden Wanderstiefeln. Er stand sicher da und hatte offenbar keine Angst wegzurutschen.

«Danke», sagte Zoe.

Zu ihrer Überraschung antwortete er nicht mit einer Floskel wie «Keine Ursache», sondern sagte: «Matthew hat ein sehr schlechtes Gedächtnis. Aber ich erinnere mich an Sie. Sie waren im Sommer hier.»

«Woher wissen Sie das? Waren Sie auch in der Bar? Ich habe Sie nicht gesehen.»

«Ich saß mit meinem Whiskey an einem der Tische», sagte der Mann. «Hab mich in einer dunklen Ecke versteckt. Ich habe Sie gesehen und mich an Sie erinnert.»

«Ich kenne Sie nicht», erwiderte Zoe, nun doch wieder beunruhigt. Das Geländer drückte gegen ihre Wirbelsäule. *Vielleicht kann ich ihm einen Tritt mit meinem Absatz verpassen, falls er mir zu nahe kommt*, dachte sie. Doch er blieb, wo er war, und seine Stimme klang ruhig.

«Wir sind uns auch noch nicht begegnet.» Er streckte ihr seine rechte Hand entgegen, trotz der Kälte ohne Handschuh. «Ich heiße Liam.»

Zoe löste vorsichtig eine Hand vom Geländer und

reichte sie ihm. «Zoe», sagte sie. Liam drückte ihre Hand kurz und fest, dann ließ er sie wieder los.

«Wohin wollen Sie?», fragte er.

«Nicht weit», sagte Zoe. «Ich bin gleich da.»

«Soll ich Sie begleiten?»

«Nein, danke. Ich komme schon klar. Vielen Dank noch mal.»

Liam lachte leise. «Das hier ist eine kleine Stadt, Zoe. Ich weiß, wo Sie wohnen. Und Sie fallen garantiert noch mal hin, bevor Sie dort ankommen. Ich helfe Ihnen.»

«Also gut, bis unten zur Treppe.»

«Bis unten zur Treppe», wiederholte Liam. Er drehte sich um, bot ihr seinen Arm, und Zoe hakte sich bei ihm ein. Auf dem kurzen Weg rutschte überraschenderweise keiner von ihnen aus, während er sie den Hügel hinunter und über die Straße führte. Am Fuß der Treppe, die zu der Veranda im ersten Stock führte, tätschelte Liam ihre Hand, gab ihren Arm frei und sagte: «Den Rest schaffen Sie allein. Ich bleibe hier, bis Sie drinnen sind.»

Ich bleibe hier. Halb rechnete sie damit, dass er sich von hinten auf sie stürzte, während sie die Stufen hinaufging, doch nichts geschah. Als sie oben ankam und sich umdrehte, winkte Liam kurz und ging dann weiter zum Hafen. Eine zerschlissene Flagge des Bedauerns wehte durch Zoes Gedanken, als er aus ihrem Sichtfeld verschwand.

Sie stand auf der kalten Veranda und sah hinunter zum Hafen. Im Sommer war dort eine ganze Reihe von schwimmenden Anlegern gewesen, dicht an dicht mit Booten besetzt. An diesem Morgen hatte sie gesehen, dass nur ein einziger Anleger übrig war, und er war vollkommen leer gewesen. Jetzt war ein kleines Dory mit einem Heckmotor daran festgemacht.

Zoe zitterte. Sie drehte sich um und betrachtete die

Ferienwohnung durch die gläserne Schiebetür. «Willkommen zu Hause», murmelte sie. Als sie einige Stunden zuvor die Reisetasche dort abgelegt hatte, war ihr aufgefallen, dass die Wohnung alles andere als gemütlich war. Ein ausgeblichener hellbrauner Futon, der zur Veranda ausgerichtet war, davor zwei Rattansessel mit zerschlissenen blauen Kissen und ein gläserner Beistelltisch. An der hinteren Wand kauerte ein kleiner Esstisch mit zwei Stühlen im Halbdunkel, und in der Ecke war eine winzige Kochnische mit einer Frühstücksbar. Das Ganze wirkte deprimierend, als wäre der Sommer hinausgesickert und hätte nur den schalen Nachgeschmack sorgloser Tage hinterlassen. Aber schließlich war Dezember. Es war Winter. Und es war Zeit hineinzugehen.

Mit einem Klicken schloss sich die Schiebetür hinter ihr. Als Erstes zog sie die hochhackigen Stiefel aus, dann ging sie zum Kühlschrank und nahm eine kleine Flasche guten Champagner, ein Stück buttergelben Cheddar und eine Schachtel glutenfreier Kräcker heraus. Sie richtete den Käse und die Kräcker auf einem Teller an, öffnete den Champagner und goss ihn in das einzige Sektglas, das sie in dem Sammelsurium im Küchenschrank fand. Sie nahm den Teller und das Glas mit in den Wohnbereich und stellte beides auf dem Beistelltisch ab. Es war so still, dass Zoe das leise Knirschen des Futons hörte, als sie sich hinsetzte. «Ich hätte vorher fragen sollen, ob es hier einen Fernseher gibt», sagte sie zu dem unpersönlichen Mobiliar.

Die Bläschen im Champagner unterhielten sich munter. Zoe prostete sich zu, dann legte sie den Kopf in den Nacken und ließ das Geprickel ihre Kehle hinuntertanzen. Doch der Tanz fand ein abruptes Ende, als der Champagner unsanft mit dem Vanilla Martini zusammenstieß.

«O Mann.» Zoe wuchtete sich aus dem Futon hoch und fragte sich, ob es überhaupt jemand schaffte, elegant von so einem Ding aufzustehen. Ein wenig benommen ging sie zur Frühstücksbar und schaltete das kleine Radio ein. Dann belegte sie noch ein paar Kräcker mit Käse und kehrte zum Futon zurück. Untermalt vom Knirschen der Kräcker und dem Blubbern des Champagners lauschte sie den Weihnachtsliedern. *Mother and child. All is calm. All is bright.*

Sie vergrub das Gesicht in den Händen. «Von wegen», flüsterte sie.

Die Affäre im August, die zu ihrer Schwangerschaft geführt hatte, war idiotisch gewesen. Sie versuchte, so wenig wie möglich daran zu denken. Wenn sie es doch tat, sah sie das Ganze wie eine Reihe von Schnappschüssen vor sich. *Klick.* Ein älterer Rechtsanwalt und eine junge Kanzleimitarbeiterin. *Klick.* Wiederholtes Gezwinker und Geflirte, das zu einer schnellen Nummer in seinem Büro führte, nach Feierabend. *Klick.* Zerzaustes Haar, verlorener Stolz und eine Spur aus zusammengeknüllten Kleidungsstücken, die sich von der geschlossenen Bürotür bis zu dem Teppich hinter seinem Schreibtisch zog. *Klick.* Die Begegnung mit der weinenden, wütenden Ehefrau im Parkhaus der Kanzlei. *Klick.* Aus und vorbei. *Klick.* Neuanfang.

Aber das mit dem Neuanfang hatte nicht funktioniert. Die Trauer um ein Kind, von dem sie nicht einmal gewusst hatte, dass sie es in sich trug, war stärker, als Zoe gedacht hätte. Von dem Moment an, als sie – ausgerechnet an Halloween – dieses kleine, bis dahin ungeahnte Leben in der Kloschüssel entdeckt hatte, war ihr Leben ins Trudeln geraten.

Nach der Affäre und vor der Fehlgeburt hatte Zoe ihren ehemaligen Liebhaber ignoriert, und er sie ebenfalls, es sei denn, er brauchte sie beruflich. Doch nach dem Verlust des Kindes hatte sie ihn von Kopf bis Fuß gemustert und sich gefragt, wem das Kind wohl ähnlich gesehen hätte. Sie hatte angenommen, dass er von ihrer eingehenden Beobachtung nichts merkte, doch der Büroleiter hatte ihr kurz danach einen anderen Schreibtisch zugewiesen, in der hintersten Ecke des Raumes.

Sie hatte versucht, es nicht als Bestrafung aufzufassen, doch die Trauer und die Schuldgefühle machten sie nervös und schüchtern. *Ich hatte ein Baby in mir. Es ist gestorben, bevor ich überhaupt davon wusste.* Dass ihr eigener Körper es vor ihr geheim gehalten und dann auch noch abgestoßen hatte, erschien ihr wie ein grausamer Selbstverrat.

Mary had a little bitty baby.

Zoe legte ihre zitternden Hände um die Champagnerflasche, hob sie an und trank den Rest, der noch darin war. Dann stellte sie sie klirrend zurück auf den Beistelltisch und wischte sich mit dem Handrücken über den Mund.

«Ich muss hier raus.» Sie schlüpfte wieder in ihre Marinewolljacke, zog diesmal statt der hochhackigen Stiefel ihre flachen Wanderschuhe an, schnappte sich ihre dunkelgrüne Baskenmütze und ein Paar Handschuhe und verließ die Wohnung. Draußen auf der Veranda blieb sie einen Moment stehen. Wohin jetzt? Die Bar kam nicht in Frage, und sonst war anscheinend nichts offen. Sie könnte aufs Geratewohl herumfahren und nach einer weihnachtlich belebten Gaststätte Ausschau halten. Sie könnte zu ihren Eltern fahren. Oder zurück in die Stadt. Sie sah auf die Zeitanzeige ihres Handys. 22.30 Uhr. *Mein Gott, nimmt dieser verfluchte Abend denn nie ein Ende*, dachte sie.

«Entspannen Sie sich doch einfach», sagte eine Stimme, die wie die von Liam klang, laut wie Donnerhall und sanft wie ein Schnurren.

Zoe blickte zum Hafen hinunter, doch da war niemand. Sie ging zum anderen Ende der Veranda und spähte zwischen den kahlen Ästen eines Ahorns hindurch auf eine Ansammlung nackter Felsen. «Liam?», rief sie. Keine Antwort.

Sie lehnte sich gegen das Geländer und sah über den Hafen hinweg zu der Häuserreihe am anderen Ufer, wo lauter Lichter funkelten: bunte, blinkende Lichterketten, der warme gelbe Schein hinter den Fensterscheiben, die Lampen an den Haustüren, die Besucher willkommen hießen, und der Lichterschmuck an den Bäumen und Sträuchern. Sie ließ den Blick zum klaren, samtigen Himmel wandern und erinnerte sich daran, wie sie und ihre Geschwister als Kinder jedes Jahr nach dem Stern von Bethlehem gesucht hatten. Sie hatten ihn nie gefunden, oder zumindest keinen Stern, der dazu einlud, ihm zu folgen. Die meisten Sterne waren winzig, Millionen von Lichtjahren entfernt, und manche davon waren längst erloschen. Nur wenige kannte sie mit Namen, und von denen waren wiederum einige gar keine Sterne, sondern Planeten, wie zum Beispiel Venus oder Mars. Einer von ihnen schimmerte rot. Welcher war es? War es das brodelnde Blut des Mars oder das pulsierende Herz der Venus?

Das Scharren von Holz auf Holz lenkte ihren Blick zurück zum Hafen und zum Anleger, wo ein Mann sich an dem einsamen Dory zu schaffen machte. Zoe wartete darauf, dass er die Leinen löste, hineinsprang, den Motor anließ und hinausfuhr. Doch er stand nur da und sah in ihre Richtung. Dann ging er ein paar Schritte und stellte sich direkt unter eine der Lampen am Anleger.

Mütze und Cabanjacke. Blasses Gesicht.

Später versuchte Zoe sich zu erinnern, wie sie zu Liam gekommen war, aber es gelang ihr nicht. Es erschien ihr vollkommen logisch, dass sie plötzlich einfach vor ihm stand, unter sich die Bretter des Anlegers, der sich mit den Wellen auf und ab bewegte.

«Ich will zu der Insel dadrüben, mich hinsetzen und zuhören, wie um Mitternacht die Glocken läuten. Ich hätte nichts gegen Gesellschaft. Wollen Sie mitkommen?», sagte er.

Sie konnte sich später auch nicht entsinnen, dass sie ja gesagt hatte oder wie sie ins Boot gekommen war, die Schwimmweste angelegt hatte und wie sie losgefahren waren. Eine ganze Zeitlang schrieb Zoe diese Aussetzer der Kombination von Champagner und Martini zu. Woran sie sich jedoch ganz deutlich erinnerte, war, wie sie vorne im Bug gesessen hatte, die gefalteten Hände mit den Wollhandschuhen auf den zusammengepressten Knien. Kalte Luft schnitt in ihre Wangen, als Liam auf die winzige Insel zusteuerte, die ein Stück außerhalb des Hafens lag, genau in der Mitte zwischen den beiden Ufern. Es war ein zähes kleines Stück Land, eine Ansammlung schroffer Felsen, deren Aufgabe darin bestand, das Wasser zu teilen und um sich herumzuführen, bevor es sich wieder vereinen durfte.

Obwohl es eine dunkle, mondlose Nacht war, sah Zoe alles um sich herum klar und deutlich. Gebannt schaute sie zu den Milliarden von Sternen hinauf, die zwar vielleicht nicht nach Bethlehem führten, aber dafür den Himmel zusammenhielten und das glatte schwarze Wasser achtlos mit hellen Sommersprossen übersäten. Der Bug des Bootes schnitt durch die sanften Wellen wie durch Butter. Der Geruch des Meeres überschwemmte Zoes Sinne: Salz und Kupfer, Wein und Wind, so betörend, dass sie die Augen schloss und gegen den Drang ankämpfen musste, sich über Bord zu werfen, um in diesem Duft zu ertrinken. Sie war trunken und nüchtern zugleich, und sie gab sich diesem eigentümlichen Zustand hin und ließ sich davon überwältigen.

Als das Boot langsamer wurde, öffnete Zoe die Augen. Vor ihr lag der dunkle Umriss der Insel, mit einer gezackten Skyline aus struppigen Fichten. Liam machte den Motor aus, und das Boot glitt auf einen schmalen Sandstreifen zu, der auch als Strand diente. Als der Kiel auf Grund lief, sprang Liam heraus, ging nach vorne zum Bug und reichte Zoe seine Hand. Sie ergriff sie und staunte darüber, wie warm sie war; das spürte sie sogar durch ihre Handschuhe. «Kriegen Sie nie kalte Hände?», fragte sie.

«Selten.» Er gab ihr eine dunkle Decke und nahm sich selbst auch eine. «Folgen Sie mir», sagte er, und sie gingen das kurze Stück bis zum Ende des Strandes, wo ein großer Felsen lag. «Hier ist es. An sich nichts Besonderes, aber der Blick ist phantastisch.» Er breitete seine Decke auf dem Felsen aus, der ungefähr einen Meter aus dem Sand ragte, und half Zoe hinauf. Sie setzten sich nebeneinander, Arm an Arm und Bein an Bein, wickelten sich in die zweite Decke und sahen hinüber zum Hafen. «Oh!», sagte sie, als sie den Halbmond aus Lichtern erblickte, blinkend und still, farbig und weiß.

Liam lachte. «Verrückt, nicht?»

«Woher wissen Sie von dieser Stelle? Wohnen Sie hier in der Stadt?»

«Ab und zu. Ich bin viel unterwegs.»

In dem Moment meldete sich der Cocktail aus Martini und Champagner wieder zu Wort, und zwar in Form eines lauten, alkoholträchtigen Rülpsers. «Ups», sagte

Zoe. «Entschuldigung. Explosive Mischung. Das wird sich morgen rächen.» Verlegen stand sie auf und sprang hinunter auf den Sand. «Können wir um die Insel herumgehen?»

«Klar», sagte Liam. «Dauert sicher nicht lange.» Sie gingen nebeneinander am Strand entlang, bogen dann links ab und folgten einem steilen, ausgetretenen Pfad hinauf zu einem Felsvorsprung. Noch einmal links, und sie waren auf der anderen Seite der Insel. Liam ging bis zum Rand der Felskante und sah hinunter. Zoe zog es vor, weiter hinten zu bleiben. «Kommen Sie und schauen Sie», sagte er. «So hoch ist es nicht, nur ungefähr zwanzig Meter.»

«Nein. Ich habe Höhenangst, und mir ist kalt. Ich gehe zurück zu den Decken.» Sie sagte ihm nicht, dass sie plötzlich Angst bekommen hatte, dieser fremde Mann könnte sie die Klippe hinunterstoßen. Schwankend machte sie sich auf den Rückweg zur anderen Seite der Insel, doch auf einmal konnte sie den Weg nicht mehr erkennen und musste stehen bleiben.

«Warten Sie», rief Liam, und dann war er schon hinter ihr. Zoe schauderte. *Wie mag es sich wohl anfühlen, in einem so kalten Meer zu ertrinken?*, fragte sie sich. Sie schloss die Augen.

«Zoe, ich dachte, der Ausblick würde Ihnen vielleicht gefallen. Ich habe nicht vor, Sie von der Klippe zu stoßen, Himmel noch mal. Das ist nicht mein Stil. Viel zu melodramatisch.» Er senkte die Stimme und sagte in einem überraschend gelungenen Bühnenton: *«Erbarmungslos stieß er sie über den Klippenrand hinunter in das eisige, salzige Meer, und sein irres Lachen mischte sich unter die zuckenden Blitze und den krachenden Donner. ‹Das hat das Miststück jetzt davon!›, schrie er und schüttelte drohend seine knochige Faust.»* Er hielt inne und räusperte sich. «Ich möchte Sie etwas fragen. Warum sind Sie mitgekommen, wenn Sie solche Angst haben, dass ich Ihnen etwas antun könnte?»

Verdutzt, dass er sie so klar durchschaut hatte, überlegte Zoe einen Moment, bevor sie antwortete. «Ich weiß nicht, warum ich mitgekommen bin. Ich kenne Sie nicht. Ich weiß nicht, was Sie mir antun werden. Da ist bloß so ein idiotischer Teil von mir, der mich herausfordert, blödsinnige Dinge zu tun. Wenn ich das hier lebend überstehe und diesen Teil hinterher frage, was er sich dabei gedacht hat, zuckt er nur die Achseln und spaziert davon.»

«Also, ich gehe jetzt mit Ihnen zurück zur anderen Seite der Insel», sagte Liam. «Am besten gehen Sie vor mir her. Ich schwöre, ich werde Sie nicht die Klippe hinunterstoßen.» Er legte ihr die Hand auf den Rücken. Sie zuckte zusammen, dann entspannte sie sich und merkte, dass der Weg doch deutlich zu erkennen war.

«Wie viel haben Sie denn getrunken?», fragte er im Gehen.

«Zu viel, schätze ich», sagte Zoe. «Ich habe heute noch nichts gegessen außer ein paar Kräckern mit Käse.»

«Sie brauchen sich nicht zu rechtfertigen.»

«Eigentlich bin ich nicht so», sagte Zoe.

«Jetzt schon.»

«Stimmt.» Sie kamen wieder unten beim Strand an. Auf halbem Weg zu dem Felsen mit den Decken stieß Zoe einen kleinen Freudenschrei aus. Sie zog die Handschuhe aus, bückte sich und hob etwas auf. «Ein Seestern!», sagte sie und drehte sich zu Liam um.

«Hübsch.» Er nahm den Seestern und hielt ihn sich ans Ohr.

«Was tun Sie da?», fragte Zoe.

«Ich höre mir an, was er sagt. Und er sagt, er möchte gerne zurück ins Meer.»

«Aber ich wollte ihn als Souvenir behalten. Ich hätte gerne etwas, das mich an diese Nacht erinnert, wenn ich lebend zurückkomme.»

«Keine Sorge», sagte Liam. «Und dieser Seestern ist genauso lebendig wie Sie. Die meisten Seesterne, die die Leute vom Strand aufsammeln und mit nach Hause nehmen, leben noch.»

«Das wusste ich nicht», sagte Zoe. Liam gab ihr den Seestern zurück, und sie strich vorsichtig über jeden einzelnen seiner fünf Arme.

«Warum werfen Sie ihn nicht zurück ins Wasser? Hier fällt das Ufer steil ab. Der Seestern wird an den Meeresboden sinken und irgendwohin wandern, wo er sich an einem Felsen festhalten und ein wunderbares Leben haben kann.» Er bückte sich, hob Zoes Handschuhe auf und ging zu dem Felsen.

Zoe warf den Seestern hinaus ins Meer. «Schick mal 'ne Postkarte, wenn du angekommen bist», rief sie, dann folgte sie Liam. Sie setzten sich dicht nebeneinander und warteten darauf, dass es Mitternacht wurde. Sie kämpfte gegen die Müdigkeit, doch schon nach wenigen Minuten fielen Zoe die Augen zu. Um nicht einzuschlafen, nahm sie ihr Handy aus der Manteltasche. Sie wollte nachsehen, wie spät es war und ob irgendwelche Nachrichten eingegangen waren, aber das Display war schwarz. Sie drückte ein paarmal auf den Einschaltknopf, aber nichts geschah. «Das war aufgeladen», sagte sie.

«Was?»

«Das Handy. Ich bin ganz sicher, dass ich –»

Da hob Liam die Hand und fing an, Zoe durch den dicken Mantel den Rücken zu massieren. Nach ungefähr einer Minute schob sie das Handy, das offenbar den Geist aufgegeben hatte, zurück in die Tasche und ließ den Kopf nach vorne sinken. Liam massierte eine Weile ihren Nacken, dann wanderte er mit der Hand an ihrer Wirbelsäule auf und ab.

«So hat mich schon lange niemand mehr berührt», sagte Zoe leise. Sie ließ sich treiben, eingelullt von der Bewegung und von Gedanken an die nächtliche Erde mit ihren funkelnden Lichtern, dem fließenden Meer und dem taumelnden Himmel. Von dort wanderte sie weiter zur Schöpfung, und das brachte sie zu dem Moment, in dem ihr Baby vermutlich entstanden war, und zu der Erkenntnis, wie leichtsinnig sie mit einem Mann gewesen war, der sie so lieblos behandelt hatte. Doch bevor sie weiter darüber nachdenken konnte, breitete sich die Wärme von Liams Händen auf ihren Schultern in ihrem ganzen Körper aus und beruhigte sie und das aufsässige Alkoholgemisch in ihrem Innern.

Nach einer Weile hörte Liam auf. Zoe öffnete die Augen.

Er lächelte sie an. «Divider Island», sagte er.

«Was?»

«Der Flecken hier heißt Divider Island – Trenninsel.»

«Oh», sagte Zoe. «Das leuchtet mir ein. Kommen Sie oft hierher?»

Er schüttelte den Kopf. «Nur um diese Jahreszeit.»

«Wie sind Sie das erste Mal hier gelandet?»

«Ich war rastlos. Ich stand an einem Heiligabend am Anleger, und plötzlich kam mir der Gedanke, dass es mal etwas anderes wäre, sich das Mitternachtsgeläut von hier aus anzuhören. Die Insel ist nah genug, dass man die Glocken hören und die Lichter sehen kann. Also bin ich in mein Boot gestiegen und rausgefahren. Und das mache ich jetzt schon sehr lange.»

«So lange kann es aber nicht sein. Wir sind doch ungefähr gleich alt.»

«Sind wir das?»

«Ich bin fünfundzwanzig. Und Sie?»

«Ich verrate mein Alter nicht», sagte Liam. «Ein Mann muss ein paar Geheimnisse haben.»

Zoe kniff die Augen ein wenig zusammen und betrachtete sein Gesicht. «Ich kann mich nicht erinnern, Sie gesehen zu haben. Wieso erinnern Sie sich an mich?»

«Das war im Juni, nicht? Sie standen mit ihren Freundinnen vor der Tür der Bar, wie die Leute es oft tun, wenn sie überlegen, ob sie reingehen sollen oder nicht. Während Ihre Freundinnen noch darüber diskutierten, haben Sie sich einfach umgedreht und sind reinmarschiert. Die anderen sind Ihnen gefolgt. Mir hat gefallen, dass Sie eine Entscheidung getroffen und sie dann auch umgesetzt haben.»

«Die meisten Entscheidungen, die ich treffe, sind Mist. Außerdem waren es meine Cousinen. Warum haben Sie mich nicht angesprochen?»

«Falsches Timing. Ich habe gehofft, Sie würden wiederkommen.»

«Tja, und da bin ich. Wollen Sie nicht wissen, warum?»

«Sie sind allein. Sie trinken allein. Sie sind nicht glücklich. So viel weiß ich.»

«Sie sind auch allein. Sie haben auch getrunken. Und vielleicht sind Sie auch nicht glücklich. So viel weiß *ich*.»

«Ich habe nie gesagt, dass ich allein bin. Vielleicht wissen Sie nicht so viel, wie Sie denken.»

«Ich weiß, dass Sie selbstgefällig sind.»

Liam lachte so laut, dass Zoe zusammenzuckte. «Sagen wir, ich bemerke Dinge.»

Vom Hafen klang das dünne Läuten einer Kirchenglocke herüber.

«Ist es schon Mitternacht?», fragte Zoe.

«Noch nicht. Das ist die Glocke, die zur Messe ruft.»

«Wenn ich zu Hause bin, gehe ich hin. Und Sie?»

«Mir bedeutet es mehr, hier rauszukommen», sagte Liam.

«Wo ist Ihre Familie?»

«Überall verteilt.»

«Und was machen Sie beruflich?»

Er lächelte. «Ach, so dies und das.»

«Frage ich zu viel?»

Sein Lächeln wurde noch breiter. «Ist in Ordnung.»

Zoe rückte näher an ihn heran. Sie blickte zum Himmel und sah gerade noch einen Streifen in Orange, Gelb und Rot zwischen den Sternen hindurchhuschen. Bevor sie Liam darauf hinweisen konnte, verloschen die Farben bereits. Müdigkeit kroch ihr in die Knochen, und sie ließ den Kopf auf seine Schulter sinken und schloss die Augen. «Ich hab gerade eine Sternschnuppe gesehen», murmelte sie. «Meine Großmutter hat immer gesagt, das wären Engel, die über den Himmel fliegen, um jemanden zu retten.»

«Schon möglich», sagte Liam. «Aber normalerweise sind sie etwas diskreter.»

«Woher wissen Sie das?»

«Ich kenne ein paar von ihnen.»

«Ja klar», sagte sie und gähnte.

Er zuckte die Achseln. «Stimmt aber.»

«Wen denn zum Beispiel? Gabriel? Michael? Haben Sie ein Selfie davon? Vielleicht können Sie es ja auf Facebook posten.»

«Von Facebook habe ich gehört, aber was in Gottes Namen ist ein Selfie?», fragte Liam.

«Nicht so wichtig», sagte Zoe. «Und, wie sind die Engel so?»

«Manche sind streitsüchtig, manche sind still, und ein paar von ihnen erzählen die besten Witze, die ich je gehört habe. Manche sind launisch, manche traurig und manche fröhlich. Genau wie bei uns.»

«Am College habe ich mal einen Film gesehen, *Der Himmel über Berlin*. Da ging es um Engel, die wie Menschen angezogen waren und die Leute beobachteten. Ich fand ihn unglaublich deprimierend.»

«Ein guter Film. Ja, voller Melancholie, aber auch brillant.»

Melancholie, brillant, Melancholie, brillant. Immer wieder hörte sie im Geist Liams Worte, und dann sank sie in einen tiefen, lautlosen Schlaf. Doch kaum war sie eingeschlafen, so schien es ihr zumindest, rüttelte Liam sie wieder wach.

«Es ist so weit», sagte er. «Es ist Mitternacht.»

Langsam kam Zoe zu sich, im Schatten ihrer rechten Hand noch den Schatten eines Seesterns. Es war kalt. Es war dunkel. Es roch nach Vanille und nach Meer. Sie wollte weiterschlafen. So gut hatte sie lange nicht mehr geschlafen.

«Los, hoch», sagte Liam. «Jetzt kommen die Glocken.»

Und die Glocken kamen. Sie läuteten mit aller Kraft, als stünde Zoe genau in der Mitte unter den vibrierenden Türmen von tausend Kirchen. So unvermittelt in den Lärm dieses Erwachens geworfen, hielt sie sich die Ohren zu und fing an zu weinen. «Machen Sie, dass es aufhört», sagte sie. «Es soll aufhören.»

Bilder von den Fehlern, die sie im Verlauf dieses Jahres

begangen hatte, bohrten sich in ihr Herz. Das Gesicht ihres verheirateten Liebhabers, rot und verzerrt vor Lust, die kummervollen Augen einer betrogenen Frau, der blutige Klumpen ihres winzigen Babys, den sie in die Toilette gespült hatte. «Machen Sie, dass es aufhört», schluchzte sie und floh von dem Felsen. Sie fiel in den Sand, richtete sich wieder auf, zitterte am ganzen Körper, während die Glocken in ihrem Kopf hin und her schwangen.

Dann schloss Liam sie in die Arme und murmelte tröstende Worte. Eine Glocke nach der anderen verstummte.

«Ich kann da nicht wieder hin», schniefte sie in seinen Mantel.

«Wo können Sie nicht wieder hin?», fragte er leise.

«Da hin.» Zoe deutete auf den Hafen. «Da ist alles falsch.» Sie riss sich los, ging taumelnd ein paar Schritte und kotzte die beiden alkoholischen Getränke wieder aus, die sich von Anfang an nicht vertragen hatten.

«Oh, Mist», sagte sie. «Tut mir leid.» Sie ging zum Ufer, hockte sich hin und tauchte die Hände in das eiskalte Wasser. Sie schöpfte ein wenig davon in ihren Mund, spülte, um den widerlichen Geschmack loszuwerden, spuckte es wieder aus und wischte sich über den Mund. Dann sah sie zu Liam, der ein Stück entfernt stehen geblieben war.

«Tut mir leid», sagte sie noch einmal. «Ich habe Ihnen die Glocken verdorben.»

«Nein. Keine Sorge.»

«Ich bin ein Wrack.»

«Das sind wir alle», sagte Liam. Er ging zu ihr und zog sie hoch in seine Arme. «Aber dieser Tag ist ein Anfang. Das Alpha. Das Licht. Und vielleicht finden wir alle etwas Neues, womit wir in diesem Jahr Schiffbruch erleiden können.»

«Das ist ein merkwürdiger Satz», sagte Zoe.

«Stimmt», sagte Liam, aber er nahm ihn nicht zurück. Und er ließ sie nicht los, und sie ließ ihn nicht los, und ein wenig später lagen sie eng umschlungen auf dem Sand. Während ihrer Vereinigung schaute Zoe immer wieder auf einen bestimmten Stern am Himmel, der ungewöhnlich hell leuchtete.

Etwa eine Stunde darauf setzte Liam sie am Anleger ab. Sie küssten sich, umarmten sich und sahen sich lange an. Dann stieg Liam wieder in das Boot und fuhr hinaus, an der Insel vorbei und hinaus auf das offene Meer. Zoe sah ihm nach, bis er verschwunden war.

Das Piepen ihres Handys holte sie wieder auf die Erde zurück. Sie sah nach. Eine neue Sprachnachricht. Von Matthew, dem Barkeeper. Sie drückte auf Löschen, ging zu der Ferienwohnung, packte ihre Sachen und fuhr aus der Stadt und zu ihrer Familie.

Als es unübersehbar war, dass Zoe ein Kind erwartete, gab es Fragen. Doch alle Unsicherheiten lösten sich auf, als diejenigen, die Zoe kannten, begriffen, wie glücklich sie war. An einem strahlenden Tag Ende August gebar Zoe eine Tochter, Noelle, die genauso dunkles Haar hatte wie sie. Noelles Augen waren blau, und sie hatte sehr helle Haut. Sie besaß ein heiteres Wesen und eine angeborene Freundlichkeit, die ihr für den Rest ihres Lebens gute Dienste leisten würden.

Zoe kehrte nie an den Sommerort zurück. Sie zog wieder zu ihren Eltern, bis sie ihren Abschluss als Grundschullehrerin erworben hatte. Bei einem Ausflug als Referendarin mit einer vierten Klasse lernte sie einen Tierarzt kennen, der sich auf die Behandlung großer Tiere spezialisiert hatte. Ein Jahr später heirateten sie. Wiederum ein

Jahr darauf gebar Zoe Zwillinge, Benjamin und Liam. Sie zogen mit den Jungen und Noelle in eine baufällige Farm im Landesinnern von Maine. Zoe unterrichtete zwanzig Jahre lang, bevor sie in den Ruhestand ging.

Viele Jahre bewahrte Zoe eine vertrocknete Vanilleschote auf der Fensterbank über der Küchenspüle auf, die niemand wegwerfen durfte. Und jedes Jahr an Heiligabend, um fünf Minuten vor Mitternacht, zog sie sich für einen Moment zurück, trat vor ihr lärmerfülltes, hell erleuchtetes Haus und lauschte auf das leise Geläut der Kirchenglocken. Sie hörte es immer, obwohl sie nicht wusste, woher es kam. Es war auch nicht wichtig.

«Es ist Zeit, etwas Neues zu finden, womit wir Schiffbruch erleiden können», flüsterte sie den Sternen zu, und dann ging sie zurück ins Haus und schloss die Tür.

Lauren Willig

Die Schneekugel

Aus dem Englischen
von Mechtild Sandberg-Ciletti

»Du kannst dich doch nicht allein in dieser grässlichen kleinen Wohnung vergraben«, sprudelte Cynthias Stimme am Telefon, affektiert und herrisch und, dachte Mary herzlos, eine Spur schrill. «Das kommt nicht in Frage. Ausgerechnet am Heiligen Abend.»

Draußen wirbelten Schneeflocken an die Fensterscheiben.

In Ingleby würde der Schnee die Felder bedecken und Raureif an den Bäumen glitzern. Mary konnte es vor sich sehen, den bläulichen Glanz des Mondlichts auf dem Schnee, das Funkeln der Eiszapfen im Sternenschein, das warme Licht in den Fenstern des großen Hauses.

Sie merkte, wie krampfhaft ihre Hand das Telefonkabel umfasst hielt, und entspannte bewusst Finger um Finger.

«Unser Heiland hat sich wohl kaum gewünscht, dass wir den Vorabend seiner Geburt in billigem Gin ertränken», entgegnete sie trocken.

«Wer hat etwas von billigem Gin gesagt? Reinster Nektar, direkt aus Frankreich. Champagner, Champagner und nichts als Champagner.»

Sechs Monate lang war der Champagner in Strömen

geflossen. Doch wer der prickelnden Verlockung erlag, bezahlte, wie Mary am eigenen Leib erfahren hatte, am nächsten Morgen mit quälenden Kopfschmerzen und einem pelzigen Gefühl im Mund. Das süße Leben war in Wirklichkeit gar nicht so wahnsinnig süß.

Mary war im April nach London gekommen, getrieben von einer Mischung aus Zorn, Kummer und, im Rückblick, einer Art Wahnsinn. Der schrille künstliche Glanz des Nachtlebens war genau das gewesen, was sie brauchte, und sie hatte sich ihm mit all seinem Talmi, dem Quäken der Saxophone, dem Klimpern der Perlen an den Abendtäschchen, den knallig rot geschminkten Mündern, dankbar überlassen. Jeunesse dorée, so wurden sie von der Presse genannt. In ihrem endlosen Kampf gegen die Langeweile flatterten sie von Fete zu Fete und ließen sich eine Tollheit nach der anderen einfallen.

Inzwischen war es Dezember, und Mary sehnte sich nach nichts mehr als nach Stille, nach einem kleinen ruhigen Raum, in den sie sich nach diesen Monaten verzweifelten Bemühens, alle Gedanken abzuwehren, zurückziehen konnte, um endlich nachzudenken.

Die Gefahr war nur, dass sie dann vielleicht zugeben musste, dass sie sich geirrt hatte.

Dass Peter recht gehabt hatte.

«Komm doch mit.» Cynthia senkte bedeutungsvoll die Stimme. «Wir sind ganz unter uns. Eine intime kleine Gesellschaft.»

«Ah ja.» An einem ihrer Fingernägel war der Lack abgesprungen. Es war nur eine kleine Stelle. Sie strich mit dem Fingerballen über die rissigen Ränder. «Gehört Mr. Harrison auch zu dieser intimen kleinen Gesellschaft?»

«Liebste! Wie hast du das erraten?»

Mary war nicht in Stimmung, Spielchen zu spielen.

«Du versuchst ja seit September ständig, ihn mir anzudrehen.»

«Also *andrehen* würde ich das nicht nennen.» Cynthias Ton klang zart gekränkt. «Du musst zugeben, mit ihm wären alle deine Probleme gelöst.»

Alle ganz sicher nicht. Ohne dass sie es wollte und wie zum Hohn, stieg Peters Bild vor ihr auf, wie sie ihn zuletzt gesehen hatte.

«Er hat Geld wie Heu», plapperte Cynthia unbeirrt weiter. «Du könntest dein Ingleby zweimal zurückkaufen – oder auch etwas mit mehr Stil.»

Obwohl an Cynthias Mathematik nichts auszusetzen war, rebellierte in Mary etwas. Gerade heute Abend. Am Heiligen Abend. «Es ist so garstig draußen ...»

«Umso mehr Grund, den Trübsinn wegzuschwemmen», erklärte Cynthia bestimmt. In der Schule war sie Schülersprecherin gewesen, und sie hatte die Befehlsgewohnheit von damals nie abgelegt. «Du hängst doch hoffentlich nicht Grübeleien über ...»

«Nein», unterbrach Mary hastig. «Nein. Natürlich nicht. Ich kann in einer Stunde da sein.»

«Dennis schickt den Wagen», sagte Cynthia gelassen, als wäre ein anderer Ausgang des Gesprächs nie denkbar gewesen. «Zieh etwas Glitzerndes an. Männer mögen so etwas.»

Damit hängte sie ein und überließ Mary der Betrachtung des tristen Schneetreibens vor ihrem Fenster.

Sie konnte ihr Gesicht in der Scheibe erkennen, geisterhaft gespiegelt, ein wenig zu schmal, die Wangenknochen ein wenig zu scharf hervorspringend, der Mund ein wenig zu rot, mit Linien zu beiden Seiten, die vorher nicht da gewesen waren.

Im letzten Jahr waren ihre Haare noch lang gewesen,

sie hatte sie, seitlich onduliert, in einem Knoten getragen, und ihre Wangen waren von Wärme und freudiger Erregung gerötet gewesen statt von Rouge.

Im letzten Jahr hatten sie alle in Ingleby Weihnachten gefeiert, ein großes, altmodisches Weihnachtsfest mit Truthahn und Knallbonbons und Mistelzweigen überall, wo sie passten oder auch nicht. Im ganzen Haus hatte es köstlich nach Zimt und Tannenzweigen und Gewürzpunsch geduftet.

Im letzten Jahr. Es kam ihr vor, als läge es eine Million Jahre zurück, fern wie ein Märchen, eins dieser Märchen, die mit «Es war einmal ...» begannen.

Mary stand so abrupt auf, dass der Sessel hart über den Boden schrammte. Sie musste sich beeilen, wenn sie den Wagen nicht warten lassen wollte.

Tausende winziger Perlen klimperten, als sie sich ihr Kleid über den Kopf streifte. Das Unterkleid war aus Seide, die sündig weich auf ihrer Haut lag. Der tiefe Ausschnitt ließ den größten Teil ihres Rückens frei. Man brauchte nicht zu fürchten, dass man frieren würde: In diesen Nachtlokalen war man stets eingehüllt von der stickigen Wärme zu vieler Menschen auf zu engem Raum, die alle lachten und tranken und so taten, als amüsierten sie sich königlich, ach, einfach königlich.

Das bist nicht du, hatte Peter gesagt.

Das war im Sommer gewesen, er war mit ihr und Cynthia und Cynthias Ehemann Dennis ausgegangen. Es war das erste Wiedersehen mit Peter seit jenen schrecklichen grauen Januartagen, als es schien, als würde der Frühling niemals kommen, als würde es nie wieder etwas anderes geben als kalten grauen Stein und Regen.

Sie waren ins Rector's gegangen und ins Old Hundredth und dann noch in einen anderen Club, der so neu war, dass er noch nicht einmal einen Namen hatte, es ging eine Treppe hinunter, in ein Souterrain, wo ein Mann mit einer Liste den Einlass machte. Es war drückend heiß. Mary hatte Kopfschmerzen von zu vielen Parfümdüften, zu viel Alkohol und der Anstrengung, so zu tun, als unterhielte sie sich prächtig.

Gehen wir vor die Tür, frische Luft schnappen, sagte Peter und führte sie hinaus. Mary merkte, dass ihr Herz schneller schlug vor Ärger und Anspannung. Gleichzeitig spürte sie eine merkwürdige Mischung aus Furcht und Schuldbewusstsein, ähnlich wie früher, als kleines Mädchen, wenn sie irgendeine Dummheit begangen und entsetzliche Angst gehabt hatte, die Kinderfrau könnte dahinterkommen.

Damals hatte sie sich immer im Kinderzimmer unter einem Stuhl versteckt, doch mit dreiundzwanzig Jahren konnte man sich nicht mehr unter einem Stuhl verkriechen, deshalb folgte sie Peter nach draußen, in einen schmutzigen Hinterhof. Die Straße war weit oben über ihren Köpfen, und es roch ekelhaft nach verschüttetem Alkohol, der in den Matsch zwischen den Kopfsteinen einsickerte.

Das bist nicht du, sagte Peter.

Mary richtete sich auf. *Und woher willst du das wissen?*, fragte sie, in ihrem Stolz getroffen.

Er berührte mit einem Finger leicht, ganz leicht ihre Wange. *Ich kenne dich.*

Nichts hätte sie lieber getan, als dieser Berührung nachzugeben, dieser vertrauten und geliebten Berührung, sich von seinen Armen aufnehmen zu lassen und ihren Kopf an seine Brust zu lehnen.

Doch da sagte er: *Komm nach Hause, Mary*, und machte alles kaputt.

Nach Hause. Ihre Augen brannten von unterdrückten Tränen. *Genau das versuche ich ja*, entgegnete sie heftig.

Und Peter sagte das Unaussprechliche. *In ein leeres Haus?*

Er versuchte nicht, sie aufzuhalten, als sie sich losriss und floh, zurück in das lärmende Treiben des Tanzlokals. Er hatte nur dagestanden und ihr nachgeschaut, auf seiner Wange den roten Abdruck ihrer Hand.

Entschlossen schlug sich Mary die Gedanken an Peter aus dem Kopf. Sie schob einen Schlangenreif über ihren Oberarm. Die grünen Reptilaugen aus falschem Smaragd glänzten im grellen Schein der Chromlampe. Trotzig legte sie noch einen Strich Lippenstift auf. Sie würde sich amüsieren, ganz gleich, was Peter meinte.

Er täuschte sich. Ingleby war nicht einfach ein leeres Haus. Es war der Ort, wo sie alle zusammen glücklich gewesen waren – ihre Mutter, ihr Bruder Tommy, ihre Schwestern Barbara und Helen. Und sehr oft hatte Peter diese Truppe ergänzt. Peters Vater war Diplomat, immer in irgendeinem weit entfernten Winkel des Empire stationiert, in den seine Frau ihm folgte, während Peter zurückblieb, erst in einem Internat, dann in einem anderen.

Mary hatte noch Zöpfe und Trägerröcke getragen, als Tommy Peter zum ersten Mal aus dem Internat mitgebracht hatte: einen hoch aufgeschossenen linkischen Jungen von zwölf Jahren mit braunem Haarschopf und kühl zurückhaltender Art, hinter der sich eine große Herzenswärme verbarg. Als an jenem ersten Weihnachtsfest Marys geliebte Spieluhr den Dienst versagte, hatte Tommy ihr achtlos einen kleinen Nasenstüber gegeben und gemeint, tja, das sei wirklich Pech. Peter jedoch hatte das Spielzeug ohne viel Aufhebens wieder flottgemacht. Das war typisch für Peter. Kein Getue, kein Brimborium, er war einfach da, wenn er gebraucht wurde.

Doch gerade als sie ihn am dringendsten gebraucht hätte, war er nicht da gewesen.

Draußen hupte jemand laut, Scheinwerferstrahlen durchschnitten die Dunkelheit und ließen die Schneeflocken aufleuchten wie Silber.

«Ich komme», rief Mary zum Fenster hinaus, nahm ihren Schlüssel und rannte die Treppe hinunter.

Im Auto gab es Cocktails, und als sie bei Rector's ankamen, stand Cynthia schon recht wackelig auf ihren hohen strassbesetzten Absätzen, und Joss Harrison nahm Mary ein wenig zu besitzergreifend um die Taille.

Mary neigte sich von ihm weg und versuchte, die Abwehr mit einem schelmischen Blick und einem Lachen zu versüßen.

Cynthia zog spöttisch fragend die Augenbrauen hoch. Mary wich dem Blick der Freundin aus, indem sie sich mit der Zigarette im Mund Joss zuwandte, um sich von ihm Feuer geben zu lassen.

Sie versuchte, Joss sachlich zu sehen. Er war unbestreitbar ein gutaussehender Mann, groß und blond, sein Körper allerdings zeigte eine Stämmigkeit, die sich später in Übergewicht verwandeln würde. Seine Familie hatte irgendetwas mit Banken zu tun, irgendetwas, was ihm Geld wie Heu bescherte, wie Cynthia es so anschaulich formuliert hatte.

Cynthia musste es wissen. Sie hatte Dennis seines Geldes wegen geheiratet.

Und wo bleibt die Liebe?, hatte Mary gefragt.

Ach, Liebste! Cynthia hatte den Kopf geschüttelt. *Was hat Liebe mit einem Haus in der Park Lane zu tun?*

Mary brauchte kein Haus in der Park Lane. Sie wollte nur Ingleby wiederhaben. Ingleby mit seinen vertrauten Ecken und Winkeln, die voller Erinnerungen steckten.

Wenn sie nach Ingleby zurückkehren könnte, würde alles wieder so sein, wie es gewesen war, die Welt käme wieder in Ordnung. Sie klammerte sich an diesen Gedanken wie an einen Talisman.

Joss bot ihr die Hand und sagte laut, um den Lärm zu übertönen: «Möchtest du tanzen?»

Mary nickte und legte wortlos ihre Hand in die seine. Als sie auf die Tanzfläche traten, stimmte die Kapelle einen neuen Song an: «Show me the way to go home.»

I had a little drink an hour ago / And it's gone right to my head ...

Everywhere that I roam / Over land or sea or foam ...

Show me the way to go home.

Mary lehnte ihre Wange an Joss' Schulter und kämpfte gegen eine überwältigende Welle der Erinnerung. Sie hatte dieses Lied vor genau einem Jahr zum ersten Mal gehört, auf den Tag genau vor einem Jahr.

Peter hatte die Schallplatte letztes Weihnachten mitgebracht, zusammen mit einem Stapel anderer, augenscheinlich für alle gedacht, tatsächlich aber nur für sie. Das Grammophon war neu, erst im vergangenen Herbst erstanden. Im Salon brannte ein Feuer, dessen Flammen tanzende Schatten in die entferntesten Winkel des Raums warfen, während draußen der frühe Dezemberabend herabsank und violette Schatten auf den verschneiten Feldern ausbreitete.

Tommy schaute kurz zur Tür herein. «Wir fahren jetzt zum Bahnhof, um Barbara abzuholen. Wollt ihr mitkommen?»

Mary, die sich Peters Nähe auf eine ganz neue Art bewusst war, wagte nicht, ihn anzusehen. Sie fürchtete, ihre Gefühle stünden ihr für alle lesbar ins Gesicht geschrieben.

Peter streckte die Arme über dem Kopf. «Und dieses gerade so hübsch fackelnde Feuer verschwenden? Nein, ich bleibe hier, wo es warm ist.» Er sah Mary an, und die Luft zwischen ihnen schien ihr zu knistern wie das Feuer im Kamin. «Was sagst du, Mary? Leistest du mir Gesellschaft?»

Irgendwie schaffte sie es, in normalem Ton zu sprechen. «Natürlich. Man kann doch einen Gast nicht einfach allein lassen.»

Tommy antwortete mit einem rüden Prusten. «Einen Gast? Na, das ist er wohl kaum. Komm, Helen, fahren wir. Babs reißt uns den Kopf ab, wenn wir sie warten lassen.»

Mary lauschte ihren Schritten durch den Flur nach, während sie mit gefalteten Händen dastand und sich bemühte, so zu tun, als wäre nichts Besonderes an der Situation. Und war es ja auch nicht. Die normale Etikette galt für Peter nicht. Sie war hundert-, ach, tausendmal mit ihm in diesem Zimmer allein gewesen, und es hatte nicht die geringste Bedeutung gehabt.

Peter ging ostentativ die Schallplatten durch. Die braunen Haare fielen ihm in die Stirn, und er sah rührend jungenhaft aus in der weiten Hose, die vor allem von Oxford-Studenten mit Vorliebe getragen wurde. «Was willst du hören?»

«Was du magst», antwortete Mary mit gespielter Nonchalance.

«Gut, dann nehmen wir das hier», sagte Peter und legte mehr oder weniger auf gut Glück eine Platte auf.

Show me the way to go home ...

«Alles in Ordnung?» Die Kapelle spielte noch, doch Joss blieb mitten im Tanz stehen.

Mary zwinkerte, in ihren Augen brannte der Qualm

von tausend Zigaretten. «Es ist nichts. Ich ... mir hat nur etwas weh getan.»

«Das ist die Musik», stimmte Joss aus vollem Herzen zu. «Die kann einem nur weh tun. Soll ich mal sehen, ob sie etwas für uns spielen, wonach man wirklich tanzen kann?»

Marys Erklärung war keine Lüge gewesen. Sie hatte abscheuliche Kopfschmerzen von zu vielen Zigaretten und zu vielen Cocktails. «Ach ja, tu das. Danke, Liebster. Das wäre absolut fabelhaft.»

Nach sechs Monaten kam ihr der Jargon von Cynthias Clique, für die alles absolut fabelhaft und jeder ein Liebster oder eine Liebste war, leicht über die Lippen. Da waren Koseworte billige Münzen, mit denen man nach Belieben um sich warf.

Bei Peter war das ganz anders gewesen. Bei ihm war dieses eine schlichte Wort, «Liebste», so zögernd, so zaghaft ausgesprochen, voller Gefühl gewesen.

Show me the way ...

Das Lied lief immer noch, das Feuer war heruntergebrannt, und Mary, die sich diesem Mann gegenüber, den sie ihr Leben lang kannte, plötzlich verlegen und schüchtern fühlte, schaute zum Fenster hinaus und sagte: «Es hat wieder angefangen zu schneien.»

Ein seltenes Lächeln erhellte Peters Gesicht. «Wollen wir hinausgehen?»

Mary hatte Zweifel. «Ohne Mäntel?»

Das Lächeln, mit dem Peter sie ansah, löste die seltsamsten Empfindungen in ihr aus. «Ich hätte Lust, irgendetwas Verrücktes zu tun. Was meinst du ... Liebste?»

Mary riss vor Überraschung die Augen auf. «Ja», sagte sie atemlos. «Ja, gehen wir hinaus.»

In diesem Moment wäre sie ihm bis in die Arktis gefolgt. Sie wäre ohne Klage in ihren Abendschuhen durch Schnee und Eis mit ihm bis ans entfernteste Ende des Nordpols gelaufen. Was waren schon ein paar Schneeflocken?

Sie waren zusammen in ein Wintermärchen hinausgetreten. Um sie herum fiel der Schnee in dicken Flocken, doch sie standen geschützt unter einem Mauervorsprung.

«Ich komme mir vor wie in einer Schneekugel», sagte Mary.

«Wenn wir für alle Zeiten in diesem einen Moment eingefroren würden ...» Sie hörte die Zärtlichkeit in seiner Stimme und fühlte die Wärme und Zuverlässigkeit seiner Hände, die sie näher zu ihm zogen. «... sollten wir ihn dann nicht unvergesslich machen?»

Und sie hatte nicht vergessen. Nein. Sie erinnerte sich an jede Berührung, jedes Wort, jeden Atemzug, jede Regung in seinem Gesicht.

Anders wäre es wahrscheinlich leichter.

«Da wären wir.» Joss kehrte mit einer Magnumflasche Champagner und zwei Gläsern zurück, die er zwischen die Finger der freien Hand geklemmt trug. Er goss eine Kaskade goldener Flüssigkeit in jedes Glas und reichte Mary eins davon. «Du hast ausgesehen, als könntest du einen Schluck gebrauchen.»

«Danke.» Mary hielt den Stiel fest in ihren Fingern. Spontan fragte sie: «Was glaubst du, wie dein Leben werden wird?»

Joss runzelte die Stirn. Er sah sie an, als hätte sie soeben eine sehr seltsame Frage gestellt. «So, wie es schon ist», sagte er. «Denke ich mir.»

Mary versuchte es noch einmal. «Ja, aber glaubst du, dass du immer in London leben wirst?» An jenem Abend auf der Veranda hatten sie und Peter über die Zukunft geredet, über all die Dinge, die ihnen wichtig waren. «Wo siehst du dich in der Zukunft?»

Joss prostete ihr zu. «Ich sehe mich mit einer schönen Frau Champagner trinken.»

«Ja, aber ...» Mary brach ab.

Joss warf ihr einen vielsagenden Blick zu. «Ich verstehe», sagte er

Mary bezweifelte es.

Er setzte sich auf den Stuhl neben ihrem und legte seinen kräftigen Arm auf die Lehne hinter ihr. Der Stoff seines Smokings berührte rau die nackte Haut ihres Rückens. «Du hättest gern Klarheit über meine Absichten.»

«Ich ...» Worum auch immer es ihr bei ihren Fragen gegangen war, darum ganz gewiss nicht. *Könnten wir miteinander glücklich werden? Würdest du auf dem Land leben wollen? Hast du überhaupt eine Ahnung, wer ich bin?* Um diese Dinge ging es, unausgesprochen und schwer zu erklären. «Lieber Himmel, nein!»

Joss schob einen Finger unter ihr Kinn und drehte leicht ihren Kopf, um ihr ins Gesicht blicken zu können. «Was würdest du sagen, wenn ich verspräche, dir ein Leben zu bescheren, in dem es dir niemals an Champagner und Pelzen fehlen wird?»

Mary fand den Gedanken an ein Leben in Champagner und Pelz und immer nur mehr und mehr derselben Dinge niederschmetternd, doch das konnte sie Joss nicht sagen, der glaubte, dass dies das Leben sei, das sie sich wünschte. Joss, dem sie allen Anlass gegeben hatte, das zu glauben.

Er sah sie so erwartungsvoll an. War es also tatsächlich ein Heiratsantrag gewesen? Mary versuchte zu lächeln, sich eine unverfängliche, witzige Bemerkung einfallen zu lassen, doch ihre Lippen waren starr vor Schauder.

Peter hatte ihr seinen Heiratsantrag auch am Heiligen Abend gemacht.

Es war unfair, Vergleiche zu ziehen, sagte sie sich vorwurfsvoll. Joss konnte es ja nicht wissen. Wie denn auch? Sie hatte nie darüber gesprochen, weder über Peters Heiratsantrag noch über die Ereignisse danach, alles auf den Tag genau vor einem Jahr.

Sie waren so glücklich gewesen, so unglaublich glücklich in ihrer verzauberten, von silbernen Schneeschleiern umhüllten Welt auf der Veranda von Ingleby. Doch die Seligkeit hatte nur bis zu dem Moment gehalten, als sie, mit schneebestäubtem Haar, glühend vor Kälte und Glück wieder ins Haus getreten waren. Mary wäre am liebsten sofort mit der großen Neuigkeit herausgeplatzt, doch das Gesicht ihrer Mutter brachte sie zum Schweigen.

Es hat einen Unfall gegeben, hatte ihre Mutter gesagt, die Lippen beinahe unbewegt, das Gesicht eine starre Maske des Schmerzes. *Der Wagen ...*

Eine Sirene heulte, die Musik endete abrupt in schrillem Missklang. Leute schrien durcheinander, trampelnde Füße erschütterten den Holzboden.

«Polizei», rief jemand. «Vor dem Eingang. Draußen.»

«Ach, Mist.» Cynthias klirrende Stimme durchschnitt das Getöse. «Eine Razzia.»

«Ausgerechnet jetzt, hm?» Joss sah Mary an und verzog das Gesicht. «Wir müssen verschwinden.»

Sie schlossen sich der Menge an, die zur Hintertür drängte. Es war ein absurdes Bild: eine panische Horde schmuckbehangener Frauen, die mit kreischend aufgerissenen roten Mündern auf allzu hohen Stöckeln durch das Lokal stolperten. Sie erinnerten Mary an eine Herde aufgedonnerter Gazellen, die vor einem Rudel Löwen floh. Joss kämpfte ihnen unter Einsatz seiner Ellbogen einen

Weg zur Tür frei und zog sie hinaus in den Hof hinter dem Lokal.

«Wo hat der Idiot den Wagen gelassen?» Joss warf Mary sein Smokingjackett um die Schultern, und sie versuchte, dankbar zu sein.

«Dennis hat ihn wahrscheinlich nach Hause geschickt», sagte sie mit klappernden Zähnen.

Joss warf ihr einen zynischen Blick zu. «Du meinst, er und Cynthia haben sich verdrückt, als sie hörten, dass die Polizei im Anmarsch ist. Komm, ich besorge uns ein Taxi.»

Sein Jackett fest um sich gezogen, folgte sie ihm in ihren dünnen Abendschuhen durch den eisigen Schneematsch.

Die ganze Situation hatte etwas seltsam Unwirkliches. Manchmal hatte sie das Gefühl, als hätte ihre ganze Welt an jenem Heiligen Abend im letzten Jahr aufgehört sich zu drehen. Die Mary danach, die Mary, die tanzte und trank und lachte, war eine andere Mary, nicht mehr als eine Pappfigur. Die wahre Mary war immer noch in Ingleby, in jenem schrecklichen Moment gefangen, als die Nachricht von dem Unfall sie getroffen hatte.

Die Straße war eisig gewesen. Eis in einer scharfen Kurve bei winterlicher Dunkelheit.

Barbara war sofort tot gewesen. Tommy hatte zwei Tage ohne Bewusstsein zwischen Leben und Tod geschwebt, bevor auch er gestorben war. Helen – die energische, immer aktive, wissbegierige Helen – saß in einer Klinik in der Schweiz im Rollstuhl.

Doch gab es wenigstens Hoffnung. Ihre Mutter hatte telegraphiert, dass Helen nach Meinung der Ärzte wieder ganz gesund werden würde. Zwar würde sie dieses Weihnachten noch nicht wieder zu Hause verbringen können, aber vielleicht das nächste.

Aber wo zu Hause?

Mary hatte ihre Familie nie für besonders arm gehalten. Doch Klinikkosten und Erbschaftssteuern zusammen waren zu viel gewesen. Ihr einziges Vermögen war Ingleby, und Ingleby würde verkauft werden müssen.

Ihre Mutter, die sich bei Helen in der Schweiz aufhielt, war keine Hilfe. Mary musste sich ganz allein durch die endlosen Aufstellungen und Zahlenreihen kämpfen und versuchen, aus ihnen klug zu werden und einen Weg zu finden, ihr Zuhause zu retten.

«Wenn du das Haus rettest, bringt sie das auch nicht zurück», hatte Peter gesagt.

Das war im Februar gewesen, als der Regen von den Bäumen tropfte und der Himmel schwer und grau war wie Blei. Peters Gesicht war so düster wie das Wetter, so düster wie sein anthrazitfarbener Anzug, nahe an schwarzer Trauer.

Mary hatte ihn angefaucht: «Was weißt denn du schon?» Es war ja nicht Peters Haus. Es waren ja nicht seine Geschwister, die draußen auf dem Friedhof lagen.

Auch wenn er sie ebenfalls geliebt hatte.

Mary wusste, dass sie ihm unrecht tat, doch in ihrem Schmerz war es ihr egal. Peter war doch immer so stolz darauf, dass er alles in Ordnung bringen konnte. Warum tat er jetzt nichts? Gerade jetzt, da sie seine Hilfe wirklich brauchte, zog er sich in sich selbst zurück.

Peters Antwort auf Marys fieberhaftes Bemühen, Ingleby zu retten, war ein kurzes «Wozu das alles?».

Wozu? Ingleby war ihr Zuhause. Sie hatte schon so viel verloren. Musste sie auch Ingleby noch verlieren?

«Ich hätte gedacht, dass gerade du das verstehen würdest», versetzte Mary, tief getroffen von seinem Verrat.

Peter erwiderte nichts. Er schob nur die Hände in die

Hosentaschen und starrte irgendwo in weite Fernen. «Geh mit mir fort», sagte er dann und fügte hastig hinzu: «Auf Zypern ist ein Posten frei. Ich habe vor, mich zu bewerben. Wenn wir heiraten, bevor ich gehe ...»

Vor wenigen Wochen noch hätte das Wort «heiraten» einen köstlichen Schauder hervorgerufen. Jetzt hörte Mary es kaum. Sie hörte nur «fortgehen».

Sie presste einen Moment die Lippen aufeinander, um das Zittern zu unterdrücken. Dann sagte sie: «Du läufst einfach davon. Du kannst einfach mich, und sie, im Stich lassen ...»

«Komm mit mir.» Peter wollte sie an den Händen fassen, doch sie entzog sie ihm.

«Ich soll von zu Hause weggehen?» Tommy und Barbara waren kaum unter der Erde. Ein solcher Treuebruch war für Mary unvorstellbar.

Sie konnte es nicht fassen, dass der Peter, den sie kannte, der Peter, den sie zu lieben geglaubt hatte, etwas Derartiges von ihr verlangen konnte.

Es hatte Streit gegeben, auf beiden Seiten waren harte Worte gefallen.

Von plötzlichem Schmerz erfasst, fragte sich Mary, ob Peter inzwischen auf Zypern war. Ihre Phantasie malte ihr eine Landschaft weißer Strände und großblättriger Palmen, eine Szene, wie sie sie nur aus Büchern kannte.

Wie sähe ihr gemeinsames Leben aus, wenn sie ja gesagt hätte und mit ihm nach Zypern gegangen wäre?

Du opferst dich für ein Haus, hatte Peter zornig gesagt. *Ein Haus ist nur ein Haus.*

«Welche Adresse?» Joss half Mary ins Taxi.

Einen Moment war Mary versucht, Paddington zu sagen. Wenn sie vom Paddington-Bahnhof aus den Frühzug nähmen, könnten sie mittags in Ingleby sein. Nur ein Haus? Mary sah den altvertrauten Bahnhof vor sich, den Nebel, der sich über dem Schnee hob, den alten Wegweiser, der im Wind knarrte. Und dort, am Ende der Straße, lag Ingleby. Alle seine Fenster waren erleuchtet, Helen winkte vom Kinderzimmerfenster herunter, Tommy fläzte faul auf dem Teppich vor dem offenen Kamin, und Barbara stieß ihn mit der Fußspitze an und schimpfte, er solle still sein und sie lesen lassen ...

Die Realität holte sie ein.

Niemand würde warten, keine Barbara, kein Tommy. Sie waren fort, fort für immer. Im offenen Kamin brannte kein Feuer, keine Helen stand am Fenster und winkte. Und wenn sie Ingleby hundertmal zurückkaufte, es würde nie wieder so sein, wie es gewesen war.

Sie waren tot, tot, und nichts konnte sie zurückbringen. Nichts war geblieben als die äußere Hülle des Zuhauses, das sie geliebt hatte.

Genau das hatte Peter ihr erklären wollen. Er hatte es versucht, doch sie hatte nicht auf ihn gehört. Sie hatte nicht hören wollen.

Mary nannte dem Fahrer die Adresse, dann sah sie Joss an, den harmlosen, uninteressanten Joss, der Geld wie Heu hatte, sie mit Champagner und Pelzen verwöhnen wollte, ihr alles bieten konnte, von dem sie geglaubt hatte, sie wolle es haben.

Und noch während sie ihn betrachtete, wusste sie, dass ihre Entscheidung gefallen war.

Sie schüttelte sein Jackett ab und reichte es ihm zurück. «Danke.» Spontan beugte sie sich zur offenen Tür hinaus und drückte ihm einen Kuss auf die Wange. «Du warst sehr lieb.»

Die Hand an der Tür, den Fuß auf dem Trittbrett, fragte er: «Kein Gute-Nacht-Trunk?»

«Es ist schon Morgen.» Der Himmel hatte sich zu einem von gelben Streifen durchzogenen Grau gelichtet. Gnadenlos hob das harte, klare Licht die Tränensäcke unter Joss' Augen, den blätternden Lack auf Marys Fingernägeln hervor.

«Das ist wahr», sagte Joss. Mary konnte es ihm nicht übelnehmen, dass er ein wenig verschnupft aussah. Sie hatte ihm allen Anlass gegeben zu glauben, seine Bemühungen würden Erfolg haben. «Wenn du sicher bist ...»

Die Dezemberkälte drang durch ihr dünnes Kleid, doch sie hatte auch etwas Erfrischendes nach der stickigen Luft im Nachtclub. «Ich bin sicher, ja.»

Joss knallte die Tür zu, und das Taxi fuhr durch das fahle Licht des Weihnachtsmorgens davon.

Mary hatte das Gefühl, aus einem Delirium erwacht zu sein, so als wären die vergangenen zwölf Monate nur ein Albtraum gewesen, ein schrilles Wirrwarr aus Musik und Gelächter und misstönenden Stimmen.

Sie kramte ihren Schlüssel aus der Tasche und stieg langsam die Treppe zu ihrer Wohnungstür hinauf, während sie versuchte, ihre Gefühle zu verstehen, die Ödnis des vergangenen Jahres. Die ganze Zeit war sie dem Traum von Ingleby nachgejagt – doch was, wenn Peter recht hatte? Was, wenn es überhaupt nicht um Ingleby ging?

Wäre sie nicht so vollkommen darauf fixiert gewesen, Ingleby zu retten, dann wäre sie jetzt vielleicht auf Zypern. Sie würde an diesem Weihnachtsmorgen nicht mutterseelenallein im welken Abendkleid und mit tuscheverschmierten Augen die Treppe hinauftappen.

Sie hatte sich eingeredet, sie habe sich aus Loyalität von Peter distanziert. Aber das stimmte nicht. Sie hatte sich von Trotz, Kummer und Stolz leiten lassen.

Vor ihrer Tür lag ein braunes Päckchen. Mary wäre beinahe darüber gestolpert. Im ersten Moment glaubte sie, es müsse für die Nachbarn gedacht sein, doch auf der Verpackung stand ihr Name, in einer Handschrift geschrieben, von der sie geglaubt hatte, sie würde sie niemals wieder sehen.

Aber ... Peter war doch auf Zypern?

Unter dem braunen Packpapier kam ein kleiner Karton zum Vorschein. Und in dem Karton, von Seidenpapier umhüllt, war Ingleby, umhüllt von einer Glaskugel.

Als Mary die Glaskugel heraushob, stieg um das Haus ein Gestöber wirbelnder silberner Flitterplättchen auf, doch selbst im treibenden Schnee war es nicht zu verkennen. Es war Ingleby in Miniatur, vollkommen gearbeitet. Jeder Giebel, jeder Kamin, jeder Busch oder Strauch war am richtigen Platz, selbst die steinernen Löwen zu beiden Seiten der Haustür und der offene Laden von Marys Zimmerfenster fehlten nicht.

Zwei Miniaturgestalten, so klein wie die Schnipsel eines Fingernagels, belebten die Szene. Mary brauchte die winzigen Gesichter nicht zu erkennen, um zu wissen, wer die beiden Menschen waren. Sie standen auf der Veranda des Hauses, und als sie mit zitternder Hand die Kugel schüttelte, wirbelten glitzernde Schneeschleier um sie auf.

Einen Moment lang starrte Mary das Bild an wie gebannt, und das Herz schlug ihr bis zum Hals, aus Dankbarkeit und Schmerz, Hoffnung und Angst.

In dem gekrausten Seidenpapier steckte ein kleiner cremefarbener Umschlag. Die Kugel an ihre Brust gedrückt, zog Mary ihn heraus. Auf dem Blatt Papier, das er enthielt, stand in der vertrauten, großzügigen Handschrift:

Mag kommen, was will, Du wirst Ingleby immer bei Dir haben. P.

Mit hartem Aufprall setzte sich Mary auf die Treppe, die Kugel immer noch an die Brust gedrückt. Diese feine Arbeit ... Wie war es ihm gelungen, jemanden zu finden, der über solche Kunstfertigkeit verfügte? Doch das war nicht das Entscheidende. Entscheidend war das Warum.

Wenn wir für alle Zeiten in diesem einen Moment eingefroren würden ... Das hatte Peter vor genau einem Jahr zu ihr gesagt.

Und in dieser ganzen Zeit, dieses ganze schreckliche lange Jahr hindurch hatte Mary sich nur dies gewünscht: zu jenem einen Moment zurückzukehren, dem Moment, als sie alle zusammen glücklich gewesen waren und die Welt in Ordnung gewesen war.

Das Glas der Kugel krümmte sich hart und kalt unter ihren Fingern. Sie starrte durch die Wölbung auf die Frau und den Mann auf der Veranda, die keine Ahnung hatten, was sie erwartete.

Eingefroren in der Zeit. Aber wollte sie das überhaupt?

In fieberhafter Eile packte Mary die Glaskugel wieder in das Seidenpapier. Das Päckchen war nicht mit der Post gekommen, sondern persönlich abgegeben worden. Das hieß, dass Peter noch nicht nach Zypern abgereist war.

Mary nahm sich nicht die Zeit, sich umzuziehen. Sie lief nur schnell in ihre Wohnung, um sich einen Mantel zu holen, ihren ältesten, schäbigsten Mantel, der so gar nicht zu ihrem Abendkleid und ihren hochhackigen Pumps passte.

Überall auf den Straßen läuteten Kirchenglocken. Ihr voller schöner Klang stieg hoch über die rußgeschwärzten Häuser auf. Mary rutschte und schlitterte in ihren eleganten Schuhen, doch der Glockenklang beschwingte sie und verlieh ihrem müden Körper neue Kräfte.

In Peters Club teilte ein ehrfurchtgebietender Pförtner ihr mit, dass Mr. Tresham nicht mehr im Club weile.

«Ist er nach Zypern abgereist?», fragte Mary.

«Das kann ich nicht sagen, Madam.» Das Gesicht des Pförtners war steingewordene Missbilligung: Anständige junge Damen rannten nicht zu nachtschlafender Zeit durch die Straßen und hämmerten an die Türen von Herrenclubs.

«Miss?» Es war einer der Laufjungen, die sich beim Club herumtrieben. «Ich habe Mr. Tresham wegfahren sehen. Es ist noch keine zehn Minuten her. Ich habe gehört, wie er dem Taxifahrer gesagt hat, er soll ihn nach Paddington bringen.»

«Tausend Dank.» Mary kramte in ihrem Täschchen nach einer Münze und fand eine halbe Krone. «Fröhliche Weihnachten.»

Im Weglaufen bemerkte sie noch, dass der Pförtner dem Jungen einen Puff versetzen wollte, doch der wich geschickt aus.

Auf dem Bahnhof herrschte ein einziges Gewimmel von Reisenden, die mit Päckchen beladen zum großen Weihnachtsessen nach Hause wollten. Die Bücherstände waren geschlossen. Mary rannte suchend durch die Menge, eine absurde Gestalt in ihrem sonderbaren Aufzug aus Abendkleid und abgetragenem Mantel. Eine Ferse war voll brennender Blasen, denn sie war den ganzen Weg zum Bahnhof in ihren Tanzschuhen gerannt.

Hatte der Junge sich geirrt? War Peters Zug vielleicht schon abgefahren? Mary hatte die Hoffnung schon fast aufgegeben, als sie ihn entdeckte, im Gespräch mit zwei Männern in dunklen Mänteln.

Beinahe hätte sie sich zurückgezogen, aber dann dachte sie an die Schneekugel. Wenn er sich diese Mühe gemacht hatte, musste sie ihm doch noch etwas bedeuten.

Sie hob die Hand und rief winkend: «Peter! Peter!»

Leute drehten sich nach ihr um und wandten sich wieder ab. Sie wusste, dass sie wie eine Irre wirken musste, wie sie da mit verschmiertem Lippenstift und windzerzausten Haaren am Weihnachtsmorgen auf dem Bahnsteig auf und nieder sprang, doch das war völlig unwichtig. Dort stand Peter, und sie konnte ihn nicht gehen lassen, ohne noch einmal mit ihm gesprochen zu haben.

«Mary?» Peter entschuldigte sich bei seinen Begleitern. Mit hochgezogener Braue musterte er ihre eigenwillige Aufmachung. «Hast du etwas Besonderes vor?»

Marys Herz zog sich zusammen bei seinem Anblick, beim Anblick des braunen Haarschopfs, der hellbraunen Augen, um die sich seit ihrem letzten Beisammensein einige neue Fältchen gebildet hatten.

«Ich habe die Schneekugel gefunden.» Jetzt, da er vor ihr stand, wusste Mary nicht recht, was sie sagen sollte.

«Ach so», sagte Peter. Und dann: «Ich wollte sie dir gern noch vor meiner Abreise schenken.»

Mary biss sich auf die Unterlippe. «Du fährst also?»

«Ja.» Peter verzog leicht ironisch den Mund. «Ich laufe davon.»

Mary zog ein Gesicht. «Das hätte ich niemals sagen ...»

«Nein. Du hattest recht. Ich ...» Peter schob die Hände in die Taschen, wie er das immer tat, wenn er mit etwas zu kämpfen hatte. «Ich habe mich nur so entsetzlich schuldig gefühlt. Wenn ich an dem Abend statt Tommy zum Bahnhof gefahren wäre ...»

Mary legte ihre Hand auf seinen Arm. «Ja.» Sie hatte ja selbst hundertmal das Gleiche gedacht, sich Vorwürfe gemacht, dass sie nicht mitgefahren war. «Ich kam mir vor wie eine Verräterin, dass ich so glücklich war, während sie … du weißt schon.»

Peter nickte. «Und dann mit ansehen zu müssen, wie du gekämpft hast, und zu wissen, dass ich das alles hätte verhindern können …» Er schüttelte hilflos den Kopf. «Das Schlimmste war, dass ich eifersüchtig auf ein Haus war.»

«Aber du hast mir die Schneekugel geschenkt.» Es musste monatelange Planung, akribische Messungen, unzählige Fotografien gekostet haben.

Peter lächelte wehmütig. «Das echte Ingleby konnte ich mir nicht leisten. Die Schneekugel war das Nächstbeste.»

Mary holte tief Atem. «Einen Vorteil hat die Kugel», sagte sie.

Peter sah sie fragend an, ein Fels in der Brandung, der sie vor dem Gedränge der Reisenden schützte. «Welchen?»

Mary nahm ihr Herz in beide Hände. «Ich kann sie nach Zypern mitnehmen. Das heißt, wenn du noch willst, dass ich mitkomme?»

Sein Kuss war ihr Antwort genug.

Nina George

Das Glasmesser

Der Morgen des 24. Dezembers 2007 legte eine weiße, funkelnde Eisglasur über Paris.

Monsieur Perdu schlief in seinem Sessel vor dem Buchregal, den Kopf vornübergebeugt auf ein Regalbrett gesunken. Der dreiundvierzigjährige Buchhändler war kurz vor Sonnenaufgang in der Abteilung «Romane gegen die fünf Leiden der Großstadt» (Hektik, Gleichgültigkeit, Klimaanlagen, Lärm und: sadistische Busfahrer) mit dem Gesicht voran auf seinen verschränkten Armen eingeschlafen. Genau zwischen «Die Vermessung der Welt» und «Die Eleganz des Igels». Er würde nicht lange so ruhen. Er hatte aufgehört, sich Morpheus' Lächeln rückhaltlos anzuvertrauen. Denn im Schlaf, da kamen die Erinnerungen. Die Träume, in denen er ertrank.

Und sie. Sie kam auch.

Jean Perdu hatte ihren Namen schon seit fünfzehn Jahren nicht mehr ausgesprochen.

Die letzten sieben Tage waren die hektischsten im ganzen Jahr gewesen. Bücher waren traditionell die letzte Rettung für alle, die jedes Mal völlig überrascht waren, dass Weihnachten tatsächlich schon wieder stattfand. In Jean Perdus Bücherschiff im Champs-Élysées-Hafen, der *pharmacie littéraire*, suchten sie in letzter Minute Geschenke; für manchen war der Weihnachtseinkauf in der «Literarischen Apotheke» die einzige Viertelstunde im Jahr, in der sie freiwillig eine Buchhandlung betraten. Verlegen und ungeduldig sahen sie sich in dem umgebauten Lastkahn um, dessen Anblick sie mit seinen zehntausend Büchern, säuberlich in Regalen aufgereiht, schier erschlug. Die Bücher waren nicht nach Genre oder Abc geordnet. Auch eine Bestsellerliste oder Empfehlungen aus *Le Monde* und *Madame* suchte man vergeblich zwischen den Holzregalen, den dunkelroten Récamièren, dem blauen Piano und Katze Oscar.

Monsieur Perdu hatte seine Literarische Apotheke nach der Wirkung der Bücher sortiert.

Es gab Trostbücher, Mutbücher, Antistressbücher. Bücher gegen von A wie Autoritätshörigkeit bis Z wie Zehenschüchternheit. «Bücher für Leute, die man nicht mag (inkl. nahe und angeheiratete Verwandtschaft)» und «Bücher für Menschen, die nicht lesen».

Für Jean Perdu waren Romane Medizin - und wie jede Arznei war nicht alles für alle gleich gut geeignet. Es machte keinen Sinn, eine Frau mit Liebeskummer mit dem feinsinnigen Balzac zu verkuppeln - Zartheit tat zu weh, weh wie zarte, brennende Fäden einer Feuerqualle. Entliebten empfahl Perdu Blutiges oder Magisches. Jules Verne, William Gibson, Anne Rice, das waren Charaktere, die rigoros jegliche Larmoyanz wegerzählten.

Oder Depressive. Die mussten auf keinen Fall zum Lachen, sondern zum Weinen gebracht werden. Ihre innere Versteinerung musste sich verflüssigen, und dafür eignete sich kaum jemand besser als Gavalda, Barbery, Hosseini oder ein anständiger Isländer. Sie verwandelten Widerlinge zwar selten in Lämmer, aber zu Stein gewordene Herzen in Blut und Wasser.

Doch die Weihnachts-Eiligen brachten keine Zeit mit für eine Debatte über die derzeitige Seelenlage der zu Beschenkenden; es war ja schon schlimm genug, dass Weihnachten so plötzlich kam. Sie hatten keinen Sinn dafür, zu prüfen, ob der zu Beschenkende unter einem Dach mit Ingeborg Bachmann, Stephen King oder Claudia Piñeiro leben konnte, bis der Flohmarkt oder Umzug sie scheide.

Entsprechend waren die Kundengespräche: «Ich suche Nazis mit Goldrand.» – «Sie meinten: Narziss und Goldmund?» – «Narzissen, genau, meine Tante Françine mag Gartenbücher.»

«Da war neulich so ein Buch, da haben alle drüber geredet. Es war gelb.» – «Sie wissen zufällig nicht den Autor?» – «Nein, aber es war gelb. So viele gelbe Bücher kann es doch nicht geben, oder?»

«Ich brauche was für meine Mutter. Sie ist Schaffnerin.» – «Was liest sie denn gern?» – «Ach, die hat keine Zeit zum Lesen, aber sie hat da einen neuen Glastisch neben dem Sofa. Zeigen Sie mir doch ein paar richtig hübsche Bücher.»

Jean Perdu hatte sich, als er nach Mitternacht vor dem Heiligen Abend den letzten Kunden vom Schiff begleitet hatte, bei seinen Büchern für die unromantische Partnervermittlung entschuldigt. Er nahm sich sonst mehr Zeit, um Mensch und Buch zusammenzubringen.

Diese Romane würden ihr ganzes Leben mit ein und demselben Menschen verbringen. Jean Perdu hatte kein Interesse, Jane Austen oder Maxim Gorki als Kulturtapete in einem Neureichenhaushalt verenden zu lassen; er prüfte die Leserinnen genau, ob sie fähig waren, ein Buch so zu lieben, wie es es verdiente.

Er war durch das ruhig und dunkel daliegende Bücherschiff gegangen, hatte die Buchrücken zärtlich berührt und sich vorgestellt, wie es wäre, wenn nicht die Bücher bei Menschen lebten. Sondern Menschen in Büchern einziehen könnten.

Er wäre sofort bereit, in einem Roman zu wohnen. Egal welchem.

Nur nicht mehr hier sein.

Hier, wo *sie* auch war.

Wo *sie* war und fehlte und fehlte, obgleich es sie schon so lange nicht mehr gab, dass er sich ans Fehlen hätte gewöhnen müssen. Jean Perdu wusste aus allen Büchern, dass das Fehlen niemals aufhörte.

Während er einen Stapel von «Nachtzug nach Lissabon» an die Kasse trug – ein Buch, dass er häufig empfahl, es war ein ausgezeichnetes Breitbandantibiotikum gegen Lebenslähmung –, fragte er sich, warum er nicht wenigstens einen Tag, ein Weihnachten in einem Roman von Dickens, Flaubert oder Carol Higgins Clark verbringen konnte? Als jemand anderer oder als Weihnachtsbaum, als Schneegestöber, als ...

Oh? Was ist das denn?

Neben der Kasse lag ein Brieföffner, einer, den Perdu noch nie gesehen hatte. Hatte ihn jemand vergessen?

Er setzte den Stapel «Nachtzug» ab.

Der Brieföffner war schwer und durchsichtig. Ein Glasmesser. Eine vierzehn Zentimeter lange Klinge, an der einen Seite scharf, an der anderen stumpf. Glatt und leicht. Aus einem Stück gefertigt, Perdu fühlte keine Naht. Wer immer das kostbare Messer vermisste, würde sicher wiederkommen.

Er hielt das Glasmesser höher. Es war, als atmeten Sterne darin.

Perdu wurde von einer angenehmen Erinnerung überrascht. Einst wurden Bücher noch sorgfältig aufgeschnitten, Seite für Seite. Es war wie das Aufschließen einer Schatztruhe. Als Junge hatte er es geliebt, wenn er ein geschlossenes Buch bekam, an dem der Hohlschnitt noch nicht erfolgt war. Es hatte das Buch erst zu seinem gemacht, wenn er die Seiten trennte. Er hatte sich gefühlt, als öffnete er das gefährlichste Buch der Welt mit den größten Geheimnissen, als ginge er durch eine papierne Tür in andere Universen, andere Sternenalter, andere Zeiten, in denen auch er jemand ganz und gar anderer war ...

Monsieur Perdu konnte nicht widerstehen. Er griff nach dem Glasmesser und führte die Klinge langsam unter dem Einband des «Nachtzug nach Lissabon» entlang und schlug das Buch auf.

Nichts passierte.

Natürlich nicht.

Er legte das Messer auf eine Sammelausgabe mit Geschichten über die Entdeckung Afrikas, atmete leise aus, verlegen ob seiner kindlichen Hoffnung, und räumte zunehmend müder Stapel Bücher hin und her.

Weihnachten in einem Buch verbringen. Ja. Das stände ganz oben auf seinem Wunschzettel. Zur Not würde er mit dem Grafen von Monte Christo in einer Zelle ausharren, mit den Musketieren saufen oder mit Harry Potter bei den Weasleys ...

Mit einem dieser seltsamen Gedanken war er schließlich doch eingeschlafen, den Kopf voran im Buchregal, zwischen Kehlmann und Barbery, die höflich zur Seite gerückt waren.

In Frankreich war der 24. Dezember ein Tag wie jeder andere, am 25. war allgemeine feierliche Bescherung zwischen Champagner, Crevetten und Geschwisterstreit. Er musste also nur noch den 24. durchhalten.

Perdu zuckte hoch, stieß sich den Kopf, fluchte «Merde!», und rührte Kater Oscar auf, der ihm seit fünf Jahren auf dem Bücherschiff Gesellschaft leistete. Perdu hatte den molligen Streuner nach Oscar Wilde benannt, weil der dicke Kerl sphinxhaft aus seiner Regalecke herabschaute, während er bei den «Büchern für Katzenliebhaber ohne Katze» lag und sich hingebungsvoll alles leckte, was er bei seinem Fässchenbauch unfallfrei erreichen konnte.

«Ah, du rettungsloser Papierschiffer», schnurrte Oscar jetzt aus dem Nebenfach, «du Buchdoktor, Literaturpharmazeut, du Besserwisser, Pariser Lebenddenkmal, du mit deiner Sorge um die anderen, du Papierschnüffler, du Wegrenner, läufst du nicht oft stundenlang durch Paris, bis du nichts mehr im Kopf hast außer Atem, ja? – du hast Angst vor dem Leben außerhalb der Bücher und willst in einem wohnen?»

«Das ist nur vernünftig», sagte Perdu. «Bei Büchern weiß man immerhin, wie es endet.»

Er rieb sich den angeschlagenen Kopf und zog sich aus dem Buchregal zurück, streckte sich. Himmel. Er sprach mit einer Katze. Oder vielmehr: Er bildete es sich ein. Irgendwann schlug die Übermüdung doch auf das Gehirn.

«Aber du könntest doch wirklich netter sein zu Menschen. In der Freizeit, meine ich», redete der Kater weiter.

Irgendwie schien die Sonne zu hell für einen Dezembermorgen, fand Monsieur Perdu. Als er an das große Fenster trat, das er zur Seine-Seite hin in die Bootsflanke der Penische eingebaut hatte, mit Blick auf die Kathedrale Notre-Dame und die Brücken, Ausflugsschiffe und St. Germain, da wich er zurück. Er hielt unwillkürlich den Atem an. Sein Herz schlug schneller. Sein Magen hob sich, als fiele er in ein Luftloch.

Da war keine Notre-Dame mehr.

Kein St. Germain.

Da war nicht einmal mehr die Seine.

Als Monsieur Perdu an Deck trat, umfing ihn dicke, schwere Luft. Die Stadt war verschwunden. Stattdessen: ein großer, weiter Strom, umrandet von fremdem Grün, und darüber eine Stille, wie er sie nie gehört hatte. War er taub geworden?! Er klopfte gegen die Reling. Ein einsamer Laut erklang. Gut, er war schon mal nicht taub. Gut. Aber was war er dann?

Undurchdringliche grüne Mauern, dschungelartig, afrikanisch, mächtig, sah er dahinten. Auf Sandbänken davor lagen Flusspferde und Alligatoren. Die Sonne tat weh, sie fraß den Atem.

«Man will es nicht glauben», sagte eine alte Stimme hinter Perdu, «dass wir auf das Herz der Finsternis sehen. Es versteckt sich in der Sonne, und doch ist es da. Es bewahrt unseren Tod auf, um ihn uns eines Tages wiederzugeben.»

Monsieur Perdu drehte sich um, Gänsehaut im Bauch.

Der Mann kam ihm vage bekannt vor. Sonnenfältchen um die Augen. Ein Blick, der Weite gewohnt war. Ein Seemann.

«Wir brauchen noch eine Weile, bis das Dampfschiff wieder flott ist. Weihnachten zu Hause, das kannst du vergessen.»

«Pardon, aber wer sind Sie doch gleich?», fragte Perdu.

«Pardon? Ich? Wer ich bin? Jedenfalls keiner von den Kannibalen, Pilger.» Der Mann lachte. «*Pardon*. Wo kommst du denn her?»

Dann wurde der Seemann ernst. «Vielleicht träume ich dich ja auch nur. Die Hitze macht, dass wir Dinge sehen, die nur in uns sind. Die uns fehlen.»

Perdu schaute auf die Luke, die ins Innere des Bücherschiffs führte. Dort waren noch Regale und Bücher zu erkennen, schwach, wie hinter Nebel. Der Seefahrer zuckte mit den Schultern, wandte sich ab. «Würdest du einer Frau immer die Wahrheit sagen?», fragte er auf dem Weg quer über das Boot. «Ich hab es nicht gekonnt. Ich weiß bis heute nicht, ob es richtig war. Ob die Lüge sie hat besser weiterleben lassen. Oder eben nicht. Ich denke seit Jahren daran. Seit Kurtz.»

Und erst als er diesen Namen nannte, erkannte Perdu ihn. Den «Wanderer», den er schon verehrt hatte, als er selbst noch ein Knabe gewesen war.

Das war Marlow. Marlow!

«Das Schlimmste, was man ihm nachsagen konnte, war, dass ihm sein Beruf nicht anzumerken war. Er war ein Seemann, aber auch ein Wanderer ...»

Aber das konnte nicht sein! Marlow war ein Flussschiffer, der auf dem Kongo, nicht auf der Seine, eine phantastische, wahnsinnige, grauenvolle Episode erlebt. Kolonialismus, Sklaverei, Tod. Er brachte die Briefe eines brutalen, rassistischen Elfenbeinhändlers Kurtz zu dessen nichtsahnender Braut nach Brüssel. Und lügt sie an, als sie die letzten Worte wissen will, die ihr ferner Geliebter sprach. Weil die Wahrheit sie brechen könnte, weil die Liebe die Lüge zum Leben braucht, da lügt Marlow, um ihr Leben zu retten, Marlow, der immer die Wahrheit sagt.

«Ihren Namen, den hatte er auf den Lippen», behauptet er. Und wie großartig Kurtz gewesen sei, ein großartiger Mann.

Erst diese Worte lassen die Witwenbraut endlich wieder atmen. Unwissentlich einen Tyrannen geliebt zu haben, kann eine Frau innerlich töten.

«Die Liebe braucht den Betrug», sagte Perdu. «Manchmal ist die Wahrheit zu bedrohlich für uns. Zu groß.»

«Gut, dass du das sagst, Pilger. Ich war mir nicht mehr sicher.»

Marlow.

Aber all das hatte Marlow nicht *wirklich* erlebt.

Nicht wirklich.

Der ehrbare, menschenfreundliche, auf der Suche nach dem weißen Fleck um die Welt bummelnde Flussschiffer Kapitän Marlow war eine Figur des Schriftstellers Joseph Conrad in der Erzählung «Herz der Finsternis» von 1899.

Was zum Teufel tat eine literarische Figur auf seiner Literarischen Apotheke?!

«Komm, Pilger, hilf mir mal mit dem Motor.» Der Kapitän winkte Perdu mit sich.

Das Bücherschiff änderte sich mit jedem Schritt. Es war wie ein flackerndes Fernsehbild, und aus dem verwischten Rauschen schälte sich ein anderes Schiff heraus. Ein altes Dampfschiff, wie es in Museumshäfen lag. Schließlich war die Literarische Apotheke ganz verschwunden.

Perdu atmete langsam ein und aus. Die feuchte Wärme war drückend, als atme er Schafwolle.

Perdu drängte sich ein leiser, unfassbarer Verdacht auf.

Die Frage ist nicht, was Marlow hier tut.

Die Frage ist: Was tue ich hier?

Wo immer auch «hier» sein mag.

Er sah aus dem Bullauge. Die grünen Wände waren untypisch für den Kongo. Vielleicht der Niger? Und Kurtz, er war tot ... Das war die gute Nachricht. Perdu war nicht IN dem Buch «Das Herz der Finsternis». Er war nur

... irgendwo in der Nähe.

In dem «Danach». Perdu hatte als junger Buchhändler, als er noch mehr an Träume als an Enttäuschungen glaubte, die Theorie gehabt, dass Figuren weiterleben, auch wenn der Roman zu Ende ist. Sie führen ihr Leben fort, unbeobachtet von ihrem Schöpfer. An einem geheimen Ort zwischen Sein und Nichtsein. Manchmal völlig hilflos, weil sie nicht mehr weiterwissen. Manchmal in einem ewigen Happy End. Und manchmal sitzen sie noch an ein und demselben Tisch, an dem der Autor sie zurückgelassen hatte.

«Gib mir mal das Ding da», verlangte Marlow. Perdu sah sich um. Eine Kiste mit Werkzeugen. «Ja, das da!», wiederholte Marlow. Und deutete auf den durchsichtigen, schlanken Gegenstand.

Das Glasmesser!

«Schneide mal das Buch hier auf. Kam mit den anderen Sachen aus England. Weiß auch nicht, was man damit reparieren soll.»

Perdu hob das Messer hoch, es fühlte sich vertraut an, und als er es gegen das Licht hielt, sah er Paris, die funkelnden Sterne der grünen, roten, gelben und weißen Lichterketten, die sich über die Schiffe der Seine spannten.

Er nahm das Buch, das Marlow ihm hinhielt.

«Das fasse ich jetzt nicht», flüsterte er, als er den Titel las.

«Ich auch nicht», grinste Marlow. «Was denken die, dass ich hier eine hübsche Lady in Chinakrepp finde und ihr das Ding mit Teekuchen und Sherry bringe?»

Jetzt guckten sie beide auf den schmalen Einband. «Stolz und Vorurteil». Jane Austen. 1813.

«Nimm's mit», sagte Marlow. «Und das Messer.

Nimm's besser mit, bevor die Finsternis es sich nimmt und die Zeit in alle Richtungen aufschneidet und wir durch die Ritzen fallen.»

Aber vielleicht sagte Marlow auch gar nichts, denn in dem Augenblick, in dem Monsieur Perdu das Glasmesser in die Hand nahm und die Seiten von Jane Austens Roman trennte, verschob sich das Bild der Realität erneut.

Der Dampfkessel flimmerte, rieselte wie Putz von einer Wand dahin, und gab darunter etwas Fremdes frei.

Jean Perdu umklammerte das Glasmesser. Schnitt. Er spürte kühlenden, frischen Wind. Noch eine Seite. Der Duft nach Sommerwiese und Hagebutten. Noch einen Schnitt.

Jetzt nahm Perdu das sanfte Klirren von dünnem Porzellan wahr. Lachen. Er sah Frauen in weißer Kleidung, ein Sonnensegel. Hörte Pferde wiehern.

Als er einen Schritt nach vorne tat, fühlte er, dass sich seine Füße auf festem, aber leicht nachgiebigem Untergrund befanden.

«Mach's gut, Pilger», sagte Marlow.

Jean Perdu sah sich um, aber da verschwand das Dampfschiff auf dem Niger schon hinter Mangroven, die zu Zierbüschen wurden, und der Himmel war nun hoch und blau.

Er sah herunter: Englischer Rasen.

Das kann doch nicht wahr sein?

«Fitzwilliam Darcy! Wollen Sie uns nicht Ihren gut aussehenden, schüchternen Begleiter vorstellen, der sich da so apart hinter den Wicken und der Kamelie verbirgt?»

Der Angesprochene drehte sich zu Monsieur Perdu um.

«Wer sind Sie denn?», fragte er nicht ganz unfreundlich. Er schien eher überrascht, wo auf einmal dieser Kerl herkam.

«Ich? Ich bin ein Freund, der ... der Familie Austen. Und der Brontës. Sie kennen die Brontë-Schwestern? Ganz ungewöhnlich begabte Geschöpfe. Sie schreiben Romane.»

«Äh ... ich bin mir nicht sicher», erwiderte Darcy. Er schaute an Jean Perdu auf und ab.

«Nun gut, Freund der ... wie sagten Sie? Der Austens? Brontë-Schwestern? Schön. Und wie darf ich Sie vorstellen?»

«Mein Name ist John. John Lost», entschied Jean Perdu rasch. «Ich bin auf der Durchreise. Sozusagen.»

«Aha. Und haben Sie zu dem Picknick noch etwas beizutragen außer Ihrem Buttermesser?»

Jean hielt immer noch das Glasmesser in der Hand. Das Buch von Jane Austen war verschwunden. Er befürchtete, er wusste genau, wo es diesmal war:

Irgendwo in der Nähe.

«... und dann machte er ihr doch glatt einen Heiratsantrag, ich meine, wieso? Sie können sich nicht ausstehen!»

«Es wäre nicht das erste Mal, dass sich ein Ehepaar nicht ausstehen kann.»

Gelächter. Geklirre.

«Kommen Sie, John Lost. Wir sind immer neugierig auf Gäste, die die weite Welt mitbringen. Sagen Sie, woher haben Sie diese ... was tragen Sie da für einen interessanten Hemdkragen?»

«Meine Güte, lass ihn doch, Sylvie, man sollte meinen, er wäre ein Ferkel, das Fitzwilliam aus dem Zylinder gezaubert hat. Lass ihn. Kommen Sie, nehmen Sie ein Scone, Mister Lost. Und Sie sind nicht von hier?»

«Die Kanalinseln, Mylady, mit französischer Gouvernante», behauptete er und setzte sich auf die Picknickdecke. Um ihn herum befand sich eine Teegesellschaft, die ein englisches Picknick *al fresco* machte. Inklusive Butler und Dienstmädchen, die Frauen trugen Handschuhe, die Männer Hut und Halstücher, die mit Perlennadeln verziert waren. Fitzwilliam schlug ihm aufmunternd auf die Schulter. «Ich für meinen Teil würde Ihnen raten, sich als Ehemann auszugeben. Ansonsten wird man diverse Töchter und Cousinen auf Sie loslassen. Als ob Frauen nichts anderes im Sinn hätten als Männer zu jagen.»

«Oh, Frauen haben weit mehr als das im Sinn, wir Männer sind ja nun nicht wirklich abendfüllend», sagte Perdu.

Stille. Geschminkte Augen musterten ihn. Argwöhnisch, neugierig. Augenbrauen wölbten sich gen Himmel.

«Ach?», sagte Elizabeth Bennet. «Wer hat Ihnen das denn verraten? Das sollte doch ein Geheimnis bleiben.»

Und Lady Mary ergänzte: «Genau. Was sind schon Männer im Vergleich zu einem anständigen Blackpudding?»

Entspanntes Gelächter. Man wandte sich dem Essen zu.

«Meine teure Freundin Elizabeth hat es wieder auf den Punkt gebracht», flüsterte Darcy Jean zu. «Sie ist ein seltsames Geschöpf. Sie macht mich rasend, aber gerade deswegen sehe ich keine andere Frau mehr an. Kennen Sie das? Wenn alles, was nur schön ist, Ihnen auf einmal blass vorkommt? Und jede gepflegte Konversation Verschwendung von Lebenszeit und Leidenschaft ist?»

Perdu nickte. «Ich kannte eine Frau, die war weder schön noch unkompliziert. Sie war stark und stolz, und nichts war mir lieber, als sie anzusehen. Sie hasste Phrasen und schwieg lieber stundenlang, als die Stille mit Nichts zu füllen. Sie wollte mir niemals gefallen, und deswegen gefiel sie mir.»

Darcy sagte «Hört, hört» und stieß seine Tasse gegen Perdus. Er lupfte rasch eine Serviette, darunter kam ein Fläschchen zum Vorschein. «Highland Whisky, 1798», flüsterte er. «Diese Picknicks sollte man nie nüchtern angehen.» Der Whisky sah aus wie Tee. Mister Darcy und Monsieur Perdu stießen an.

Jane Austens England war anders, als er es sich vorgestellt hatte. Vor allem roch es etwas strenger. Die Zeit der regelmäßigen Körperhygiene war noch nicht gekommen.

Offenbar waren Elizabeth und Darcy – beide Anfang zwanzig und seltsamerweise viel reifer als die Zwanzigjährigen im Paris der frühen Nullerjahre – gerade in der Waffenstillstandsphase. Aber sie hatten sich noch nicht gefunden. Lizzy sah attraktiv aus, ihre Augen klug.

«Und dann?», fragte Darcy. «Was geschah mit der Frau, die Ihnen nicht gefallen wollte, Mister Lost?»

«Sie heiratete einen anderen.»

«Oh. Aber hatte das wirklich etwas zu bedeuten?»

«Da, wo ich herkomme, heiraten die Leute meist aus Liebe.»

«Erstaunlich. Ob das jetzt in Mode kommt?»

«Es steht zu befürchten. Sie sollten es einmal ausprobieren.»

Wieder stießen sie an. Elizabeth beobachtete sie unter gesenkten Lidern genau.

«Und wo kommen Sie wirklich her?», fragte Darcy leise. «Nehmen Sie es mir nicht übel, aber Ihre Kleidung, Ihr Akzent, sogar Ihr Haarschnitt ... es ist doch alles sehr fremd. Auf den Kanalinseln trägt man das meines Wissens nicht, Mister John Lost. Also, aus welchen Gefilden sind Sie an unsere Ufer getrieben?»

Perdu hielt das Glasmesser fester.

Das würdest du mir nie glauben, Darcy.

«Ach, wissen Sie ... ich bin Buchhändler.»

«Buchhändler! Wie exotisch!», zwitscherte die Frau, die von den anderen Sylvie genannt wurde. Sie hatte gelauscht.

«Ich habe gehört, es gibt inzwischen Frauen, die schreiben! Finden Sie das nicht auch ganz und gar grässlich? Und so widernatürlich!»

«Ich finde es ganz und gar wunderbar, Mylady.»

Lizzy lächelte und prostete ihm zu. Sylvie wandte sich schockiert ab. Lady Mary flüsterte mit Mister Bingley.

Es war wundervoll, Lizzy und Darcy zu beobachten. Wie sie versuchten, umeinander herum zu schauen, wie sich ihre Körper dennoch immer wieder einander zuwandten, als stellten sie sich pausenlos Fragen. Willst du mich? Siehst du mich? Magst du mich wirklich nicht? Kannst du mich nicht doch ein wenig wollen, so, wie ich dich?

«Also, ich habe da neulich ein Buch gelesen, das von einem Mann war und wirklich sehr erbaulich. Ich könnte mir nicht im mindesten vorstellen, dass eine Frau so etwas jemals auch nur fühlen könnte!» Sylvie zog ein Buch hervor.

«‹Die Geschichte des Fräuleins von Sternheim›. Von Christoph Martin Wieland. Oh, es ist so empfindsam! So klug können wirklich nur Männer das Wesen des Menschen und der Frau beschreiben, glauben Sie mir.»

Monsieur Perdu verzichtete darauf, Sylvie aufzuklären, dass Wieland das Pseudoandronym von Sophie von La Roche aus Kaufbeuren war, und La Roche 1771 diesen ersten deutschsprachigen Roman schrieb, sich aber durch einen Männernamen vor Behörden und Gesellschaft schützte. Manchen galt das «Fräulein von Sternheim» als Urmutter des «Frauenromans», wobei Perdu nie verstanden hatte, was das sein sollte – es gab für ihn nur Geschichten, gute oder weniger gute. Trotzdem betete er darum, dass er nicht im «Fräulein von Sternheim» landen würde. Er entfernte sich immer weiter von 2007.

Aber vielleicht war es auch andersherum: Vielleicht waren die Bücher real und die Wahrheit nur ausgedacht?

Er nippte an dem Whisky und fragte sich, wie er jemals wieder aus den Romanen herauskommen sollte. Oder ob er irgendwo in ihnen sterben würde, am Rande eines Schlachtfeldes von Margaret Mitchell oder auf hoher See mit Homer.

«Vorsicht vor erfüllten Wünschen, mein Sohn», hörte er die mahnende Stimme seiner Mutter Lirabelle. «Gerade zu Weihnachten. Man weiß nie, was man bekommt, wenn man kriegt, was man will.»

«Mister Lost. Ich glaube, ich benötige dringend belletristische Beratung», rief Elizabeth. «Begleiten Sie mich in die Bibliothek meines Vaters?»

Sie warf Darcy einen herausfordernden Blick zu und stand auf. Jean ebenfalls, um ihr nachzugehen.

Oh, oh. Miss Austen, wenn Sie gerade den Roman schreiben, wären Sie so nett und würden mich bitte nicht *als Rivalen von Mister Darcy einführen? Wirklich, dazu eigne ich mich ganz und gar nicht. Bitte. Miss Austen? Miss Austen? Miss …*

«Haben Sie gehört, was ich sagte, Mister Lost? Sonst nicken Sie einfach höflich, das reicht einer Frau als Konversation.»

Sie betraten die Bibliothek, ein hoher Raum mit gebundenen Büchern hinter dünnem Vitrinenglas. Elizabeth Bennet ging zu einem Regal hinter einem alten Drehglobus und zog ein Buch hervor. Es war in rotes Leder gebunden.

«Verzeihung, Miss Bennet. Wie kann ich Ihnen denn helfen?»

«Ich habe da dieses seltsame Buch gefunden. Ich lese viel, aber hier ist weder der Autor genannt noch Titel, Ort und Datum des Drucks ... vielleicht kennen Sie es? Der Mann, um den es darin geht, er heißt ... Moment ... ah, da ist es. Er heißt Jean Perdu. Fast ein Namensvetter von Ihnen, oder irre ich da?»

Er spürte, wie ihm das Blut aus den Wangen wich.

«Zeigen Sie es mir, bitte», sagte er.

Elizabeth reichte ihm den roten Roman, der fast tausend Seiten dick zu sein schien.

«Mein Vater sagt, er kann sich nicht daran erinnern, es gekauft zu haben. Meine Schwestern sowieso nicht – ich meine, wir sind miteinander verwandt, und ich sollte nichts Despektierliches über sie sagen. Aber sie waren nie so in Büchern, wissen Sie.»

«*In* Büchern?»

«Nun ja, wer wirklich gerne liest, der lebt doch definitiv mehr in Büchern als in der Realität.»

Er schlug das Buch ohne Titel auf.

Dort.

Dort stand es. Wie sie sich kennengelernt hatten – im Zug von Marseille nach Paris –, wie sie geweint hatte vor Heimweh – wie er ihr Bücher in ihre Wohnung auf dem Montmartre brachte, damit sie mehr weinen konnte. Wie sie einander immer häufiger sahen, und dann – der erste Kuss. Wie sie geraunt hatte: «Ich darf das nicht tun. Aber ich muss.»

Wie Manon ihn getrunken hatte. Das erste Mal, und dann immer, all die fünf Jahre. Ihre gemeinsamen Tänze. Ihre Ausflüge in das Finistère. Zu den alten Kirchen. Sie hatte nie an die Kirche geglaubt, aber daran, dass alles blieb und nichts verlorenging. Sie hatte in den alten, steinernen Kapellen der Bretagne für ihn gesungen. Jedes Mal hatte er geweint vor Glück, sie zu kennen, und dass er es war, den sie so gerne anschaute. Eigentlich war sie zu schön für ihn. Zu erstaunlich. Und doch gab es nichts, was er falsch machen konnte.

Ob in den Kapellen immer noch das Echo ihrer Stimme auf mich wartet?

Er blätterte weiter und las, was ihm so bekannt war. Er las sein eigenes Leben, das so fremd war, das in einem Buch gefangen war, in Buchstaben gereiht, ganz so, als ob es ausgedacht wäre und als ob jemand genau wüsste, wie das Ende aussähe, sein Ende –

«Es ist eine berührende Geschichte, ist es nicht?», fragte Elizabeth. «Manon liebt den Winzer, aber sie liebt auch den Buchhändler, der Bücher wie Medizin verkauft. Diese fünf Jahre, ein Rausch. Ich beneide Manon für ihren Mut, für ihre Liebe. Sie lebt vier Leben in einem ... und keines davon ist falsch, wissen Sie, ich glaube, dass es das gibt: Menschen, die mehr lieben können als andere. Aber dann, an diesem furchtbaren Weihnachten, als sie ...»

«Ich weiß», antwortete er. «Als sie ihn das zweite Mal verlässt. Für immer. Und er nicht da ist. Weil er dumm ist. Weil er unglaublich dumm und klein ist.»

Elizabeth schaute Monsieur Perdu überrascht an.

«Ach! Sie kennen die Geschichte?»

«Bis zu einem gewissen Punkt kenne ich sie.»

Er blätterte weiter.

Sein Herz raste, in seinen Ohren knackte es. Ihm war übel.

Sein Leben. Er konnte jetzt und gleich erfahren, wie alles endete. Ob er dumm blieb oder ob er eines Tages wüsste, was er tun sollte.

Aber die Seiten wollten nicht. Die hinteren Seiten des roten Buches waren noch geschlossen!

«Wer hat diese Geschichte bloß geschrieben?», hörte Perdu Lizzys Stimme aus großer und doch naher Ferne.

Er nahm das Glasmesser aus der hinteren Hosentasche und setzte die Schneide in dem Schlitz zwischen zwei Seiten an.

«Ich glaube, ich weiß es», sagte er.

Und führte das Messer mit einem Ruck nach oben.

Diesmal war es kein sanfter Übergang.

Es war, als fiele er direkt durch den roten Orientteppich, den gewachsten Dielenboden, durch den Englischen Rasen hinein in ein Nichts aus Finsternis und Schweigen.

Er fiel durch die Zeit. Doch auf einmal wandelte sich das Fallen, das Sinken, und wurde zu einem Aufstieg. Es war, als strömte er immer schneller nach oben, durch Wasser und Welten. Er sah sich selbst, kaum so alt, um über den Tisch zu blicken, sah sich zu Weihnachten, mit seiner Mutter und dem Vater, sah das indische Weihnachten seines besten Freundes, und wie er mit Vijaya über Mädchen gesprochen hatte, leise, auf dem Dachboden, und wie sie Sätze und Gesichter übten, um den Mädchen zu gefallen.

Er fiel in seine Jugend, seine Buchhändlerlehre, und er fiel direkt in Manon. Ihr Körper umschlang seinen, und da war er wieder: Der tiefe Frieden, der daraus entsteht, genau am richtigen Ort zu sein.

Manon war der Ort, an dem er zu Hause gewesen war.

Er spürte nicht, wie sehr er weinte, als sie in die Dunkelheit gerissen wurde, aus der er gerade gekommen war.

Er griff nach ihr und als er seine Hand öffnete, ließ er das Glasmesser los.

Es fiel in die Schwärze, diese weiche, fließende Schwärze, aus der er in entgegengesetzter Richtung herausstieg, wie aus einem Traum und dem Erwachen entgegen.

Er hielt das Buch fest. Und doch spürte er, wie es sich aus seinen Fingern wand. Er sah, wie das Weihnachten 2007 an ihm vorbeiströmte, sah sich in dem Buchregal schlafen, sah, wie er einem Leben entgegenfiel. Es war seines, da war ein junger Mann, da war das Südlicht, da war ein Weihnachten an einer langen Tafel, ein Mädchen, das so aussah wie ...

Dann durchstieß er die Oberfläche.

Das Buch entglitt seiner Hand.

«Nein!»

Monsieur Perdu stieß sich schwer den Kopf.

«Merde!»

Perdu zuckte ein zweites Mal, tat sich den Kopf erneut weh und scheuchte Kater Oscar auf, der fauchend aus dem Nebenregal sprang und beleidigt davonstolzierte. Na, eher davonwackelte, ein Kissen auf vier Beinen.

Jean Perdu zog sich aus dem Buchregal zurück, in dem er geschlafen hatte. Dann streckte er sich.

Unwillkürlich sah er sich um, ob das rote Buch da war. Irgendwo. Wenn die Vergangenheit doch aufbewahrt würde, und mit ihr all seine Liebe. All sein Zuhause. Und auch der Mann, der er einstmals gewesen war.

Wie sollte es? Es war doch nur ein Traum. Ein verrückter Weihnachtstraum.

Aber Manon.

Sie hatte ihn noch einmal umfasst. Sie war nicht fort.

Nichts ist verloren.

Monsieur Perdu ging mit einem sanften, seltsam hellen Gefühl in das kleine Schiffsbad, um sich das Gesicht zu waschen.

Schon begannen die Bilder seiner Traumreise zu verblassen, während das kalte Wasser seine getrockneten Tränen abwusch.

Ein magisches Glasmesser, das Löcher in Papier und in die Zeit schnitt und Menschen in Romane brachte? Unmöglich.

Er schloss die Luke zum Quai auf. In einer Viertelstunde würden die ersten Kunden kommen. Heute war der 24. Dezember. Und es gab immer jemanden, der davon so überrascht war, dass er auf der Suche nach Geschenken in einer Buchhandlung landete.

Als er zwischen seinen Büchern entlangging, die er nach ihrer Wirkung angeordnet hatte und nicht nach dem Abc, dachte Monsieur Perdu, dass sie alle auf eine Weise das Leben aufbewahrten. Dass Bücher die einzigen Orte der Welt waren, wo Gefühle sicher aufgehoben waren. Unzerstörbar.

Aber in einem Buch wohnen? Unsinn. Wenn mein Leben ein Roman wäre, dann wüsste ich es.

Irgendwo in seinem Bücherschiff rutschte ein rotes Buch ohne Titel hinter ein Regal.

Jane Corry

Die Galionsfigur

Aus dem Englischen
von Claudia Geng

Die Wellen brachten das Schiff bereits zum Schaukeln, bevor sie überhaupt abgelegt hatten. Bitte, lieber Gott, mach, dass ich mich bald wieder besser fühle, betete Jana stumm. Andererseits, überlegte sie, war die Seekrankheit vielleicht nur auf ihre Nervosität zurückzuführen. War das denn ein Wunder? Schließlich lag eine sehr lange Reise vor ihnen – die ganze Überfahrt nach New York, wo das Schiff plangemäß an Heiligabend einlaufen sollte. Und nicht nur das, sie waren zudem die ersten Passagiere auf der *Baltic Queen*, einem Segelschiff, das mit dem Geld von Janas frisch angetrautem Ehemann gebaut worden war und viel Aufsehen erregt hatte. Noch spektakulärer war jedoch die Galionsfigur unter dem Bugspriet, die nach Janas Ebenbild modelliert worden war. Sie war eine öffentliche Demonstration von Janas neuer Position als Ehefrau des bedeutendsten Mannes in der Region.

Jana selbst fand die Ähnlichkeit nicht vollkommen. So besaß ihre «Schwester» aus Holz vollere und rotere Lippen, und auch ihre Nase war ein wenig breiter als das Original. Allerdings war die Ähnlichkeit der großen smaragdgrünen Augen verblüffend, wie Jana zugeben musste. Und auch die wallende rote Mähne war perfekt getroffen, selbst wenn Jana ihr Haar immer zu einem ordentlichen Dutt aufsteckte, wie es der Mode der Zeit entsprach.

«Ist alles zu deiner Zufriedenheit, ja?», fragte Wolf, während er hinter ihr stand und beobachtete, wie sie die kleinen Dinge neu anordnete, die ihr Dienstmädchen bereits ausgepackt hatte, bevor es hinausgeschickt worden war.

Es war weniger eine Frage als eine Feststellung. Natürlich war alles zu ihrer Zufriedenheit. Jana musste zumindest diesen Anschein wahren. Jede scharfsinnige junge Dame aus der Ravensberger Gesellschaft würde ihren rechten Arm opfern, um in Janas Position zu sein. Hatte Jana mit ihrem neuen Ehemann nicht den Fang der Saison gemacht? In ihrer Heimat brauchte man seinen Namen nur zu flüstern, und Wiedererkennen spiegelte sich in den Gesichtern der Männer und Frauen. Wolf Durrenger, der rotbärtige, attraktive, wenn auch wohlbeleibte Sohn einer ansässigen Eisendynastie, der sich lange den Kuppelbemühungen seiner Eltern widersetzt hatte und trotzdem oder deswegen eine Spur von gebrochenen Herzen hinter sich ließ und (so wurde gemunkelt) mehr als nur einen Bastard.

Aber ich, dachte Jana, während sie sorgfältig die silbernen Haarbürsten auslegte, die ihre Mutter ihr zur Hochzeit geschenkt hatte, bin nicht wie die anderen Frauen. Vielleicht war das der Grund, warum Wolf sie auserkoren hatte. Er wusste, dass sie die einzige Frau in seinen gesellschaftlichen Kreisen war, die es nicht darauf anlegte, ihn für sich zu gewinnen.

Aus gutem Grund.

«Von wem hast du die?», knurrte Wolf plötzlich.

Jana erstarrte. Ihr war nicht bewusst gewesen, dass er ihr Tun so aufmerksam verfolgte. Doch das war wahrscheinlich nicht überraschend. Seine massige Gestalt, die an einen Bären erinnerte, füllte den ganzen Raum aus, sodass alles andere zur Bedeutungslosigkeit schrumpfte. Jana konnte nun seinen Atem hinter sich spüren, der in der kalten Winterluft kleine Wolken erzeugte. «Von meiner Mutter», antwortete sie in leichtem Ton.

Darauf folgte ein zustimmendes Grummeln, während die Hände ihres Frischvermählten sich um ihre Taille legten. Jana zuckte bei seiner Berührung zusammen und versuchte, nicht an die bevorstehende Hochzeitsnacht zu denken. «Du musst deinem Ehemann im Schlafzimmer zu Gefallen sein», hatte ihre Mutter ihr erklärt. Aber wie genau, darüber hatte sie sich nicht geäußert.

Jana führte ihr Unbehagen auf die Art zurück, wie Wolfs große, behaarte Hände nun von ihrem Hals zu ihren Brüsten hinunterwanderten. Auf halbem Weg hielten sie inne. «Was ist das?», fragte er mit scharfer Stimme.

Jana blieb beinahe das Herz stehen. Im Bemühen, Ruhe zu bewahren, konzentrierte sie sich auf den Ausblick durch das Bullauge. Der Hafen verblasste bereits allmählich in der Ferne. Andere Passagiere hielten sich wahrscheinlich auf dem Außendeck auf und winkten ihren Liebsten zum Abschied, aber Janas Mutter hatte beschlossen, fernzubleiben. «Die Anreise ist zu weit», hatte sie erklärt. Jana kannte jedoch den wahren Grund. Ihre Mutter war über diese Verbindung genauso unglücklich wie Jana selbst. Wäre Janas Vater noch am Leben gewesen, hätte er niemals seine Zustimmung gegeben. Andererseits, war Jana nicht gerade deshalb diese Ehe eingegangen, weil ihr Vater nicht mehr lebte? Schließlich musste sich jemand um ihre Mutter kümmern und das Familienanwesen vor dem Ruin bewahren.

Wolfs Hand umschloss nun den Stein des Anstoßes

auf ihrem Dekolleté, als die nächste Welle das Schiff zum Beben brachte. «Ich sagte», wiederholte er in einem gefährlichen Ton, «von wem ist das?»

Zu spät erkannte Jana, dass es töricht von ihr gewesen war, den Ring mit dem kleinen Smaragd um ihren Hals zu tragen. Aber sie war nicht fähig gewesen, ihn in einer Schatulle zu verstecken, obwohl das die Vernunft geboten hätte. Genauso wenig war sie fähig gewesen, dem Geber zu sagen, dass sie am Vorabend ihrer Hochzeit ein solches Geschenk nicht annehmen konnte.

«Das ist ein Erbstück», antwortete sie nun, während sie sich zwang, mit fester Stimme zu sprechen. Lass dich niemals einschüchtern, hatte ihr Vater ihr einst erklärt, bevor er sein Vermögen verlor und an der Schmach zugrunde ging. Wehre dich gegen Angriffe mit Ehre und Ehrlichkeit. Greife niemals auf Lügen zurück.

Aber stellte die halbe Wahrheit eine Lüge dar?

Wolfs große Hand ließ den Ring nun wieder los, und er fiel zurück in das Tal zwischen ihren Brüsten. Also glaubte Wolf ihr! Insgeheim atmete Jana erleichtert auf. Gleich darauf setzten seine Hände ihren Weg nach unten fort und umklammerten schließlich ihre Brüste, so schmerzhaft, dass Jana nach Luft schnappte.

«Du gehörst jetzt mir! Mir allein!» Seine Stimme klang rau wie die Wellen, die sich draußen emportürmten, wie Jana durch das Bullauge beobachten konnte, ähnlich der Zuckerglasur ihrer Hochzeitstorte, mit der ihre Gäste nur wenige Stunden zuvor verköstigt worden waren.

Erneut ging ein heftiger Ruck durch das Schiff, der sie und Wolf auf das Bett warf. Fieberhaft begann er, mit seinen dicken Fingern ihr Kleid aufzuschnüren. «Was machst du?», keuchte sie.

Er verharrte kurz über ihr. Sein Atem stank nach Ale,

und sie entdeckte zum ersten Mal ein graues Haar in seinem roten Zwirbelbart. «Spiel keine Spielchen mit mir, Kind», knurrte er.

Sein Fleisch lag nun auf ihrem, zwängte sich in sie hinein, wie Jana es nicht für möglich gehalten hatte. Nicht auf eine sanfte, liebevolle Art wie diese kostbaren gestohlenen Küsse, die sie in ihre Erinnerung eingebettet hatte, sondern auf eine erbitterte Art, die sie vor Schmerz am liebsten hätte aufschreien lassen.

Auch Wolf litt scheinbar Qualen, seinem lauten Stöhnen nach zu urteilen. Es erfüllte die Luft in der Kabine, bis Jana nicht mehr wusste, ob es von den Wellen draußen kam, die wütend gegen das Fenster schlugen, als versuchten sie, Jana zu retten, oder von ihrem Ehemann, der im Sterben lag.

Lieber Gott, lass es Letzteres sein, wünschte sie sich unwillkürlich. Dann würden sie in Sicherheit sein, sie und ihre Mutter. Sie könnten weiter in ihrem Haus wohnen, abgesichert durch das Witwenvermögen. Natürlich würde sie um Wolf trauern; das wäre nur recht und billig. Aber wenigstens würde ihr Körper nicht verwüstet und ihr Herz nicht zu Brei geschlagen werden.

Dann, ganz plötzlich, hörte das Stöhnen auf. Wolf rollte von ihr herunter und plumpste keuchend, mit dem Gesicht nach unten, neben ihr auf das Bett. Jana klammerte sich an dem Laken fest, um zu verhindern, dass sie durch das Schlingern des Schiffs auf den Boden geschleudert wurde, und beugte sich über Wolf. «Alles in Ordnung?», flüsterte sie.

Seine blutunterlaufenen Augen erwiderten ihren Blick, und zu ihrer Überraschung begann er leise zu lachen. «Jana, du bist eine Hexe, mit deinen verführerischen roten Haaren und deinen grünen Augen.» Er packte sie im

Nacken und drückte seine nassen dicken Lippen auf ihren Mund. «Nun wirst du vielleicht den kleinen Feigling vergessen, der dir diesen Anhänger geschenkt hat.»

Dann hatte Wolf ihr also doch nicht geglaubt! Jana duckte sich weg, als er mit seiner rechten Hand versuchte, ihr die Kette vom Hals zu reißen.

«Nein!» Ein Zorn durchströmte ihre Adern, wie sie ihn noch nie zuvor gespürt hatte, nicht einmal gerade eben, als Wolf über ihren Körper hergefallen war. «Du hast kein Recht dazu.»

Die Alkoholfahne ihres Mannes schwebte über ihr. Einen Moment lang verharrten seine Augen auf ihren, kampfbereit. Klatschgeschichten über Wolfs Unerschrockenheit in Duellen kamen ihr in den Sinn, hässliche Gerüchte über Kämpfe um Frauen. Sei's drum. Auch sie konnte einen Kampf führen. Schließlich schrieben sie das Jahr 1878. Wenn die Königin von England - eine Frau, die Jana sehr bewunderte - in einer Männerwelt Stärke beweisen konnte, dann sollte sie, Jana, sicher auch in der Lage sein, Tapferkeit zu zeigen.

«Dann gib mir seinen Namen», sagte Wolf drohend.

Ehrlichkeit und Ehre. War dies nicht der Rat ihres Vaters gewesen? Aber wenn sie ihn befolgte, würde Wolf den Mann töten. Dessen war sie sich sicher.

«Ich mag vielleicht deine Frau sein», zischte sie. «Und du magst meinen Körper genommen haben. Aber meinen Geist kannst du mir nicht nehmen.»

Sein Blick verhärtete sich. «Dann werde ich lernen, ihn dir zu nehmen.»

Er stand unwirsch vom Bett auf und hielt sich mit einer Hand an einem Schiffsbalken fest, während er seine Kniebundhose zuknöpfte. «Du bleibst hier, bis ich wiederkomme.»

Hierbleiben? Jana hatte nicht die geringste Absicht, in dieser engen Kabine zu bleiben. Sie wartete, bis ihr Ehemann gegangen war, dann machte sie sich schwankend auf den Weg nach draußen an die Spitze des Schiffs.

Noch nie hatte sie so hohe Wellen gesehen! Sie schossen wie spuckende Wasserfontänen links und rechts von ihr empor und versuchten abwechselnd, Jana zu erwischen, während sie sich geduckt auf dem Deck vorankämpfte und sich dabei an allem festhielt, was ihr in die Hände kam. Ein Matrose in dem Krähennest am Masttop rief etwas zu ihr herunter. Der Wind riss seine Worte fort, aber Jana konnte die Botschaft erahnen. «Kehrt um ... Kehrt um ...»

Sie wusste, alle Passagiere mit einem gesunden Menschenverstand würden sich nun unter Deck in Sicherheit gebracht haben. Sich mit einem heißen Grog und einem tröstenden Arm um die Schulter zusammenkauern. Aber sie selbst hatte sich entschlossen, der Liebe den Rücken zu kehren, hielt Jana sich vor Augen, und nun hatte sie den Preis dafür zu bezahlen. Dennoch, es gab immer noch eine Person, die verstand.

Fast am Ziel. Jana hangelte sich an der rutschigen Holzreling entlang und taumelte auf die einzige Gestalt an Bord zu, die ruhig und gelassen blieb und deren handgemalte smaragdgrüne Augen auf den Horizont gerichtet waren, als wüsste sie genau, wo die Reise hinführte. Das blaue Kleid – das Jana in den Sitzungen hatte tragen müssen – blieb in Position, statt an den Seiten hochzuschlagen wie Rabenflügel. Und der lange, elegante hölzerne Hals (frisch gestrichen in Schneeweiß) trotzte dem wütenden Meer um sie herum. Die *Baltic Queen* fürchtete niemanden.

Jana wagte es nicht, über die Brüstung zu klettern und

ihre Namensvetterin zu berühren, aus Angst, in die tosende See zu fallen. Aber sie konnte auch so mit ihr reden. «Er hat dich erschaffen, so wie er mich die Liebe gelehrt hat», flüsterte sie. «Wir sind vom selben Schlag, du und ich.»

Sie warf der Figur eine Kusshand zu und kehrte dann in ihre Kabine zurück, fest entschlossen, dass ihre Lippen genauso fest versiegelt bleiben würden wie die der *Baltic Queen*. Niemand, am allerwenigsten Wolf, durfte die Identität des einfachen, aber talentierten jungen Mannes erfahren, der Jana das Herz gestohlen hatte.

Wie seltsam. Es war nicht so sehr ihre Ehe, die Bettina vermisste, sondern vielmehr ihren abgelegten Ehering. Selbst im einundzwanzigsten Jahrhundert, wo es für eine Frau absolut akzeptabel war, ohne Trauschein mit einem Mann zusammenzuleben (oder nicht), spürte sie immer noch eine große Verunsicherung, nachdem sie nun auf sich allein gestellt war.

Andererseits, nach zwölf Jahren Ehe war das nicht verwunderlich. Sie und George waren so lange zusammen gewesen, dass es ihr beinahe unmöglich erschien, dass er jetzt nicht an ihrer Seite war. Es würde ihm hier gefallen, dachte Bettina automatisch, als sie von der Fähre ging. Die Scilly-Inseln waren schon immer eins ihrer Wunschreiseziele gewesen. Und nun war sie hier, auf Tresco, einer der westlichsten Inseln Großbritanniens, wo nicht einmal Autos fahren durften. Kein Wunder, dass es hier so friedlich war. Und das Wetter war unglaublich mild, wenn man bedachte, dass sie Anfang Dezember hatten.

«Auf der Insel gibt es eine berühmte Sammlung von Galionsfiguren», hatte ihr Chef ihr vor ihrer Abreise aus London erklärt. «Versuchen Sie, sich Zeit dafür zu nehmen. Gönnen Sie sich die Abwechslung.»

Jeder war so nett zu ihr gewesen seit der Sache mit George. Niemand konnte glauben, dass er ausgezogen war. «Das perfekte Paar», so hatte sie jeder genannt. Aber es hatte sich herausgestellt, dass George hinter Bettinas Rücken Teil eines weiteren Paars gewesen war.

«Es war nur das eine Mal», hatte er zu beschwichtigen versucht. «Kannst du nicht damit abschließen?»

Nein, konnte sie nicht. Zumindest noch nicht. Wenigstens hatte sie immer noch ihre Arbeit, in die sie sich stürzen konnte. «Was genau macht eigentlich eine Gartenbauwissenschaftlerin?», wurde Bettina oft gefragt. Dann erklärte sie immer, dass es nicht nur damit zu tun hatte, etwas anzubauen. Dazu gehörte auch, sich ein Bild darüber zu verschaffen, wie in Gebieten wie diesem hier Bäume und Pflanzen gezogen wurden. Aus diesem Grund war sie hier. Ihr Chef hatte eine Einladung für den berühmten botanischen Garten auf Tresco erhalten und Bettina gebeten, an seiner Stelle zu fahren. Ein Mann namens Alexander Bates sollte sie am anderen Ende des Anlegers erwarten. Alles, was sie zu tun hatte, war, dorthin zu gelangen.

Tresco war, wie Bettina sehen konnte, keine besonders große Insel. Aber dieser Ort atmete förmlich Geschichte. Um sie herum erhob sich eine Reihe von grünen Hügeln, die zu einer vermeintlichen Burgruine hochführten. Und die Klippen dort drüben ragten wie gespaltene Zungen hervor, unter denen dunkle Höhlen lagen, die Bettina bereits von der Fähre aus entdeckt hatte. An der Straßenecke befand sich eine Teestube, und gleich daneben ein Bed & Breakfast, mit einem «Alle Zimmer belegt»-Schild im Fenster. Gleich darauf, an der nächsten Ecke, wurde Bettinas Augenmerk auf einen ziemlich urigen Antiquitätenladen gelenkt. Was für reizender Nippes in der Auslage! Diese perlmuttblauen Keramiktassen hatten eine wirklich hübsche Farbe, und – meine Güte! – sieh sich nur einer diesen wunderschönen Ring an, ein in Silber eingefasster grüner Stein! Unwillkürlich öffnete Bettina die Ladentür und trat ein.

«Ist der Ring eine Nachbildung?», fragte sie die alte Frau hinter der Theke.

«Eine Nachbildung?» Die Frau rümpfte die Nase. «Nein, er stammt aus einem Schiffswrack. Einer der Taucher hat ihn hergebracht, erst letzte Woche.»

Aus einem Schiffswrack? Aber das war doch sicher nicht möglich. Gehörte ein solcher Ring nicht ins Museum? Die Frau lachte und zeigte dabei Zahnlücken. «Dafür gibt es zu viele davon. Diese Insel ist seit Jahrhunderten bekannt für ihre Schiffsunglücke. Ein sehr schwieriges Gewässer für die Seeleute. Außerdem sagt man ...»

Bettina sah auf, als die Stimme der Frau verstummte. «Was sagt man?»

Die Frau zuckte mit den Achseln. Ihre braun gegerbte Haut ließ vermuten, dass sie viel Zeit in der Sonne verbracht hatte. «Unwichtig.» Sie streckte Bettina den Ring auf ihrer faltigen Handfläche entgegen. «Möchten Sie ihn anprobieren?»

Bettina stellte fest, dass ihre Hand zitterte, als sie den Ring nahm. Er war seltsam leicht, obwohl er sich beruhigend stabil anfühlte, nachdem sie ihn über ihren leeren Ringfinger gestreift hatte – als würde er die letzte Lücke in einem Puzzle schließen. Er passte perfekt! Laut Preisschild war er nicht billig, aber auch nicht so teuer, wie man vielleicht für ein Stück Geschichte erwartet hätte.

«Was denken Sie, wie alt er ist?»

Wieder ein Achselzucken. «Schwer zu sagen. Vielleicht

viktorianisch. Vielleicht auch nicht. Wir haben auch noch ältere, falls Sie interessiert sind.»

«Sind die Taucher nicht verpflichtet, ihre Fundstücke an die Behörden zu übergeben?»

Sie erntete ein schallendes Gelächter. «Ich sehe, Sie sind nicht von hier. Wer es findet, darf es behalten, sagt man bei uns in der Gegend. Also, möchten Sie den Ring jetzt kaufen oder nicht?»

Sie waren nun schon seit Wochen auf See. Das Schiff schien mit den Wellen eine unsichere Waffenruhe geschlossen zu haben, genau wie Jana mit ihrem Ehemann.

Zähneknirschend gestattete sie Wolf weiterhin, sich in der Kabine an ihr zu vergehen, während sie verhinderte, dass er ihr den Ring vom Hals riss.

«Ich glaube, er fürchtet sich vor mir», sagte sie eines Abends zu der *Baltic Queen* in einem ihrer zahlreichen Gespräche. «Wolf hält mich für eine Hexe, wegen meiner Haarfarbe. Oder soll ich sagen, *unsere* Haarfarbe? Außerdem gefällt es ihm nicht, dass ich mit dir rede. Er findet, ich sollte mich mit den anderen Frauen an Bord unterhalten, aber ich lege keinen Wert darauf.»

In den grünen Augen, die auf das Meer gerichtet waren, schien beinahe ein Funke zu glimmen. Es war so einfach, mit jemandem zu reden, der einen nicht verurteilte, dachte Jana. «Ich liebe den Mann, den wir zurückgelassen haben. So wie du ihn sicher auch liebst.»

Unfähig, sich zu zügeln, wanderten ihre Gedanken zurück zu Franz, dem Schreinermeister, den Wolf mit der Anfertigung der Galionsfigur beauftragt hatte. Jana hatte diesen Tag noch sehr deutlich in Erinnerung. «Der Mann muss dich sehen, um eine größtmögliche Ähnlichkeit sicherzustellen», hatte Wolf auf seine wichtigtuerische Art verkündet.

Er konnte nicht ahnen, dass Jana und dieser hagere, nicht sehr große, blonde junge Mann sich während dieser Sitzungen ineinander verlieben würden. Trotz seiner einfachen Herkunft war Franz belesen. Sie unterhielten sich stundenlang, während er aus einer dicken Holzplanke ihr Ebenbild schnitzte. Dann, als Janas Dienstmädchen für kurze Zeit den Raum verließ, offenbarte Franz ihr seine Gefühle.

Zu ihrem Erstaunen gestand sich Jana eine starke Anziehungskraft ein, die kraftvoller war als das Schnitzeisen vor ihnen. «Werde nicht seine Frau», flehte Franz sie an, während er ihre Hand ergriff und an seine Brust hielt.

Den Geruch der Holzspäne einatmend (so seltsam verführerisch!), blickte Jana mit Tränen in den Augen in dieses freundliche Gesicht mit den Lachfältchen. «Ich muss», versuchte sie ihm zu erklären. «Wenn ich ihn abweise, wird er sich in seinem Stolz verletzt fühlen und unsere Familie ruinieren. Es ist meine Pflicht, meine Mutter zu unterstützen.»

Franz gab sich geschlagen. Es war die Wahrheit. Wolf konnte sich in dieser Gegend erlauben, was er wollte. Niemand konnte es sich leisten, sein Missfallen zu erregen. «Dann nimm das hier», bat Franz sie an dem Tag, als die Galionsfigur vollendet war. Er hielt ihr einen kleinen Smaragdring in einer schlichten Silberfassung entgegen. «Er gehörte früher meiner Mutter. Trag ihn über deinem Herzen, als Erinnerung an mich. Und wenn der Tag kommt, an dem du wieder frei sein wirst, kehr zu mir zurück.»

Bei der Erinnerung musste Jana traurig lächeln und schloss nun ihre Hand um den Silberring, den sie an einer Kette um ihren Hals trug. In diesem Moment vernahm sie ein schreckliches lautes Grollen. Vor Entsetzen wie gelähmt, beobachtete sie eine gewaltige Welle, die in der Abenddämmerung auf das Schiff zurollte, gefolgt von einer zweiten und einer dritten. Dahinter konnte sie in der Ferne ein blinkendes Licht ausmachen. Bedeutete das, dass sie sich Land näherten? Aber laut Plan sollten sie erst in ein paar Wochen in New York einlaufen.

«Achtung!», rief einer der Matrosen.

Zu spät. Es gab einen gewaltigen Schlag. Etwas traf Jana am Kopf, und in ihrer Panik griff sie nach der Reling, aber die war nicht mehr da. Sie fiel, tiefer und tiefer und tiefer. Salzwasser drang in ihre Lunge. «Das ist das Ende», sagte sie sich, während sie einen seltsamen Frieden in sich spürte. «Das wird mein Tod sein.»

Dann folgte die nächste Welle, dieses Mal von unten, als würde eine unbekannte Macht Jana vom Meeresboden hochstoßen. Als sie prustend an die Wasseroberfläche kam, war das Schiff verschwunden. Wolf! Trotz ihrer Abscheu vor ihrem Ehemann konnte sie nicht anders, als Mitleid mit ihm zu empfinden. Und auch mit den anderen Männern und Frauen. Wo waren sie alle hin, die armen Seelen? Konnte es sein, dass sie die einzige Überlebende war?

Augenblick! Etwas trieb in dem verblassenden Dämmerlicht auf sie zu. Dankbar packte Jana es. Erst da erkannte sie, dass es sie selbst war, oder besser gesagt, ihr Ebenbild aus Holz. Die *Baltic Queen*.

«Du bist es», flüsterte sie, während sie sich an der Galionsfigur festklammerte. In nicht allzu weiter Ferne blinkten weitere Lichter. «Komm. Mit Gottes Hilfe werden wir gemeinsam die Küste erreichen.»

Dann bemerkte sie es. Die Kette mit dem kostbaren Ring, den Franz ihr geschenkt hatte, war fort. Das Meer musste ihn ihr entrissen haben, als sie vom Bug gestürzt war. «Mein Ring», weinte sie. «Mein Ring.»

«Hab keine Angst», schien die Galionsfigur zu sagen. «Wenigstens sind wir am Leben.»

«Bettina Jones?» Ein großer Mann mit Lachfältchen um die Augen kam nun im Hafen auf sie zu, wo – jetzt schon – die Weihnachtsbeleuchtung hing.

Bettina hätte den Mann vielleicht gefragt, wie er sie erkannt habe, wäre da nicht der Umstand gewesen, dass sie einen eleganten dunkelblauen Hosenanzug trug. Alle anderen um sie herum waren leger gekleidet in Jeans und Anorak, mit Ausnahme von Alexander Bates (Bettina nahm an, dass er es war), der eine braune Cordhose und eine beigefarbene Leinenjacke trug, die sehr gut zu seinen gewellten blonden Haaren passte.

«Freut mich, Sie kennenzulernen.»

Sein Händedruck war fest und ruhig. Genau wie der von George. Denk jetzt nicht an George, mahnte sie sich selbst.

«Sie kommen genau zur richtigen Zeit», sagte Alexander Bates mit Leichtigkeit in seiner Stimme, während er ihren kleinen Koffer nahm. «Der botanische Garten trägt gerade sein schönstes Winterkleid. Sie werden Ihre wahre Freude daran haben.»

Bettina lief vor Aufregung ein Schauer über den Rücken. George hatte nie Verständnis gezeigt für ihre Leidenschaft, «Grünzeug zu züchten», wie er es nannte. Aber für Bettina kam es einem Wunder gleich, dass man einen winzigen Samen in die Erde setzte und dann beobachten konnte, wie er erblühte.

Alexander hingegen schien ihre Begeisterung zu teilen. «Zuerst ins Hotel oder in den Garten?», fragte er.

«In den Garten», antwortete sie rasch. Während der nächsten drei Stunden schlenderten sie durch die herrliche Parkanlage, die zu der ehemaligen Abtei auf der Insel gehörte. Alexander war der perfekte Gastgeber und hielt immer wieder inne, um Bettina auf eine ungewöhnliche Pflanze oder Blume aufmerksam zu machen.

«Diese Schönheit hier kam den ganzen Weg aus Deutschland», erklärte er ihr im Gewächshaus, als sie vor einer zauberhaften gelben Kletterrose stehen blieben, die sich an einer honigfarbenen Ziegelwand emporrankte.

«Aus Deutschland?» Bettina wurde hellhörig. Ihre Mutter hatte früher immer erzählt, dass sie deutsche Vorfahren hatten, aber es war eine dieser Familiengeschichten, denen Bettina nur halb zugehört hatte. Nun war es zu spät. «Wie ist sie ausgerechnet hier gelandet?»

Alexanders braune Augen, die, wie Bettina nun sehen konnte, von grünen Sprenkeln durchzogen waren, begannen zu leuchten. Dieser Mann hier hatte Freude am Erzählen, dachte Bettina unwillkürlich. «Das ist eine lange Geschichte. Würden Sie mir erlauben, dass ich sie Ihnen heute Abend bei einem gemeinsamen Dinner erzähle?»

Wäre ihr das zu Hause passiert, hätte Bettina die Einladung abgelehnt. Sie fühlte sich noch längst nicht bereit für ein Date nach George. Aber das hier war etwas anderes. Das hier war beruflich. Außerdem machte sich bei allen langsam eine vorweihnachtliche Stimmung breit. Vielleicht war es Zeit, dass sie sich davon anstecken ließ. Im Nachhinein war Bettina froh über ihre Entscheidung. Alexanders Geschichte gehörte nämlich zu denen, die man sich einfach nicht ausdenken konnte ...

Janas Finger waren so kalt, dass sie von Zeit zu Zeit drohten, ihren Halt an der Galionsfigur zu verlieren.

«Halte durch, halte durch», schien die *Baltic Queen* zu sagen, während Jana sich in dem tückischen Meer an sie klammerte. «Ich kann dort vorne Lichter sehen. Das muss Land sein.»

Um sie herum trieben Schiffstrümmer im Wasser, und hin und wieder glaubte Jana, eine Leiche zu sehen. Vor Grausen schaudernd, wandte sie den Blick ab. War Wolf noch am Leben? Auf eine Art hoffte sie das. Aber wenn er umgekommen war, würde sie frei sein ...

Gleich darauf erfasste die nächste Welle Jana und die Galionsfigur, riss sie von den Lichtern fort und trieb sie auf einen Höhleneingang zu. Endlich trockenen Boden unter den Füßen! Jana sank keuchend nieder und versuchte, wieder zu Atem zu kommen. Die Galionsfigur lag neben ihr. Ihre kühlen grünen Augen nahmen die Umgebung in sich auf, als würde sie ihre Möglichkeiten abwägen. Draußen begann der Morgen zu dämmern, und Jana sah in dem ersten Tageslicht, dass die Wellen sich geschlagen zurückzogen. An ihrer Stelle glänzten kahle Streifen von frisch gewaschenem Sand.

Ein Geräusch! Erleichtert hob Jana den Kopf, als sie Schritte hörte, die über die Felsen kletterten. Gleich darauf erschien ein kleiner Junge vor ihr, das sommersprossige Gesicht ängstlich verzogen. «Bitte», stieß Jana keuchend hervor. «Hilf mir.»

Er erwiderte etwas, aber in einer Sprache, die Jana nicht verstand. Wo war sie gestrandet? Verzweifelt versuchte sie, sich die Unterhaltung zwischen ihrem Gatten und einem der Seemänner gestern Abend in Erinnerung zu rufen. «Wir nähern uns den britischen Scilly-Inseln», hatte sie den Mann sagen hören. Dann hatte er den Kopf geschüttelt. «Dort gibt es teuflische Klippen.»

Warum hatte sie dem nicht mehr Beachtung geschenkt, statt sich mit ihrer Ehe zu befassen? Es war ein Wunder, dass sie überlebt hatte.

«Bitte, hilf mir», wiederholte sie in der Hoffnung, dass der Junge sie vielleicht an ihrem Tonfall verstehen würde.

Aber seine Augen waren nach wie vor weit aufgerissen, und erst da begriff Jana. Er fürchtete sich nicht vor ihr, er fürchtete sich vor der Galionsfigur. Vor der *Baltic Queen*. «Sie ist nicht real», versuchte sie ihm zu erklären, aber je mehr sie sagte, desto beunruhigter schien er. Dann legte er den Finger an die Lippen und bedeutete ihr, sich still zu verhalten, bevor er fast genauso schnell aus dem Eingang der Höhle verschwand, wie er aufgetaucht war.

Jana rappelte sich schwankend hoch, um ihm zu folgen. Im nächsten Moment erstarrte sie. Vor ihren Augen watete eine Gruppe ärmlich gekleideter Gestalten in das Meer hinein. Zu ihrem Entsetzen beobachtete Jana, wie die Männer und Frauen Leichen aus dem Wasser zogen, am Strand ablegten und ihnen anschließend die Kleider und den Schmuck herunterrissen. Plünderer! Gemeine Plünderer. Auf dem Strand lagen außerdem erloschene Laternen. Plötzlich fielen Jana die Worte eines anderen Seemanns ein, die sie zufällig an Bord aufgeschnappt hatte. «In diesen Gewässern hier wimmelt es von Piraten», hatte er gesagt. «Sie locken ahnungslose Schiffe auf die Klippen und rauben sie anschließend aus.»

War es ihnen auch so ergangen? Janas Augen füllten sich mit Tränen. All diese unschuldigen Menschen wurden ermordet, um ihre Besitztümer zu entwenden. Grundgütiger, das dort drüben war sicher Wolf! Jana entwich ein kurzer Schrei, als ein beleibter Mann in edlem Wams und Kniebundhose auf den Strand gezogen wurde. Dafür waren gleich fünf Männer nötig und weitere drei, um Wolf von seiner Uhr und seiner Kleidung zu befreien.

Einer der Männer hob bei Janas Schrei den Kopf, zeigte in ihre Richtung und stürmte dann auf sie zu. Jana machte auf dem Absatz kehrt und flüchtete zurück in die Höhle, wo sie sich hinter der *Baltic Queen* versteckte. Der Mann mit einem Bart bis zum Bauch kam messerschwingend angerannt, aber kaum erblickte er die Galionsfigur, blieb er abrupt stehen und stieß einen Schwall unverständlicher Worte aus. Andere Männer waren ihm inzwischen gefolgt. Einer nach dem anderen blieb wie angewurzelt stehen und starrte mit offenem Mund die hölzerne Queen an. Die Männer begannen, sich zu bekreuzigen, als wären sie in der Kirche. Auch sie fürchteten sich vor der Galionsfigur! Trotz ihrer eigenen Angst erkannte Jana, dass dies womöglich ihre Rettung war. Sie richtete sich zu ihrer vollen Größe auf, warf ihre roten Haare zurück und schrie mit einer Willenskraft, die sie sich selbst gar nicht zugetraut hätte: «Hinfort mit euch!»

Es funktionierte! Die Plünderer drehten sich sofort um und ergriffen die Flucht - nur um vor dem Höhleneingang auf drei Männer mit Pferden und den Jungen zu treffen, den Jana vorhin gesehen hatte. Jana ging wieder hinter der Galionsfigur in Deckung. Aber dieses Mal erklang zu ihrer Erleichterung eine Stimme in ihrer eigenen Sprache. «Wer ist da?»

«Ich», antwortete sie zitternd, halb stehend, halb kauernd. «Ich war auf dem gesunkenen Schiff, der *Baltic Queen*. Und dort am Strand liegt mein toter Ehemann, der von Euren Männern gerade entblößt wurde.»

Sie wartete ab, seltsam gefasst in der sicheren Überzeugung, dass diese Barbaren sie abschlachten würden. Stattdessen spürte sie ein tröstendes Paar Arme um sich. «Hab keine Angst, meine Tochter», sagte dieselbe Stimme. Sie sah nun, dass sie einem Mann mit einem schwarzen Umhang, einem Hut und einem Kruzifix um den schmalen Hals gehörte. «Wir sind hier, um dir zu helfen.»

Bettina legte ihr Besteck nieder. Tatsächlich war sie kaum imstande gewesen, etwas zu essen. Alexanders Erzählung war faszinierender als jedes Buch, das sie jemals gelesen hatte. «Es war der Schulmeister der Insel, der Vater des Jungen, der Jana rettete. Der Junge hatte ihn und die Gesetzeshüter zu der Höhle gelotst. Anscheinend war es ein sehr eigenwilliges Kind, das nachts gern am Strand umherstreifte. Das war Janas Glück. Der Schulmeister beherrschte ihre Sprache fließend, da er selbst zwei Jahre in Ravensberg gelebt hatte. Er und seine Frau nahmen Jana bei sich auf.»

«Aber woher wissen Sie das alles?»

Alexander lächelte, ihre Wissbegierde sichtlich genießend. «Viele Jahre später, als Jana eine alte Frau war, wurde sie von ihren Enkelkindern ermutigt, ihre Erlebnisse in einem Tagebuch festzuhalten. Man kann es im Galionsfigurenmuseum besichtigen. Haben Sie Lust, morgen Vormittag einen Abstecher dorthin zu machen?»

Während Bettina nickte, piepte ihr Handy. Sie warf kurz einen Blick darauf und sah, dass es eine SMS von George war: «Ruf mich bitte an.»

«Entschuldigen Sie mich», sagte sie zu Alexander und stand auf. «Ich muss kurz telefonieren.»

Es geschah im folgenden Monat, dem ersten im neuen Jahr, dass die Frau des Schulmeisters sich behutsam an Jana wandte. Jana hatte sich da bereits einen kleinen Wortschatz in dieser eigenartigen Sprache angeeignet. Aber die sanften Worte der Frau machten ihr fast so viel Angst wie die Wellen nach ihrem Schiffbruch.

«Meine Liebe, es ist nicht zu übersehen, dass Sie immer noch unpässlich sind. Ist es möglich, dass Sie ein Kind erwarten?»

Ein Kind! Aber wie hätte das passieren können?

«Vielleicht», fuhr die Frau fort, «hatten Sie intime Beziehungen zu Ihrem Gatten, bevor er starb?»

Janas Gedanken wanderten zurück zu dem schrecklichen Aufeinanderpressen von Fleisch in der Kabine, und sie fing an zu zittern. Das war etwas völlig anderes gewesen als die zärtlichen Liebkosungen von Franz. Wenn sie doch nur ihren Ring noch hätte, um sich zu trösten.

«Hab keine Angst», sagte der Schulmeister, der das Gespräch von der Tür aus verfolgt hatte. «Ich habe Erkundigungen eingeholt. Deine Galionsfigur hat dich nicht nur vor den Plünderern gerettet, die sie für den Teufel hielten, sie hat uns auch geholfen, den Schiffsbauer ausfindig zu machen. Leider war deine Mutter zu schwach, um die Reise selbst anzutreten, aber sie hat einen Mann aus eurer Stadt geschickt, um dich abzuholen.»

Noch bevor er zu Ende gesprochen hatte, trat er einen Schritt zur Seite, und zum Vorschein kam ein recht kleiner, freundlich dreinblickender blonder Mann mit breiten, schwieligen Händen. «Franz!», keuchte Jana. Und dann fiel sie in Ohnmacht.

«Dann heirateten Jana und Franz und zogen gemeinsam Wolfs Kind groß?», fragte Bettina.

«Nein.» Alexander grinste. «Sie zogen gemeinsam ihr eigenes Kind groß. Der Junge hatte blonde Haare, genau wie Franz. Tatsächlich war er seinem Vater wie aus dem Gesicht geschnitten.»

«Aber ...»

«Die unschuldigen Küsse, die Jana und Franz während

der Sitzungen austauschten, waren wohl nicht ganz so unschuldig, wie den Lesern des Tagebuchs glauben gemacht wird. Aber sie waren anständige Leute. Franz verlegte sich aufs Gärtnern, und einmal im Monat schickten sie Janas Mutter Geld. Das steht alles da drin.»

Er deutete auf ein schmales, ledergebundenes Buch, das in der Vitrine lag. Darüber thronte die imposante Galionsfigur einer Frau in einem dunkelblauen Kleid, mit roten Haaren und grünen Augen, die über ihre Köpfe hinweg in die Ferne starrten.

Sie war nicht die einzige Galionsfigur hier. Um sie herum waren Figuren in jeder Größe und Form ausgestellt. Laut den Informationstafeln hatte jede davon ihre eigene Geschichte. Manche hatten durch Stürme Schiffbruch erlitten, andere durch Plünderer oder sogenannte Strandräuber, und die übrigen durch menschliches Versagen.

So viele Menschenleben hatte das gekostet! Aber gleichzeitig waren auch Hunderte gerettet worden, oftmals durch die Tapferkeit und Geistesgegenwart der Einheimischen. In der Tat, wären der Junge und sein Vater, der Schulmeister, nicht gewesen, wäre Jana vielleicht durch die Hand der Strandräuber getötet worden, zusammen mit ihrem ungeborenen Kind.

«Aber schöpften die Leute in Janas Heimatstadt keinen Verdacht wegen der Haarfarbe ihres Jungen?», fragte Bettina, die immer noch versuchte, das alles zu verarbeiten.

«Ganz genau. Aus diesem Grund beschlossen Jana und Franz, sich auf der Insel niederzulassen und zu heiraten. Ihre Nachkommen leben nach wie vor hier.»

Alexander errötete.

«Sie sind einer davon», erkannte Bettina.

«Der Junge, der Jana damals fand, war mein Urgroßonkel. Sie müssen mir verzeihen, ich liebe es einfach, diese Geschichte zu erzählen, wer auch immer mir Gehör schenkt. Sie ist so romantisch, finden Sie nicht auch?»

Sein Blick senkte sich auf ihre linke Hand. «Gehe ich recht in der Annahme, dass Sie verlobt sind?»

Bettina wurde heiß und kalt. «Eigentlich habe ich diesen Ring erst gestern hier auf der Insel gekauft. Die Ladenbesitzerin sagte mir, dass er von einem Schiffswrack stammt.» Sie bekam eine Gänsehaut. «Sie denken doch nicht, dass ...»

«... es Janas Ring ist?», vollendete Alexander ihren Satz. Dann lachte er. Ein herzhaftes, herzliches Lachen. «Es wimmelt hier in der Gegend von alten Ringen. Viele davon stammen tatsächlich von gesunkenen Schiffen. Für manche Inselbewohner ist es mehr als nur ein Hobby, nach verlorenen Schätzen zu tauchen. Sie bestreiten davon ihren Lebensunterhalt, selbst im Winter. Aber leider gibt es auch viele Nachahmungen. Die Geschichte von Jana und Franz ist so bekannt, dass Ihr Ring wahrscheinlich auch nur ein Duplikat ist. Haben Sie etwas dagegen, wenn ich ihn mir mal näher ansehe?»

Verlegen streifte Bettina den Ring von ihrem Finger und gab ihn Alexander. Seine Augen weiteten sich. «Es scheint sich definitiv um ein älteres Exemplar zu handeln. Was sagten Sie, wo haben Sie ihn gekauft?»

«In dem Antiquitätenladen am Hafen, von einer alten Frau mit Zahnlücken.»

Alexanders Blick wurde wachsam. «Sie ist normalerweise sehr glaubwürdig. Vielleicht sollten wir den Ring mal schätzen lassen ...»

Gewiss, Franz hatte ihr einen anderen Ring geschenkt, aber es war nicht dasselbe. Janas Herz sehnte sich nach dem einen, der ihr entrissen worden war und der nun zweifelsohne auf dem Meeresgrund lag, wo ihm die Fische Gesellschaft leisteten. «Ich weiß, es klingt albern», sagte sie zu der Galionsfigur, die einen Platz in ihrem kleinen Garten bekommen hatte, wo sie an der honigfarbenen Steinmauer lehnte. «Aber ich bin mir sicher, dass der Ring uns beide beschützt hat.»

Die Galionsfigur starrte geradeaus, während ihre kühlen grünen Augen alles in sich aufnahmen. «Wir haben hier ein neues Zuhause gefunden, fernab von jeglichem Skandal.» Die Worte kamen so deutlich in Janas Kopf, als würde die hölzerne Frauengestalt sie laut aussprechen. «Es ist ein Neuanfang.»

Und Jana spürte, dass das Kind in ihrem Bauch sich bewegte, als würde es zustimmen.

George hatte für Bettina gerade eine Tasse Kaffee zubereitet, als ihr Handy klingelte. Er gab sich sehr viel Mühe, wie sie zugeben musste. Seit sie eingewilligt hatte, ihm eine zweite Chance zu geben, lief er ihr wie ein eifriges Hündchen hinterher. Vor ihrer Reise wäre Bettina darüber begeistert gewesen.

Aber seit ihrer Rückkehr von den Scilly-Inseln schien nichts mehr zu sein wie zuvor. Trotz der Weihnachtsdekoration kam ihr London ohne das Meer und die grünen Hügel trocken und schmutzig grau vor. Sie vermisste auch Alexanders amüsante Gesellschaft und seine aufmerksame Art, ihr zuzuhören, als würde es ihn tatsächlich interessieren, was sie sagte.

Er hatte bei ihrer Abreise enttäuscht gewirkt. «Übrigens, hier wird demnächst eine Stelle frei, die wie für Sie geschaffen wäre.»

Natürlich war das unmöglich. Wie konnte sie all das aufgeben, was ihr vertraut war?

Es war auch für beide eine Enttäuschung, zu erfahren, dass der Ring – selbst wenn es sich um ein Original handelte – nicht so alt war, wie sie vermutet hatten. Er stammte eher aus der Zeit Edwards VII. als aus der viktorianischen Epoche und konnte daher nicht von Jana sein.

Trotz Georges Protesten trug Bettina lieber den antiken Schmuck als ihren Ehering. Das Fundstück an ihrem Finger verlieh ihr das Gefühl, als habe sie ihr Schicksal immer noch selbst in der Hand, und seine Farbe erinnerte sie an die kühlen grünen Augen der Galionsfigur auf dieser zauberhaften Insel ...

Ihr Handy hatte inzwischen aufgehört zu klingeln, fing aber gleich darauf wieder an, beharrlich. «Bettina?»

Beim Klang der tiefen Stimme ihres Onkels hob sich sofort ihre Stimmung. Nach dem Tod ihrer Mutter war Onkel Albert für Bettina eine großartige Quelle des Trosts gewesen. «Ich habe einen Blick in die Familienchronik geworfen, wie du mich gebeten hast, und bin dabei auf etwas ziemlich Bemerkenswertes gestoßen. Eine deiner deutschen Urgroßtanten verbrachte offenbar den Großteil ihres Lebens auf den Scilly-Inseln. Warst du nicht erst neulich dort zu Besuch?»

Das konnte kein Zufall mehr sein. Das war Vorsehung.

«Was ist los?» George blickte auf mit der alarmierten Miene eines Ehebrechers, als Bettina sich eilig ihre Handtasche schnappte und zur Wohnungstür lief.

«Es tut mir leid.» Ihre Stimme strahlte eine Entschlossenheit aus, von der Bettina selbst überrascht war. «Es gibt da etwas, das ich erledigen muss.»

Auf dem Weg zum Bahnhof wählte Bettina Alexanders Nummer. Wer konnte schon sagen, was passieren würde? Außerdem waren Alexander und sie miteinander verschwägert – wenn auch über mehrere Ecken. Aber hoffentlich war diese Stelle noch frei. Wenn Jana vor mehr als einem Jahrhundert den Mut aufgebracht hatte, neue Wurzeln zu schlagen, dann sollte auch Bettina den Mut dazu aufbringen und ihrem Beispiel folgen. Schließlich lag ein neues Jahr vor ihr, das nur darauf wartete, dass sie den ersten Schritt machte ...

Emma Sternberg

Küchenzauber

Es war an einem 24. Dezember spätnachmittags, da saß Georg-Maria Giglinger auf einem Stuhl inmitten der Gaststube seines Wirtshauses und starrte die Inschrift auf seinem Ehering an. Draußen war es schon beinahe dunkel, in den Vorgärten gingen die ersten Lichterketten an, und wer jetzt noch auf der Dorfstraße Gerndorfs unterwegs war, kam geradewegs aus der Münchner Innenstadt, hatte den Kofferraum voller Karstadt-Tüten und wollte schnell nach Hause. Dort zog in mit Klarsichtfolie abgedeckten Schüsseln der Kartoffelsalat durch, räkelten sich Wienerle verzehrbereit im Kühlschrank, wurde Lametta zurechtgezupft, wurden jahrzehntealte Schallplatten mit Weihnachtshits entstaubt. Räuchermännchen erwachten zum Leben, Kinder wurden in Latschenkieferschaumbäder verstaut, Großväter nickten vor dem Fernseher ein, Väter füllten Schnapsflaschen mit Leitungswasser auf. Wahrscheinlich gab es da und dort auch Streit, vielleicht brannte in irgendeiner Küche eine Weihnachtsgans an, und bestimmt schämte sich irgendwo ein präpubertärer Primaner, dass er das rote Geschenkband, das vom letzten Jahr noch übrig war, schon wieder bloß um einen Gutschein für die Mama wickelte.

Doch was immer an diesem Heiligabend draußen in Gerndorf geschah, Georg in seiner Stube bekam nichts davon mit. Er hörte weder, wie die Garagentore zugeschlagen wurden, noch wie der Wind draußen im leeren Biergarten um die kahlen Kastanien pfiff. Er hörte nicht das Kätzchen, das irgendwo maunzte, und auch nicht die Krähe, die sich mit einem Schrei im Kies auf dem Parkplatz niederließ.

Es war Heiligabend, und Georg saß in der Stille der Stube und starrte und starrte den Ehering an.

O doch, Georg hätte durchaus etwas anderes zu tun gehabt als zu sitzen und zu glotzen, denn die Stille, die im Wirtshaus herrschte: Sie trog. In ein paar Stunden würde es in der Gaststube zugehen wie sonst nicht einmal am Vatertag, das war in jedem Jahr so. Kurz nach halb zwölf, wenn die Christmette vorbei war, würden auf einen Schlag sämtliche Nachbarn, Freunde und Dorfbewohner in den Klingelwirt stürmen – das war eine Tradition, die sogar noch älter war als er selbst. Lenis Großvater hatte sie begründet, Lenis Vater hatte sie fortgesetzt, und als er Leni geheiratet und mit ihr den Klingelwirt übernommen hatte, hatten sie sie ebenfalls aufrechterhalten. Und so blieb es dabei, dass an Heiligabend fast alle Gerndorfer ins Wirtshaus kamen, Kinder wie Großmütter, der Bürgermeister wie der Bäckerlehrling, der Metzger Höflinger wie die Nadine aus dem Nagelstudio. Sogar der Pfarrer ließ den Heiligabend irgendwann Heiligabend sein und schaute auf eine Halbe vorbei, sobald Chorhemd und Bibel in der Sakristei verstaut waren. Einer nach dem anderen würde über den alten Dielenboden poltern, sich vom Weihnachtsstress erschöpft auf einen Stuhl fallen lassen, sich den Hemdkragen aufreißen und Bier ordern. Alles würde durcheinanderplärren und es sich gutgehen lassen und endlich etwas Gescheites zum Essen verlangen, das Weihnachtsgulasch von der Leni nämlich, das es grundsätzlich immer nur einmal im Jahr, nämlich nach der Christmette, gab.

So würde es auch dieses Jahr sein, das hoffte Georg zumindest. Und andererseits hoffte er es auch nicht, denn Georgs Problem war: Leni war nicht mehr da.

Georg drehte den Ring zwischen seinen Fingern, betrachtete ihn von allen Seiten, wie einen Gegenstand, den man auf der Erde gefunden hat und von dem man nicht genau weiß, worum es sich dabei handelt, ob er wichtig ist oder ob man ihn wegwerfen kann.

Georg & Magdalena, stand auf der Innenseite, in winzigen, zarten Buchstaben. *11. 7. 1999 und für immer.*

Georg seufzte. Es war ein Seufzer, der aus der tiefsten Tiefe seiner Seele kam. Und dann seufzte er gleich noch einmal.

Schon seit Wochen blickte er immer wieder auf diesen Ring, und genauso lang konnte er sich einfach nicht entscheiden, was er damit tun sollte. Sollte er ihn ablegen? Oder doch lieber weitertragen? Weitertragen war die Variante, die sich am richtigsten anfühlte, denn immerhin war es sein Ehering, und er *wollte* ihn tragen. Doch andererseits kam ihm der Gedanke auch wieder blödsinnig vor. War es nicht die Idee des Eherings, dass er zwei Menschen miteinander verband? Aber wozu sollte er einen Ring tragen, dessen Pendant nicht an der zarten Hand von Leni steckte, sondern oben in der Schlafzimmerkommode in einer Schmuckschachtel lag? Der Ring in seinen Händen führte nirgendwo mehr hin: Er war so sinnlos wie ein Kabel zu einem Elektrogerät, das längst in einem Container auf dem Tölzer Wertstoffhof lag. Aber den Ring abnehmen und zu Lenis Ring in die Schachtel legen? Das wäre, als würde es plötzlich zwei Särge in seinem Leben geben. Den, in dem Leni auf dem Waldfriedhof begraben war. Und dann noch den in seiner Schlafzimmerkommode.

Schweren Herzens steckte Georg den schmalen Reif wieder an den Ringfinger seiner linken Hand. Ja, tatsächlich die linke – Georg hatte ziemlich zugelegt seit Lenis Tod vor einem Jahr, und rechts passte der Ring einfach nicht mehr. Kummerspeck, so nannten die Leute im Ort die Schicht, die er sich angefressen hatte. Kummerspeck – ein Wort, das harmlos klang und irgendwie so, als ginge es darum, sich mit Essen zu trösten. Dabei war es schon lange kein Trost mehr, den Georg in der Küche suchte. Die Bratwürstchen und Rühreier zum Frühstück, die doppelten Leberkas-Semmeln mittags, die Donauwellen vom Bäcker Brandner, die Butterspätzle-Berge abends und die Vanilleeis-Orgien kurz vor Mitternacht: All das aß Georg nicht aus Kummer. Er aß es, weil da dieses Loch in ihm war, eine gähnende Leere in seinem Herzen, ein Krater, der dort klaffte, wo vorher seine Liebe zu Leni gewesen war.

Das Essen konnte dieses Loch in ihm nicht stopfen, aber manchmal machte es ihn ein bisschen ruhiger, und er spürte, dass sein Atem ein klein wenig gleichmäßiger ging, ihm sein Herz nicht mehr gar so verzweifelt gegen die Brust schlug. Aber sobald er den letzten Bissen schluckte, die Spülmaschine einräumte und die Reste zurück in den Kühlschrank packte, da war der Schmerz wieder da. Mächtiger, größer. Wie eine Wunde, die immer noch weiter aufriss.

Georg streckte die Beine aus, betrachtete die Spitzen seiner Schuhe, atmete ein und aus und wieder ein. Alles in ihm sträubte sich dagegen, sich an die Arbeit zu machen. Sein Körper fühlte sich schwer an, viel schwerer noch als die hundert Kilo, die er inzwischen auf den Rippen hatte.

Aber es half ja nichts, er hatte zu tun. Also hievte er endlich seinen Leib vom Stuhl und stapfte nach hinten in den Raum, der immer Lenis Reich gewesen war. Nun war es seines, und zwar eines, in dem er dilettierte.

Er drückte den Schalter, das Licht ging flackernd an, und noch im selben Augenblick bemerkte er eine Katze, die auf dem Fensterbrett über der Spüle saß und die, als er ihr einen grimmigen Blick zuwarf, mit einem Satz in der Dunkelheit verschwand.

Viecher, dachte Georg und marschierte zum Kühlschrank, um den Zehn-Kilo-Vakuumsack mit dem Kalbfleisch herauszuholen, den der Metzger Höflinger wie jedes Jahr schon am Vormittag geliefert hatte. Er schnitt das Paket an einer Ecke auf und ließ den Fleischsaft in die Spüle laufen, eine blutrote Flüssigkeit, die auf das kalte Metall tropfte und langsam in den Abfluss rann.

Bei diesem Anblick kam plötzlich alles wieder: das Bett, in dem Leni mit angeschwollenem Oberkörper lag, das hellblaue Mundstück des Beatmungsschlauches, das grüne Baumwolltuch, das ihr die Ärzte um den Kopf drapiert hatten, um die Spuren des verzweifelten Versuchs zu verhüllen, zu retten, was nicht mehr zu retten war. Der Moment, in dem eine Schwester die Maschine abstellte, das Rauschen des künstlichen Atems erstarb. Die Erinnerungen an diese letzten Augenblicke überrollten ihn immer wieder.

Ein Raser, der es eilig hatte, zurück in die Stadt zu kommen, hatte Leni an einem Sonntagabend auf der B79, nur zweihundert Meter vom Gasthof entfernt, überfahren. Georgs Frau war an einer unübersichtlichen Kurve aus ihrem Polo gestiegen, um dem Kater einer Familie aus dem Nachbarort zu helfen, der angefahren und mit blutender Bauchwunde auf dem Mittelstreifen lag.

Sie war sofort bewusstlos, als der BMW sie erfasste, und erlag ein paar Stunden später den Folgen ihrer inneren Verletzungen und eines schweren Schädel-Hirn-Traumas.

Georg war dabei gewesen, als sie starb. Er hatte ihre Hand gehalten, die ganze Zeit, über die Grenze hinweg, und er hätte schwören können, dass er in dem Moment spürte, wie das Leben aus ihren zarten Fingern wich, wie es sich zurückzog und aus ihrem Körper verschwand.

Das Gefühl steckte ihm immer noch in den Gliedern.

Georg drehte den Wasserhahn auf, um das Blut wegzuspülen und sich die Hände zu waschen, kalt, damit das Gefühl verschwand. Dann kippte er den Inhalt des Vakuumsacks in eine große Schüssel, ein rosa glänzender Berg entstand. Er tupfte die Fleischstücke einzeln mit Küchenpapier ab, schnitt Fett und Sehnen weg und warf die parierten Stücke in eine andere Schüssel. Als er damit fertig war, ging er zur Spüle, um Brett und Messer abzuspülen – und erschrak.

Die Katze war wieder da. Sie stupste mit der Nase an die Fensterscheibe, direkt vor seinen Augen.

Georg ließ das Brett in die Spüle fallen und versah die Katze mit einem ebenso grimmigen Blick wie zuvor. Doch diesmal hatte seine finstere Miene keine Wirkung. Die Katze blieb auf dem Fensterbrett sitzen und blinzelte ihn an.

Bestimmt hat sie das Fleisch gesehen, dachte Georg. Das Tier war ihm noch nie in der Nachbarschaft aufgefallen, wahrscheinlich war es ein Streuner, der immerfort bettelnd wiederkommen würde, wenn man ihm einmal etwas gab.

Er klopfte drohend gegen die Scheibe, doch auch das verscheuchte die Katze nicht. Sie hielt nur den Kopf schief und sah ihm scheu ins Gesicht. Er klopfte noch einmal – nichts. Schließlich öffnete er das Fenster und blaffte sie an.

«Hey! Ab!»

Die Katze machte einen Satz und war in der Dunkelheit des Biergartens verschwunden, so plötzlich und unverhofft, dass Georg ein komisches Gefühl überkam. Hätte er dem Tier nicht doch ein paar Fleischabschnitte geben sollen? Es war Heiligabend, das Fest der Nächstenliebe, und draußen war es finster und kalt. Er blickte noch eine Weile ins Duster, aber die Katze ließ sich nicht mehr blicken, also schloss er das Fenster wieder und packte die Fleischreste in eine Tupperware-Dose, nur für den Fall, dass die Katze wiederkam. Dann wendete er sich wieder dem Essen zu.

In groben Zügen konnte er sich vorstellen, wie Leni ihre Gulaschsuppe gekocht hatte, er hatte sie ja oft genug gegessen. Außer dem Fleisch kamen auch noch Zwiebeln, Sellerie und Möhren hinein, außerdem Kartoffelwürfel und Paprika, und ganz bestimmt auch ein guter Schuss Rotwein. Aber was noch? Welche Gewürze? Außer natürlich Paprikapulver? Daraus hatte Leni immer ein Geheimnis gemacht, und er hatte nie das Bedürfnis verspürt, dahinterzukommen. Die Suppe war magisch, das genügte ihm, und auch den Gerndorfern reichte das aus, um Jahr für Jahr an Heiligabend ins Wirtshaus zu kommen.

Aber irgendwie musste er anfangen, also holte er das Gemüse aus dem Kühler und begann, die Zwiebeln zu schälen und in grobe Stücke zu schneiden. Er schnitt auch die Möhren in Würfel und den Sellerie. Paprika und Kartoffeln wollte er erst später dazugeben, damit sie nicht verkochten. Er zog einen großen Topf aus dem Schrank und stellte ihn auf den Herd. Dann wusste er nicht mehr weiter.

Welches Öl sollte er nehmen? Welche Gewürze anschwitzen? Gehörte Tomatenmark hinein? Tomatenpüree? Oder gar nichts? Georg wusste es nicht. Er hatte keine Ahnung, wie Leni diese Suppe gekocht hatte.

Mit einem Mal war er so müde, dass er kaum noch stehen konnte. Und traurig war er. Er war das ganze Jahr lang immerfort schwermütig gewesen, aber so hilflos wie jetzt hatte er sich seit der Beerdigung nicht mehr gefühlt, als jeder im Dorf von ihm wissen wollte, was er für ihn tun könne, und Georg nur den Kopf schüttelte und dachte: Bringt mir meine Leni wieder. Damals hatte er sich in die Arbeit geflüchtet, weil Arbeit etwas Handfestes war, etwas, das er konnte, und weil die Arbeit die Leere für ein paar Stunden füllte. Er hatte nie auch nur ansatzweise so gut gekocht wie Leni und auch längst nicht so gern wie sie. Aber im letzten Jahr hatte er wie ein Besessener geschnibbelt und gehackt und gebraten und gerührt. Er hatte sogar das Gefühl gehabt, dass er Leni dabei nahe war. Doch jetzt stand er da und wusste nicht einmal, welchen Kochlöffel er verwenden sollte, dabei war das doch vollkommen egal.

Vielleicht hätte er eine Pause machen sollen nach Lenis Tod. Vielleicht ginge es ihm jetzt besser, wenn er sich damals in sein Zimmer gesperrt hätte, um sich auszuheulen, um zu trauern und zu trauern und zu trauern, bis keine Trauer mehr in ihm war. Aber andererseits – wie hätte er das anstellen sollen als Besitzer eines Wirtshauses? Seine Frau und er hatten den Klingelwirt gemeinsam geführt, Leni hatte in der Küche gestanden, er hatte abwechselnd ihr geholfen und in der Stube serviert, zusammen mit der Moni, einer älteren, aber topfitten Frau aus dem Dorf, die hier schon Kellnerin war, als er noch kurze Hosen trug und in der Grundschule das Abc aufgesagt hatte. Nach Lenis Tod hatte er einfach weitergemacht. Erst nur, weil ihm nicht eingefallen wäre, was er sonst hätte tun sollen, aber dann auch aus einer gewissen Not heraus. Denn erst wenige Wochen zuvor hatte in der Nähe ein Wirtshaus mit angeschlossenem Erlebnis-Bauernhof und Hofladen eröffnet, das Saubräu in Hecking, mit Bio-Schweinsbraten und Bio-Rostbratwürsteln aus eigener Schlachtung. Der Laden kam vor allem bei Ausflüglern aus München irrsinnig gut an, und irgendwann sprach sich auch im Landkreis herum, dass man in dem neuen Wirtshaus nicht schlecht speisen konnte, zum einen, weil der Koch beim Schuhbeck in München gelernt hatte, zum anderen, weil Erwachsene dort ihre Ruhe hatten, Zwergponys, Ferkelstall und Streichelzoo sei Dank. Wenn der Georg den Klingelwirt zu diesem Zeitpunkt dichtgemacht hätte, und sei es nur für ein paar Wochen - am Ende wäre ihm die halbe Kundschaft abgewandert. Das hatte er zumindest befürchtet.

Georg zündete die Gasflamme an, nahm irgendeine Flasche Öl, es war Rapsöl, aber letztlich war es ihm egal. Er schraubte sie auf - und sah zum Fenster. Die Katze war wieder da.

Georg drehte die Flasche wieder zu, die Gasflamme ab und wischte sich die Hände an seiner Schürze ab.

«Mieze», begrüßte er das Tier leise.

Er bemühte sich, keine hektischen Bewegungen zu machen, als er die Fleischabschnitte aus dem Kühlschrank holte - er wollte die Katze nicht wieder verschrecken. Doch die schien ohnehin zu ahnen, was Georg im Schilde führte. Als er die Tür öffnete, die hinaus zum Biergarten führte, kam sie bereits um die Ecke geflitzt.

«Ja, da schau her», sagte er und stellte ihr die Schüssel vor die Nase. «Frohe Weihnachten, gell.»

Die Katze stupste mit der Schnauze zögerlich gegen den Schüsselrand, und Georg wartete fast ein bisschen gerührt darauf, dass sie über ihr Festmahl herfiel. Doch die Katze ließ schlagartig von ihrem Geschenk ab, warf Georg einen prüfenden Blick zu und sprang mit einem Satz an ihm vorbei in die Küche.

«Heh», rief er ihr hinterher. «Ja, spinnst du! Daher!»

Die Katze hatte sich unter dem Tisch in der Ecke verkrochen, an dem Leni und er so oft gegessen hatten, nach der Mittagsschicht oder spät am Abend, wenn die letzten Gäste endlich gegangen waren. Trotzig blickte sie hervor.

«Mistvieh», sagte Georg und hielt die Tür sperrangelweit auf. «Raus mit dir!»

Die Katze blinzelte nur müde.

«Hier geht's naus», sagte er und hielt ihr die Küchentür auf. «Auffi!»

Keine Reaktion.

«Da, schau, Mieze, feines Fressi!»

Er schwenkte die Schüssel mit dem Fleisch hin und her, doch die Katze machte keinerlei Anstalten, sich unter dem Tisch hervorzubewegen.

«Oiso guad», sagte Georg und richtete sich zu voller Größe auf, was seit seiner Gewichtszunahme durchaus imposant wirken konnte. «Wennstes unbedingt so willst.»

Dann lächelte er die Katze mit gespielter Freundlichkeit an, tapste mit immer kleiner werdenden Schritten hinüber zum Tisch und ging in die Knie. Betont lieb und zutraulich streckte er die Hand aus, wartete ab, bis die Katze sich daran gewöhnt hatte, und gab dann vor, sie nur streicheln zu wollen. Tatsächlich schien sie sich auch über die unerwartete Zärtlichkeit zu freuen und drückte ihm den Kopf entgegen, wonnig, innig, sinnlich. Doch in dem Moment, als Georg zugreifen wollte und die Katze am Nacken packen, schlängelte sich das Tier zwischen seinen Händen hindurch und stürmte zu der Schüssel mit dem Fleisch, die noch immer an der Tür zum Biergarten stand. Sie schnupperte daran, wandte sich dann aber doch wieder ab und sprang auf die Kochzeile, wo sie samtpfötig und elegant am Waschbecken vorbei in Richtung Herd balancierte.

«Herrschaft», seufzte Georg.

Die Katze tappte am Herd vorbei, schnupperte über den Rand des leeren Topfes, inspizierte die Karotten, die Zwiebeln, den Sellerie. Dann streifte sie die Ölflaschen, die neben dem Herd auf ihren Einsatz warteten: Sonnenblume, Raps, Olive, Biskin. Georg wartete nur darauf, dass sie eine nach der anderen von der Anrichte fegte. Doch die Katze bewies ein überraschendes Geschick, sie drehte sich sogar noch einmal zu Georg um, ehe sie auf den riesigen Kühlschrank sprang. Von dort aus sah sie auf ihn hinunter und schlug mit dem Schwanz.

Georg seufzte. Und jetzt? Wie sollte er sie von da oben herunterholen? Verdammt. Ein Blick auf die Uhr, die mahnend über der Tür zur Gaststätte tickte, sagte ihm außerdem, dass es bereits halb sechs war. Und er ließ sich von einer streunenden Katze ärgern! Dabei war es längst höchste Zeit, den Tag endlich wieder in die Hand zu nehmen. Er musste irgendwie eine Gulaschsuppe hinbekommen, und wenn er schon nicht wusste, wie Lenis Suppe ging, dann musste er wenigstens eine erfinden. Es war ja schließlich nicht so, dass er überhaupt nicht kochen konnte. Er konnte es bloß nicht so gut wie sie.

«Mach, was du willst, Miezvieh», grummelte er, rückte den leeren Topf auf dem Herd zurecht und zündete das

Gas darunter an, das jetzt mit blauen Zungen am Topf leckte. «Ich mach jetzt das meine.»

Er sah die Reihe der Flaschen neben dem Herd an, fragte sich, welches Öl er wohl am besten nahm, griff erst wieder zum Rapsöl, entschied sich dann aber doch für die Flasche mit dem Sonnenblumenöl.

Die Katze maunzte vernehmlich, doch Georg beschloss, sich nicht weiter davon ablenken zu lassen. Er drehte den Schraubverschluss auf, hielt die Flasche über den Topf und wollte gerade einen ordentlichen Schuss davon in den Topf gießen, da maunzte die Katze schon wieder.

«Was?», fragte Georg und sah genervt hinauf zum Kühlschrank.

Die Katze maunzte erneut.

«Andere Flasche?», fragte Georg.

Die Katze maunzte.

Georg hatte es ja nicht so sehr mit Tieren. Gut, er war auf einem Bauernhof aufgewachsen, ganz in der Nähe von Weilheim, und natürlich hatte es dort Hühner und Schweine und einen Hund gegeben, und ein paar Katzen natürlich auch. Aber wie die meisten Leute vom Land hatte er zu den Tieren immer ein eher funktionsgerichtetes Verhältnis gehabt. Man säte Kartoffeln aus, um sie zu ernten, man hatte einen Hund, damit er den Hof bewachte, man hielt Hühner wegen der Eier, und auch die Schweine wurden nicht gefüttert, weil man sie so lieb fand. Man fütterte sie, um sich irgendwann selbst damit zu füttern, so schaute es aus. Und die Katzen damals? Die hatten einfach so neben den Menschen her gelebt, ohne dass man ihnen groß Beachtung geschenkt hätte – und umgekehrt.

Mit dieser Katze jedoch war das irgendwie anders. Sie wirkte wirklich fast so, als hätte sie vor, ihm irgendetwas mitzuteilen.

«Was willst denn?», fragte er das Tier, aber diesmal maunzte es nicht, sondern sah ihm in die Augen.

«Andere Flasche?»

Es war wirklich saukomisch. Die Katze sah ihn an, als wolle sie ihm tatsächlich etwas sagen. *Hallo? Natürlich eine andere Flasche, du Schmalspur-Küchenchef, du armseliger.* Irgendwie so was.

«Oiso. Eine andere Flasche.»

Georg wusste nicht genau, was in ihn gefahren war, ein eingebildetes Gespräch mit einer Katze zu führen, aber da er ohnehin keine Ahnung hatte, welches Öl das richtige war, würde es wohl nicht so schlimm sein.

Außerdem, ob Sonnenblume oder Raps, das Öl würde keinen riesigen Unterschied machen. Das Besondere an Lenis Gulasch war die Art und Weise gewesen, wie sie es gewürzt hatte.

Georg nahm das Biskin in die Hand und sah zu seiner Beobachterin hinauf.

«Und?», fragte er.

So ganz wollte Georg es immer noch nicht glauben, aber die Katze schien kaum merklich zu nicken.

«Meinetwegen», sagte er.

Er goss einen ordentlichen Schluck davon in den Topf, sah zum Kühlschrank hoch, doch das Tier zeigte keine Reaktion mehr. Also machte Georg weiter. Er wartete, bis das Fett heiß war, dann briet er portionsweise das Fleisch darin an. Die Katze verhielt sich dabei vollkommen still, und sie blieb es auch, als er im übrig gebliebenen Fett das Gemüse andünstete. Da sie weiterhin stumm blieb, auch als Georg einen großen Löffel Tomatenmark in den Topf gab und ihn ebenfalls anschwitzte, tat Georg die seltsame Interaktion mit dem Tier als pure Einbildung ab: Ganz sicher hatte die Katze nicht wegen des falschen Öls gemaunzt. Katzen maunzten eben manchmal. Vielleicht war Georg in letzter Zeit einfach bloß ein bisschen viel alleine gewesen.

Georg gab das Fleisch wieder in den Topf, löschte alles mit einem ordentlichen Schuss Rotwein ab, schüttete Brühe dazu und wartete, bis alles zu kochen begann. Dann drehte er die Flamme so weit herunter, dass nur noch ein ganz leichtes Simmern erkennbar war.

Und jetzt?

Bis hierher war es einfach gewesen, letztendlich war das Vorgehen bei allen Schmorgerichten ähnlich. Aber nun musste er das leise blubbernde Machwerk irgendwie würzen. Paprika gehörte vermutlich hinein, aber welcher? Georg sah allein davon mehrere Dosen auf der Gewürzablage stehen, edelsüßen und rosenscharfen, geräucherten, grünen und Paprikaflocken. Er probierte es mit einem Löffel edelsüßen, den er unterrührte und probierte. Er hatte jedoch nicht das Gefühl, Lenis Rezeptur auch nur einen Millimeter näher zu sein. Was kam wohl noch hinein? Kümmel? Knoblauch? Pfeffer?

Georg hatte Lenis Suppe bestimmt zwanzig Mal gegessen, aber er hatte einfach keine Ahnung. Er hatte auch nie so sehr darauf geachtet, wonach die Suppe schmeckte. Sie schmeckte eben einfach, und er hatte sie in sich hineingelöffelt, mit Appetit und ohne Achtung. Er war wie selbstverständlich davon ausgegangen, dass es diese Suppe jedes Jahr gab und jedes Jahr geben würde, genauso, wie er wie selbstverständlich davon ausgegangen war, dass Leni an seiner Seite war und nicht von dort weichen würde.

Aber es war nicht selbstverständlich gewesen. Nichts war selbstverständlich, das war eine Lektion, die er gelernt hatte. Und es gab etwas, das Georg sich fest vorgenommen hatte, als er es kapiert hatte: Er wollte den Leuten, die ihm in den letzten Monaten die Stange gehalten hatten, zeigen, wie dankbar er ihnen war.

Auch deshalb war ihm dieser Heiligabend so wichtig. Aber er bekam es nicht einmal hin, ihnen eine anständige Suppe zu kochen.

Er war zu überhaupt nichts zu gebrauchen ohne Leni.

Missmutig nahm er das Paprikapulver erneut, kippte etwas mehr davon hinein, probierte ... und verzog das Gesicht. Das, was er hier fabrizierte, schmeckte kein bisschen.

In der letzten Zeit hatte Georg öfter daran gedacht, einfach aufzugeben und das Wirtshaus zu verkaufen. Denn die Wahrheit war: Das Saubräu in Hecking zog ihm schon längst die Kundschaft ab. In den letzten Monaten waren peu à peu immer weniger Gäste gekommen. Erst war das gar nicht weiter aufgefallen, aber irgendwann merkte Georg es dann doch: Das Wirtshaus wurde nicht mehr richtig voll. Georg wusste natürlich auch, woran es lag. Er stand in der Küche, und nicht mehr Leni. Und das, was er in der Küche zusammenrührte, war vielleicht nicht ungenießbar, aber es reichte nicht einmal ansatzweise an die Gerichte von Leni heran. Leni hatte alles gehabt, was eine gute Köchin ausmachte: Herz, innere Ruhe und eine feine Zunge.

Georg hatte nichts von alledem. Er hatte nur eine linke Hand und eine rechte. Und zu viel Appetit, um den Gerichten die Zeit zu geben, die sie benötigten, um zu echter Feinheit zu finden.

Natürlich hatte Georg darüber nachgedacht, einen Koch einzustellen, oder eine Köchin, meinetwegen. Aber er brachte es nicht übers Herz. Dass sich ein fremder Mensch in Lenis Reich zu schaffen machte, ein Fremder ihre Töpfe, ihre Löffel, ihre Pfannen in Gebrauch nahm – schon die Vorstellung tat ihm so weh, dass es ihn in der Brust stach.

Genauso, wie es ihm weh tat zu spüren, dass ein nicht geringer Teil seiner Gäste nicht mehr wegen des Essens, sondern eher aus Mitleid zu ihm kam.

Und nun würden sie an Weihnachten nicht einmal mehr das traditionelle Gulasch kriegen, sondern irgendeinen Eintopf. Sie würden zwar so tun, als sei alles beim Alten, würden essen und trinken und bis spät in die Nacht Weihnachtslieder singen. Aber würden sie im nächsten Jahr noch wiederkommen?

Vielleicht. Aber eher nicht.

Wenn er jetzt verkaufte, würde er ein anständiges Sümmchen für das Wirtshaus kriegen. Noch hatte sich der Klingelwirt seinen Ruf nicht völlig verspielt. Von dem Geld könnte er sich irgendwo eine kleine Einzimmerwohnung kaufen, und wenn er den Rest des Betrags gut anlegen würde, könnte er vielleicht von den Zinsen leben.

Ja, genau das sollte er tun.

Und Leni?

Georg schlappte zu dem Stuhl in der Ecke und ließ sich darauf nieder. Er seufzte, nahm den Ring vom Finger und drehte ihn hin und her. Er war allein, das hatte er keine Sekunde lang vergessen, aber jetzt übermannte ihn das Gefühl so heftig, dass er den Tränen nahe war.

Er drehte den Ring und drehte ihn und drehte ihn.

Georg & Magdalena – 11. 7. 1999 und für immer.

Für immer.

Tja.

Das Maunzen der Katze schreckte ihn aus seinem Kummer – er hatte für einen Augenblick vollkommen vergessen, dass er vierbeinige Gesellschaft hatte.

Er blickte hoch zum Kühlschrank und nahm gerade noch wahr, wie die Katze mit einem Satz auf das Regalbrett mit den Gewürzen sprang.

«Hey!», rief er erschrocken, aber da war es schon zu spät, die ersten Plastikdosen fielen herunter, landeten auf der Anrichte, neben dem Herd, rollten weiter auf den Boden.

«Hey», rief er noch einmal und sprang zum Topf, um den Deckel zu schließen, denn eine der Dosen wäre um ein Haar in der Suppe gelandet. «Bist jetzt narrisch?»

Die Katze drehte sich zu ihm herum, funkelte ihn an – dabei fegte ihr Schwanz noch mehr Gewürze beiseite. Eine Wolke aus Zimt stäubte über die Anrichte, Pfefferkörner rollten über den Küchenfußboden, leise rieselte der Majoran auf die Fliesen.

«Spinnst du!», schrie Georg, aber diesmal richtig laut, und die Katze machte einen Schritt zur Seite und schubste dabei eine große Dose voll Selleriesalz über die Kante. Dann hielt sie inne und sah ihn an.

«Jetzt reicht's mir aber, raus jetzt!»

Die Katze machte einen Satz vom Brett, an dem völlig perplexen Georg vorbei, auf die Anrichte, von dort aus auf den Boden, weiter auf den Küchentisch, und schließlich zurück auf den Kühlschrank.

«Also ehrlich!»

Leise vor sich hin schimpfend holte er einen Besen, fegte die Pfefferkörner in eine Ecke, dann sammelte er die heruntergefallenen Dosen auf. Er streckte sich, um sie wieder auf das Regal zu stellen, da fiel sein Blick auf die Behälter, die dort oben stehen geblieben waren.

Einen Augenblick lang brauchte Georg, um das, was er sah, zu verarbeiten, dann sackten ihm die Beine weg, beinahe zumindest. Mit zitternden Knien schielte er hoch zu der Katze auf dem Kühlschrank, die da oben saß und siegesgewiss schnurrte.

Sieben Gewürze standen noch da: edelsüßer Paprika, Kümmel, Chili, Szechuanpfeffer, Lorbeerblätter, die Pfeffermühle und Majoran.

«Sag amoi», sagte Georg. Und dann sagte er erst einmal nichts mehr.

Man konnte es nicht anders nennen: Die Bude brannte. Alle, wirklich alle waren da. Sogar Gäste, die Georg schon ans Saubräu verloren geglaubt hatte, waren erschienen. Der Pfarrer saß neben dem Bürgermeister, der Metzger Höflinger stieß mit der Neureuther-Omi an, unter dem Stammtisch spielten die Ganghofer-Zwillinge mit dem neuen Hund vom Schreibwarenhändler. Die Stimmung war beinahe so schön wie in den letzten Jahren, irgendwie intim, aber dann auch wieder ganz ausgelassen und fröhlich – fast wie in einer Familie, in der sich Eltern, Kinder, Onkel, Tanten und sogar die Stiefgeschwister mögen. Und er, der Georg-Maria Giglinger?

Georg zapfte ein Bier nach dem anderen, während die Moni das Essen servierte, Schüssel um Schüssel von Georgs selbstgekochter Gulaschsuppe. Die war so gut geworden, dass sogar die Neureuther-Omi um Nachschlag bat, und die aß normalerweise wie ein Spätzchen.

«Die Suppe ist echt der Wahnsinn, Schorsch!», rief ihm jetzt auch der Bürgermeister zu, und Georg bemerkte, wie er leicht errötete.

«Dankschee, Cheffe!», sagte er. «Bin glei wieder da.»

Georg verschwand in der Küche, wo der große Topf mit der Gulaschsuppe beinahe vollkommen geleert auf dem Herd stand. Sie war wirklich saugut geworden, die Suppe, das war nicht zu leugnen – zwar nicht haargenau so wie die von der Leni, aber die Richtung stimmte auf alle Fälle, fein abgeschmeckt mit Paprika, Kümmel, Chili, Lorbeer, Majoran, Szechuan- und normalem Pfeffer, außerdem mit frischem Knoblauch und einem Hauch Zitronenschale.

Das mit der Zitronenschale war Georgs Idee gewesen. Er hatte eine Zitrone im Kühlschrank gefunden und die Katze mit einem Blick gefragt, und die Katze – nun ja, es schien, als wäre sie einverstanden gewesen.

Ja, die Suppe war wirklich der Hammer, und ihr Duft war immer noch gewaltig – die Schärfe der Schoten, der Duft des Knoblauchs, der frische Hauch von Zitronenschale, die feine Kümmelnote ... Georg konnte nicht anders, er musste ein letztes Mal die Augen schließen und schnuppern, sich die Aromen einprägen, denn er würde sie nun zwölf Monate nicht mehr riechen, erst wieder am 24. Dezember des nächsten Jahres. Aber er würde sie wieder riechen, das wusste er genau.

Denn Georg hatte etwas gespürt heute Abend. Etwas, was er schon lange nicht mehr gespürt hatte. Er hatte gespürt, was es eigentlich bedeutete, Wirt zu sein. Es bedeutete, eine Familie zu haben, Abend für Abend für Abend, selbst dann, wenn es jeden Abend eine andere Familie war.

Es war etwas, das ihn glücklich machen konnte.

Georg machte die Augen langsam wieder auf, und sein Blick fiel auf den Platz dort oben auf dem Kühlschrank. Dort saß, inzwischen wieder faul und träge blinzelnd, die Katze und sah ihn an.

Sie sah wieder einfach nur aus wie eine Katze, scheu und teilnahmslos und verwöhnt.

Vollkommen unauffällig.

Georg sah das Tier an, und das Tier blickte freundlich blinzelnd zurück, und nun konnte er für einen kurzen

Moment doch noch einmal spüren, dass sie miteinander sprachen. Nicht mit Worten und auch nicht mit den Bedeutungen, die Worte gemeinhin haben.

Sie kommunizierten, aber anders. Ihr Gespräch fand eher auf der Ebene der Gefühle statt, und vielleicht lag es daran, dass Georg in seinem Herzen plötzlich so aufgewühlt war. Seit die Katze ihm beim Kochen Gesellschaft geleistet hatte, spürte er plötzlich, dass da doch mehr in ihm war als bloß Trauer und Einsamkeit. Geborgenheit, Gelassenheit, Glück, all das schlummerte noch immer in ihm, es war nur verschüttet worden von der Lawine aus Schmerz, die ihn mit Lenis Tod überrollt hatte.

Zutrauen. Er wollte wieder Zutrauen zum Leben haben. So, wie dieses streunende Tier Zutrauen zu ihm gehabt hatte. Und er zu ihm.

Die Katze machte einen Satz vom Kühlschrank, landete auf der Anrichte und sprang dann auf den gefliesten Boden.

«Hey», sagte Georg leise, aber die Katze blickte nur kurz zu ihm hoch, strich an seinem Bein entlang und tapste dann an ihm vorbei durch die Tür zur Wirtsstube. Auf sanften Pfoten und als würde sie auf einer unsichtbaren Linie balancieren, durchquerte sie den Raum, unbemerkt von den von Feststimmung und Alkohol benebelten Gästen. Vor der Eingangstür des Wirtshauses blieb sie stehen, maunzte und blickte zum Türgriff hinauf, aber natürlich nahm niemand sie wahr. Sie maunzte noch einmal, und Georg spürte, wie es ihm das Herz zusammenschnürte.

«Du willst schon weg?», fragte er, beinahe lautlos, und obwohl die Katze ihn unmöglich gehört haben konnte, drehte sie sich zu ihm um und sah ihn an.

«Du willst schon weg», sagte Georg noch einmal.

In genau diesem Augenblick sprang die Katze ein wenig zurück: Die Tür öffnete sich, und eine Frau trat ein. Georg hatte sie hier noch nie zuvor gesehen. Und obwohl er keiner war, der das Aussehen von Frauen ernsthaft beurteilen konnte (er fand die meisten Frauen hübsch, allein schon, weil sie Frauen waren), war Georg so gefesselt von ihrem Anblick, dass er nur noch aus dem Augenwinkel wahrnahm, wie die Katze durch die sich langsam wieder schließende Türe draußen in der Nacht verschwand.

«Grüß Gott», sagte die Frau, und inzwischen war sich Georg fast sicher, dass sie zwar aus Bayern, jedoch ganz bestimmt nicht aus dieser Gegend kam. «Gibt's hier noch etwas zu essen?»

Georg nickte, ein bisschen dämlich, wie er fand, aber er wusste nicht so recht, was er sagen sollte.

«Ich bin gerade erst in die Gegend gezogen, wissen's.»

Sie sah ihn seltsam ernst an, und Georg verstand plötzlich, dass diese Frau hier niemanden kannte und dass sie allein war an diesem Heiligabend. Er nickte wieder, und endlich löste sich der Krampf in seiner Kehle.

Er wusste, was Menschen brauchten, die einsam waren.

«Gulaschsuppe gibt's», sagte er. «Des is hier unser Heiligabend-Ritual. Setzen's eahna doch.»

«Gern», sagte die Frau und lächelte, und Georg entdeckte zwei Grübchen auf ihren Wangen, die dort nur für ihn zu sein schienen, zumindest hatte er das Gefühl, sie eben als erster Mensch auf der Welt entdeckt zu haben.

«Ich schau schnell, ob noch welche da ist», sagte er und hoffte inständig, dass keiner der Gierköpfe unter seinen Gästen inzwischen den dritten Nachschlag verlangt hatte und noch eine Portion in dem Topf war.

«Das wär phantastisch», sagte die Frau und lächelte ihn an.

Georg verschwand in der Küche, und wieder war da

dieser Duft – er konnte immer noch nicht ganz glauben, dass wirklich er diese Suppe gekocht hatte. Er schloss noch einmal die Augen, erschnupperte Chili und Knoblauch, verlor sich in den frischen Noten von Ingwer und Zitronenschale. Und dann merkte er, dass da noch etwas anderes in der Luft lag.

«Schorsch!», plärrte da die Moni durch die Küchentür. «Dein Typ wird verlangt! Da Bürgermoaster wui zahlen!»

«Komme!», rief Georg zurück. «Gleich!»

Er trat an den Herd und kratzte die tatsächlich letzte Portion Gulasch aus dem Topf. Ruhig und sorgfältig füllte er Löffel um Löffel in eine Schüssel. Jetzt wusste er endlich, warum die Katze gekommen war. Mit einem Mal war ihm alles ganz klar.

Tessa Hennig

Morgen kommt kein Weihnachtsmann

Obwohl die ersehnte stille Heilige Nacht nur noch wenige Besorgungen, ein bisschen Kofferpacken und ein paar Stunden Schlaf entfernt war, lief der Motor der «Stillesuchenden» gerade so heiß, dass Carmen das Gefühl hatte, sich mitten in einem Kriegsgebiet zu befinden. Die Front hieß MediaMarkt München. Gottlob war der Besitz von Schusswaffen in Deutschland verboten - nicht auszudenken, was jetzt hier los wäre, wenn nicht. Gezeter und Gekeife von allen Ecken und Enden, Rempeleien, Streit um den letzten Parkplatz. Den vorletzten hatte sie ergattert. Zu «Jingle Bells», das ihr Autoradio nach erneutem Senderwechsel bereits zum gefühlt hundertsten Mal spielte, gesellte sich ein infernalisches Hupkonzert, weil die Einfahrt wieder einmal blockiert war. Alljährliche Weihnachtsstimmung! Selber schuld. Hatte sie sich nicht schon letztes Jahr vorgenommen, nie wieder Weihnachtsgeschenke in letzter Minute zu kaufen? Ein frommer Vorsatz, wenn in der Agentur die Hölle los war und gerade vor Weihnachten das Geschäft mit der Werbung für fast ein Drittel ihres Jahresumsatzes sorgte. Um sich irgendwie zu beruhigen, musste «Jingle Bells», das sich sowieso schon in ihren Gehörgang und viel tiefer eingenistet hatte, als Mantra herhalten. Yogi-like gebrummt besserte es die Laune. Es half dabei, stickige Luft, Gedränge, Stimmengewirr und Alarmsysteme, die gleich in mehreren Abteilungen nervtötend summten, einigermaßen zu ertragen.

Carmen hatte sich letztes Jahr fest vorgenommen, Weihnachtsgeschenke nie wieder «last minute», sprich einen Tag vor Heiligabend, zu besorgen. Ging nur nicht, weil eine Werbeagentur vor Weihnachten fast ein Drittel des Jahresumsatzes einfuhr. Als Key Account Managerin, die Großkunden zu betreuen hatte, war sie in der Adventszeit keinen Abend vor halb zehn aus dem Büro gekommen. Nun zahlte sie den Preis dafür: Stress pur im überfüllten MediaMarkt München. Dank der alle Jahre wiederkehrenden identischen Wünsche ihres Sohnes blieb ihr wenigstens lange Sucherei erspart.

«Der ist jetzt so was von mausetot», juchzte ein Kind mit Joystick vor einer Videoleinwand. Sein Wuschelkopf und seine blauen Augen erinnerten Carmen sofort an ihren Tobias, auch wenn er mit zwölf kein solcher Zwerg mehr war.

«Toll!», kommentierte der Vater des Kleinen anerkennend.

Wie kann man sein Kind auch noch dafür loben, dass es gerade wen erledigt hat?

«Ist doch nur ein Spiel», erklärte der Mann prompt und an sie gewandt. Er musste wohl ihren pikierten Blick bemerkt haben. Gar nicht darauf eingehen. Wo war nur das Game, das sich Tobias gewünscht hatte? Kein Mitarbeiter in Sicht. Anscheinend versteckten sie sich. Wer weiß, seiner Begeisterung für Videospiele nach zu urteilen, kannte sich der Vater des Jungen hier bestimmt aus. Einen Versuch war's wert.

«Kennen Sie zufällig ‹Snake Warriors›?», fragte sie geradeheraus. «Mein Sohn wünscht es sich.»

Sofort erschien ein wohlgefälliges Grinsen in seinem Gesicht. Er deutete nur auf den Bildschirm, auf dem immer noch die Leiche des «Warriors» zu sehen war.

«Aber das kaufen Sie jetzt nicht, oder?», fragte er süffisant grinsend.

«Natürlich nicht», sprudelte nur so aus ihr heraus. Einen Atemzug später fiel Carmen auf, welche Blöße sie sich eben gegeben hatte. Er dachte sich jetzt bestimmt, dass sie als Mutter offenbar nicht wusste, was ihr Sohn auf seiner Playstation trieb. Und damit hatte er auch noch recht! Was sollte sie ihm also besser kaufen? Jedenfalls irgendetwas ohne Geballer! Ein Wissensspiel! Ja, das ist es! Spannend, lehrreich, fordernd - mehr konnte Carmen ohne Lesebrille auf der Packung nicht erkennen. Auf zur Kasse und am besten beim langen Anstehen wegträumen. Carmen holte tief Luft und dachte an den bevorstehenden Traumurlaub, an das tief verschneite St. Moritz, an die Wellness-Stunden, die sie sich gönnen würde, an das überirdisch gute Essen, an den Pulverschnee. Jasmin und Tobias würden die ganze Woche nicht streiten, weil Skifahren so schön auspowert, und wer weiß, vielleicht hätte Jürgen ja mal wieder Lust auf etwas Bettgeflüster? Das alles auch noch gratis, jedenfalls fast, aber das musste sie der Familie ja nicht unbedingt sofort auf die Nase binden.

Kurz vor Garmisch wurde es heller. Die Sonne ging endlich auf und offenbarte eine immer noch überwiegend begrünte Herbstlandschaft. Von Schnee keine Spur. Von guter Laune dementsprechend auch nicht. Carmen konnte im Rückspiegel sehen, dass Tobias immer noch wie besessen mit seinem Zeigefinger auf dem Bildschirm seines Smartphones entlangfuhr, das unentwegt nervige Geräusche von sich gab. Jasmin, seine drei Jahre ältere Schwester, hatte sich schalldichte bunte Kopfhörer aufgesetzt und starrte wie in Trance aus dem Fenster. Ihr Mann gab Carmen den Rest. Jürgen hing wie ein Schluck Wasser auf dem Fahrersitz und steuerte gelangweilt den Wagen. Und das, obwohl ein toller Urlaub auf sie wartete.

«Wären wir nur nach Kanada geflogen ... Tiefschnee ...», rang er sich gähnend ab.

«Das ist nicht das Gleiche. Allein schon das Ambiente ...»

Jürgen zuckte nur mit den Schultern und blickte wieder auf den immer dichter werdenden Verkehr.

«Mensch. Mal perfekte Weihnachten ... so mit allem Drum und Dran ...», schmiss Carmen in der Hoffnung auf etwas mehr Begeisterung lautstark in die Runde.

Stummes Nicken hieß bei ihrem Mann so viel wie «Passt schon». Carmen versuchte sich mit der Überlegung zu trösten, dass ihre Lieben vielleicht nur übermüdet waren, weil sie so früh aufgestanden waren.

«Roberts Familie lädt dieses Jahr einen Obdachlosen zu sich nach Hause ein», tönte es überraschend von hinten. Jasmin war also zumindest akustisch wieder anwesend und hatte die Kopfhörer zur Seite gelegt.

«Ich weiß nicht ...», gestand Carmen ehrlich.

«Das ist doch total spannend, und irgendwie passt das zu Weihnachten. Nächstenliebe und so ...»

«Ich schufte doch nicht das ganze Jahr, um dann mit ’nem Penner am Heiligen Abend ’ne Gans zu essen», würgte Carmen sie gleich ab, damit daraus nicht noch eine fixe Idee wurde, die sie nächstes Jahr in die Tat umzusetzen hatten.

Jasmin schmollte.

«Unter anderen Umständen vielleicht ... na ja, es hat schon was ...», lenkte Carmen dann doch ein.

«Die machen das doch nur, um ihr soziales Gewissen zu beruhigen. Nachts hockt er dann wieder auf der Straße», erklärte Jürgen seiner Tochter. Schützenhilfe von ihrem Mann war selten und an sich einen Tagebucheintrag wert.

«Es wäre halt mal was anderes. Wir machen immer das Gleiche», fuhr Jasmin fort.

«Und dir ist das zu langweilig?» Carmen wollte es jetzt genau wissen.

«Nein, ich freu mich ja auch, aber ... mal ehrlich, jeder macht doch wieder sein Ding.»

«Gott sei Dank», warf Tobias ein, ohne seinen Blick vom Spiel seines Smartphones zu wenden.

«Du kriegst noch eckige Augen und eklige Hornhaut auf den Fingern ...» Carmen registrierte mit Genugtuung, dass Jasmin mittlerweile auch von Tobias' digitaler Abwesenheit genervt war.

«Wir könnten ja mal was machen wie Onkel Herbert. Das war so peinlich ...», warf Tobias mit leidendem Unterton ein.

Allerdings! Carmen erinnerte sich nur zu gut an das «Privatvarieté» ihres Bruders. Jeder hatte irgendetwas zur Weihnachtsfeier beitragen müssen, und sei es nur ein Gedicht oder ein Lied. Herbert hatte eine Zaubershow hingelegt, die einfach elendig durchschaubar gewesen war. Und dann erst dieses Familienquiz. Wie anstrengend, sich Fragen zu irgendwelchen Episoden aus dem Leben der anderen ausdenken zu müssen. Natürlich kam dabei nur Peinliches zum Vorschein, was jedoch wesentlich unterhaltsamer war als der «Höhepunkt des Abends»: ein nicht enden wollender Diavortrag von Herberts letzter Italien-Reise. Das hatte allen, außer Herbert, den Rest gegeben.

«Okay, dann lassen wir Weihnachten nächstes Jahr sausen und gehen ins Altenheim, machen Sozialdienst. Na, was haltet ihr davon?» Jürgen sah kurz in den Rückspiegel.

Carmen musste unwillkürlich schmunzeln. Er wusste, wie man Protest von den hinteren Reihen im Keim erstickte. Jasmin und Tobias war anzusehen, dass sie einen Luxusskiurlaub im Moment als die bessere Variante empfanden.

Ohne Vitamin B ging über Weihnachten in St. Moritz rein gar nichts. Die Fünfsternebunker lagen fest in der Hand der Stammkundschaft, sprich Prominenz und Kapital. Es gab Suiten, für die man in einer Woche locker eine Million hinlegen musste. Der Schweizer Hof war eine Nummer kleiner, hatte aber immer noch vier Sterne, die Carmen beim Aussteigen entgegenfunkelten. Einfach traumhaft! Ein Hotel mit Blick auf das verschneite Bergpanorama des bestimmt schönsten Skiortes der Welt.

«Wow», ließ sogar Tobias, gleich nachdem sie vorgefahren waren, vom Stapel. Jürgen hakte sich bei ihr ein und inhalierte genießerisch die frische Schneeluft. Warum nur würdigte Jasmin das Hotel keines Blickes? Der Schnee zu ihren Füßen war anscheinend interessanter. Lediglich den Gepäckträgern, die ihre Koffer und Skier nach drinnen trugen, sah sie nach.

«Na, hab ich euch zu viel versprochen?», fragte Carmen. Das war natürlich rhetorisch gemeint. Weihnachten konnte beginnen, und das erste Geschenk war sogar schon in Reichweite: Familie Weber! Wie bestellt.

«Das glaub ich jetzt nicht», ereiferte sich Carmen, als

Frederik Weber sie erkannte und mit seiner in Pelz gehüllten Frau sogleich zu ihnen kam. Jürgen warf Carmen einen fragenden Blick zu.

«Größter Hersteller von Sportartikeln im süddeutschen Raum. Wenn wir für ihn den Katalog machen, sind wir saniert», flüsterte sie ihrem Mann zwischen den Zähnen zu, weil sie darum bemüht war, ihr strahlendes Lächeln nicht abreißen zu lassen. Dafür riss Jürgens abrupt ab.

«Das versteht dein Chef also unter ‹Incentive-Reise›. Die sind doch nicht zufällig hier», sagte er leise, aber in unüberhörbar vorwurfsvollem Ton. Jürgen kannte ihren Chef anscheinend schon besser, als ihr lieb war. Auch Jasmin spitzte gleich die Ohren.

«So eine Überraschung!» Der graumelierte Weber war sichtlich erfreut. Carmen ebenfalls, weil Jürgen nicht mehr dazu kam, den Punkt gleich auszudiskutieren.

«Darf ich Ihnen vorstellen? Mein Mann und meine beiden Kinder. Jasmin und Tobias.»

Jürgen nickte eher reserviert in seine Richtung. Tobias tat es seinem Vater gleich. Jasmin reichte ihm artig die Hand. Ihr fragender Blick, der eindeutig auf ihrer Mutter lastete, hatte jedoch für Carmen etwas Beunruhigendes.

«Tja, wir sehen uns dann bestimmt beim Abendessen», schlug Weber vor, nachdem seine Frau das abgenickt hatte.

«Mama. Was ist eine Incentive-Reise?», fragte Jasmin prompt.

«Man kriegt so was geschenkt, wenn man Tag und Nacht malocht.» Jürgen nahm ihr die Erklärung ab. Jasmin nickte daraufhin nachdenklich.

«Wir könnten uns St. Moritz doch sonst nie leisten», erklärte Carmen in der Hoffnung auf Vergebung, weil sie den kleinen Deal mit ihrem Chef verschwiegen hatte. Aber was sprach denn dagegen, das Angenehme mit dem Nützlichen zu verbinden? Zumindest Jürgens vorwurfsvoller Blick.

«Komm schon ... nur ein Abendessen ...», sagte sie und hängte sich nähesuchend bei ihm ein. Jürgens Miene regte sich nicht.

«Und ich dachte, der Urlaub kostet ein Vermögen. Das mit dem Incentive. Das wusste ich gar nicht», sagte Jasmin.

«Ich hätte es ja auf Facebook posten können, damit du es auch mitbekommst», erwiderte Carmen nun doch etwas genervt, weil sie nicht einsah, sich für Urlaub in einem so tollen Hotel rechtfertigen zu müssen. Jasmin schmollte, und ihre Miene verfinsterte sich gleich noch mehr, als sie in Richtung Eingang blickte. Zwei Gepäckträger kamen mit den Koffern und in Begleitung des Rezeptionisten heraus.

«Entschuldigung. Es muss wohl ein Missverständnis vorliegen. Das Hotel ist ausgebucht, und wir erwarten keine neuen Gäste.» Der Schock saß!

«Tut mir wirklich leid, aber wir sind komplett ausgebucht» wurde zum Ohrwurm, und er fand mit jedem Hotel, das sie bei einfallender Dämmerung in St. Moritz und Umgebung abfuhren, neues Futter. Das war schon schlimm genug. Jürgen setzte dem Ganzen aber noch einen drauf: «Das war's dann wohl mit der *Geschäftsreise*.» Auf den Knopf hätte er besser nicht gedrückt.

«Von nichts kommt nichts! Du wusstest, dass wir die Reise spendiert bekommen», rechtfertigte sie sich.

«Aber ich wusste nichts von diesem Weber und dass du hier arbeitest.»

«Jetzt mach kein Drama draus ...», sagte sie. Doch sie sah ihm an, dass er eines daraus machte.

«Es gab einfach keine passende Gelegenheit, um es dir zu sagen.»

«Du meinst, es mir schonend beizubringen», ergänzte Jürgen und sprach somit den tieferen Grund aus.

«Wärst du dann nicht mitgefahren?», fragte Carmen prompt.

«Doch», lenkte Jürgen nach einem tiefen Atemzug ein.

«Tut mir leid. Zufrieden?», fragte Carmen.

Jürgen nickte, wohl auch weil er genau wusste, dass er selbst genug mit seinen Kunden um die Ohren hatte und nach der Arbeit einfach nur seine Ruhe haben wollte. Über alles reden? Wann denn? Zwischen Arbeit, Hausaufgabenkontrolle und Putzen? Sollte sie ihn wecken, nachdem er todmüde ins Bett gefallen war?

Jasmin schien die Einzige zu sein, die auch Carmens Seite verstand.

«Ist das jetzt sehr schlimm? Mit den Webers? Ich meine, ist dein Chef jetzt sauer, Mama?», fragte sie mit überraschender Anteilnahme.

«Nein ... Ja ... Ach, was weiß ich? Es gibt Schlimmeres», erwiderte sie, weil sie gerade daran dachte, dass es bald dunkel wurde und ihnen wohl nichts anderes übrigblieb, als den Heiligen Abend auf der Autobahn zurück nach München zu verbringen.

«Onkel Herbert hat doch hier ’ne Hütte», warf Jasmin ein.

«Ja, stimmt ... Und dein Bruder feiert Weihnachten immer zu Hause», erinnerte sich ihr Mann.

«Die Hütte?», entrüstete sich Tobias. «Die hat ja nicht mal Strom ...»

«Hauptsache, ein Dach über dem Kopf. Ich hab keinen

Bock mehr auf die Fahrerei», sagte Jürgen. Carmen nickte. Gute Idee. Genau betrachtet sogar die einzige Alternative.

«Das ist nicht euer Ernst. Weihnachten mit Plumpsklo?»

«Du meinst, ohne Spiele», präzisierte sie. An Tobias' schreckgeweiteten Augen war abzulesen, dass sie den Nagel auf den Kopf getroffen hatte.

«Ich ruf Herbert gleich mal an.» Carmen kramte ihr Handy aus der Tasche. «Zumindest für eine Nacht», ergänzte sie, auch, um sich selbst zu beruhigen, denn sie erinnerte sich noch allzu gut an ihren Kurzbesuch letzten Sommer. Auf eine Schweizer Variante des Dschungelcamps hatte sie keine Lust.

«Papa, wie lange brauchen wir denn, bis wir dort sind?», fragte Jasmin, die sich damit anscheinend schon abgefunden hatte.

«Ne gute halbe Stunde», sagte er.

Hoffentlich war Herbert zu Hause. Besetzt. Versuchte es Jasmin parallel auf ihrem Handy? Zumindest fuchtelte sie damit herum. Im Rückspiegel erkannte Carmen, dass sie irgendetwas eintippte. Vermutlich postete sie gerade das Familienmalheur auf Facebook. Noch einmal probieren. Und Gott sei gedankt: Herbert ging ran.

Sie steckten fest. Die Reifen des Wagens drehten durch. Carmen stand kurz davor, auch durchzudrehen. Dabei war es doch nur noch ein klitzekleines Stück hinauf zur Hütte. Doch das hatte es dank der frischen Pulverschneedecke auf Eis in sich. Und es hörte einfach nicht auf zu schneien. Die umliegenden Bäume und Hügel waren bereits romantisch eingezuckert – im Prinzip wie gemalt, doch im Moment eher die weiße Hölle.

«Wenn ihr zu dritt schiebt», schlug Jürgen vor.

«Was ist mit den Schneeketten?», fragte Carmen nach.

«Vergessen», gab er kleinlaut zu.

«Nein, haben wir nicht», tönte es euphorisch von hinten. «Ich hab sie unter die Koffer gelegt. Für alle Fälle», sagte Jasmin. Unglaublich! Ihre Tochter!

«Du bist ... Jasmin ... ich weiß gar nicht, was ich sagen soll.»

«Großartig!» Jürgen fand das richtige Wort und stieg dann aus dem Wagen.

«Nur noch 'ne Kleinigkeit essen und dann ins Bett», seufzte Carmen.

«Und was sollen wir essen?», nölte Tobias unleidlich, jedoch nicht unberechtigt.

«Herbert hat bestimmt ein paar Konserven da», meinte Jasmin.

«Wie konnte das nur passieren? Ich hab doch von der Firma eine Buchungsbestätigung bekommen. Und dann behaupten die, ich hätte die Reise storniert.» Carmen kam nicht darüber hinweg.

«Mama ... heutzutage ... Die müssen nur 'nen Virus auf ihrem System haben ... oder vielleicht eine Namensverwechslung», erklärte Jasmin. Möglich war es jedenfalls.

Dem Rasseln von hinten nach zu urteilen mussten die ersten Schneeketten dran sein. Keine Minute später riss Jürgen die Wagentür auf. Der Durchzug blies den Schnee direkt hinein. Er sah aus wie nach einer Polarexpedition.

«Dreh mal den Zündschlüssel um. Meine Finger sind steif», sagte er.

Der Wagen sprang an und bewegte sich unaufhaltsam auf die weihnachtliche Sonderedition des Dschungelcamps zu.

Der Schlüssel lag genau da, wo Herbert ihn glaubte hingelegt zu haben – leider unter einem Schneeberg, durch den sie sich zu dritt hatten wühlen müssen. Tobias war als Erster fündig geworden. Er strahlte wie ein Held, der eben einem «Snake Warrior» die Waffe abgeluchst hatte. Dafür durfte er natürlich auch aufsperren. Die Tür hatte schon im Sommer geklemmt, wie sich Carmen erinnerte. Dementsprechend hart warf sich Jürgen dagegen. Ein Fehler, denn in dem Moment löste sich ohne Vorwarnung eine Dachlawine. Alle konnten zur Seite springen. Carmen nicht. Die Kälte klebte nun förmlich auf der Haut. Nichts wie rein!

Einladend sah das dunkle Loch vor ihnen jedoch nicht gerade aus. Das fahle Licht von draußen reichte gerade, um eine Petroleumlampe ausfindig zu machen. Jürgen zündete sie sogleich an, bevor er wieder nach draußen ging, um die Koffer aus dem Wagen zu holen.

«Urgemütlich!», rief Jasmin und ließ sich sogleich auf eine kissenübersäte Couch fallen. Tobias schnappte sich eine alte Zeitung vom Küchentisch und ging damit zum offenen Kamin.

«Darf ich?», fragte er.

«Lass das mal lieber Papa machen.»

«Ich kann das auch.»

«Na gut», lenkte sie ein. Tobias schaffte es tatsächlich schon im zweiten Anlauf, das Holzscheit, das im Kamin lag, zu entfachen. Sofort fing es an, wohlig zu knistern. Kleine Funken versprachen Hüttenzauber. Das auflodernde Feuer tauchte den Raum in warmes Licht. Irgendwie ja doch ganz gemütlich, musste Carmen sich eingestehen. Tobias war sichtlich stolz und setzte sich vor den Kamin, an dem er sich die Hände wärmte.

Carmen blickte auf ihre Armbanduhr. Halb sieben!

In einer halben Stunde wären sie beim Essen gewesen, ein Fünfgängemenü hätte auf sie gewartet. Apropos, die Konserven! Carmen ging zum Schrank, um zu erkunden, ob es überhaupt etwas Essbares hier gab. Zu ihrer großen Überraschung war der Schrank gut gefüllt, und zwar nicht nur mit Bohnen und Päckchensuppen, wie sie erwartet hatte. Marmelade, Honig, Knäcke- und Vollkornbrot, Toast, verschiedene Packungen für Soßen, Schokolade, Pralinen, sogar Reis und Nudeln warteten auf sie. Herbert lebte hier offenbar nicht schlecht. Trotzdem. Heiligabend mit Knäckebrot und vegetarischem Brotaufstrich und als Hauptgang Spaghetti mit Tomatensoße? Ganz und gar nicht, denn auch der Kühlschrank protzte mit allem, was man brauchte, um ein leckeres Essen auf den Tisch zu zaubern. Im Gefrierfach gab's sogar abgepackte Entenbrust, die man nur in den Ofen schieben musste. Dazu Kartoffeln und Rotkraut.

«Man könnte meinen, er wusste, dass wir kommen», überlegte Carmen laut, doch dann fiel ihr ein, dass ihr Bruder ja oft zum Skifahren herkam und ursprünglich geplant hatte, über Silvester hier zu sein.

«Ich hab tierischen Hunger», bemerkte Jasmin, bevor sie Töpfe und eine Pfanne aus der Anrichte zog.

«Wir könnten doch alle zusammen kochen», sagte sie in Richtung ihres Vaters, der gerade hereinkam und sich die weiße Pracht von der Jacke klopfte. Jürgen wirkte mindestens so überrascht wie Carmen, vermutlich weil er sich auch nicht mehr daran erinnern konnte, wann sie das letzte Mal zusammen Essen zubereitet hatten.

«Okay. Was soll ich machen?», fragte er. Carmen musste nicht lange überlegen. Sie zog einen Sack mit Kartoffeln aus dem Gemüsefach und drückte sie ihm in die Hand. Jasmin reichte ihm den Kartoffelschäler.

«Und? Wie wollt ihr kochen, ohne Strom?», fragte Tobias.

Carmen öffnete den Küchenschrank unter der Spüle: Dort stand nämlich, das wusste sie von Herbert, die rote Propangasflasche. Und eine Kiste Wein war dort auch. Weihnachten war gerettet!

Obwohl man dieser Hütte nach zwei Gläsern Rotwein eine gewisse urige Gemütlichkeit nicht absprechen konnte, überlegte Carmen erneut, warum Herbert hier freiwillig Urlaub machte. Jahr um Jahr. Angenehm war es schon, wenn eine Hütte so perfekt ausgerüstet war wie diese ... Selbst einen kleinen Weihnachtsbaum aus Kunststoff und ein Set roter Kugeln hatten sie in einer Kiste gefunden. Ausklappen, Kugeln und Kerzen draufstecken – fertig. Jürgen hatte ihn gemeinsam mit Tobias im Handumdrehen aufgebaut. Eine der raren Vater-Sohn-Aktionen, zu denen die beiden so gut wie nie kamen, weil Jürgen unentwegt unterwegs war, um PC-Probleme seiner Kunden zu beheben. Nun lagen die beiden wie erschossen auf der Couch. Die Ente war im Bauch. Der Fettgeruch hing zwar in den Klamotten und den Haaren, aber es hatte geschmeckt. Das Feuer im Kamin hatte sich in wärmende Glut verwandelt. Obwohl es nach diesem Tag nur allzu verständlich war, dass jeder wie gelähmt da saß und einfach nur auf den Kamin starrte, fehlte trotzdem irgendwas. Die Geschenke! Carmen hatte sie nicht umsonst mitgeschleppt.

«Bescherung!», rief sie ihren Lieben zu. «Na, was ist?»

Jasmin mühte sich auf. Jürgen war hochgeschreckt. Auch Tobias wurde wieder lebendig.

«Ich hol sie», bot Jasmin an, stand auf und ging zu einem der Koffer. Früher war das der Job der Eltern gewesen. Carmen erinnerte sich an die Zeit, als Tobias und Jasmin noch kleine Stöpsel gewesen waren. Sie hatte die Geschenke gemeinsam mit ihrem Mann unter dem Baum drapiert, während die Kinder oben in ihren Zimmern aufs Christkind hatten warten müssen – bis das kleine Glöckchen erklang. Dann waren die Kinder die Treppe heruntergerannt, so aufgeregt und mit Glanz in den Augen. Carmen blickte immer noch gedankenverloren auf die Plastiktanne und sah doch ihren Zweimeterbaum von früher. Sie hatte den Geruch der Nordmanntanne förmlich in der Nase, die Magie dieser Abende im Blut. Es war eine Zeit gewesen, in der man selbst wieder an das Christkind glaubte, weil die Kinder es taten. Diese Momente waren unwiederbringlich. Wie schön, dass man sie wenigstens in seinem Herzen bewahren konnte.

«Ist das für mich?», fragte Tobias, obwohl er die Packungsgröße von Videospielen bestimmt kannte.

Jürgen drückte ihr ein Päckchen in die Hand – sicher ihr derzeit favorisiertes Parfüm, das er stets in einen originellen Flakon füllen ließ, um etwas Besonderes daraus zu machen.

«Frohe Weihnachten, Schatz», hauchte er. «Für dich auch», hauchte sie zurück, bevor sie ihm sein Päckchen reichte.

Es war ein Sammelsurium aus Wellness-Produkten für den Mann. «The same procedure as every year», doch immerhin praktisch und brauchbar. Jasmin und Tobias hatten für zwei «Night of the Proms»-Tickets zusammengelegt und trugen somit der Vorliebe ihrer Mutter für Klassik und Jürgens für Pop-Musik Rechnung. Dann machten sich die Kinder über ihre Geschenke her. Jasmin freute sich über den Wollpulli und die Skibrille mit eingebautem MP3-Anschluss. Tobias' Freude über das Wissensspiel hielt sich allerdings in Grenzen.

«Ist doch mal was anderes als das Geballer», sagte Carmen.

«Schon», räumte Tobias ein. «Aber siehst du hier irgendwo 'nen Fernseher?» Dann starrte er traurig auf seine Playstation, die er extra von zu Hause mitgenommen hatte.

«Vielleicht finden wir morgen ein Hotel, mit Fernseher und Strom.» Carmen versuchte ihren Sohn zu trösten. Doch es half nichts. Tobias nickte geknickt, nach außen einsichtig, doch Carmen kannte die traurigen Augen ihres Sohnes. Seine Niedergeschlagenheit war irgendwie ansteckend, denn kaum war das Geschenkpapier aufgeräumt, saßen sie wieder wie wenige Minuten zuvor auf der Couch und den Sesseln – reglos und wortlos. Kein TV und keine Telefonate mit der Verwandtschaft, was einen am Heiligen Abend Gott sei Dank auf Stunden beschäftigen konnte. Jasmin chattete nicht mit ihren Freundinnen, Tobias erledigte keine virtuellen Feinde. Einfach nur so zusammenzusitzen war ungewohnt, weil es auch an anderen Tagen so gut wie nie vorkam. Auch Carmens vager Vorstoß in Richtung eines Gesprächs, indem sie bemerkte, dass es doch eigentlich ganz gemütlich hier sei, brachte nichts.

«Was haltet ihr davon? Wir könnten was zusammen spielen», schlug Jasmin vor.

Spielen?! Hier? Verstecken in der Hütte? Am Ende Spiele à la «Herbert»? In Windeseile hatte ihre Tochter jedoch gleich einen ganzen Stapel mit Brettspielen aus ihrem Koffer gezogen. Jasmin und Spiele?

«Siedler? Trivial Pursuit? Ne Runde Monopoly?», fragte Jasmin.

«Monopoly? Mein Gott, das hab ich ja schon ewig nicht mehr gespielt», sagte Carmen und wunderte sich darüber, wie sehr sie der Gedanke daran aufmunterte. So wie ihr Mann Jasmin ansah, fragte er sich aber auch, warum ihre Tochter ausgerechnet in diesem Winterurlaub das erste Mal Brettspiele mit dabeihatte. Tobias, der vermutlich zuletzt im Kindergarten mit Spielen, die nicht digitalisiert waren, in Berührung gekommen war, schaute Jasmin entgeistert an. Immerhin eine Reaktion, die ihn vor einem Abgleiten in eine schwere Form der Hüttenlethargie bewahrte. Der Kampf um die Schlossallee im Schein einer Petroleumlampe konnte beginnen.

«Miete!», jubilierte Carmen, die Jürgens Einschätzung nach mittlerweile schon reicher als die Bank war. Machte das vielleicht Spaß! Und ausgerechnet ihr Mann war wieder auf ihrem Hotel gelandet. Dementsprechend finster war seine Miene. Tobias gehörte ein Hotel auf den roten Feldern – das teure Opernhaus. Jasmin hatte so ziemlich alles in ihrer Hand, was auf den Feldern zuvor lag. Jürgen hatte weniger Glück gehabt.

«Ich bin pleite!», gestand er mit Leidensmiene.

«Wenn Mama doch nur einmal am Opernhaus landen würde. Du gehst doch sonst so oft in die Oper», beschwerte sich Tobias, dessen Finanzreserven ebenfalls geschrumpft waren.

«Ich hab so ein schönes Hotel gebaut. Komm mich doch mal auf der Wiener Straße besuchen», seufzte Jasmin, die noch mithalten konnte, auch wenn ihr die lilafarbenen Zehntausender ausgegangen waren.

Wie früher! Prompt erinnerte sich Carmen an die lauen Sommerabende, in denen sie als Kind auf einer ausgebreiteten Wolldecke im Hof des Elternhauses gesessen hatte, um Monopoly mit ihren Freundinnen zu spielen. Der alte Eifer, die Lust am Spielen und das alte sprichwörtliche Glück waren wieder da.

«Du gewinnst immer», meinte Jürgen.

«Was soll das jetzt wieder heißen?», fragte sie nach.

«Na ja, wie ich es sage ...», erwiderte er.

«Du hättest die Schlossallee kaufen können, aber du wolltest ja nicht.»

«Warum wohl, Schatz?», fragte er zurück, bevor er aufstand und zur Tür ging.

«Papa pinkelt jetzt bestimmt Eiswürfel», witzelte Tobias in Anspielung auf die eisigen Temperaturen auf dem Plumpsklo.

«Sehr witzig», kommentierte Jürgen.

Auch wenn Tobias und Jasmin immer noch herzhaft darüber lachten und Carmen sich darüber freute, dass auch die beiden so viel Vergnügen hatten, kreisten ihre Gedanken nun um Jürgens «Warum wohl?». Hatte er sie gewinnen lassen, weil er wusste, wie sie tickte? Immer auf der Überholspur? Immer darum bemüht, die Schlossallee an Land zu ziehen? Sie tat es für die Familie, aber vielleicht brauchte ihr Ego das ja auch, immer gewinnen? Ein ketzerischer Gedanke und ziemlich beunruhigend. Carmen griff nach dem Weinglas, um den Gedanken hinunterzuspülen, aber er blieb trotzdem dort, wo er war. In Endlosschleife. Ego! Ja, vielleicht hatte ihr Ego sie dazu bewogen, ihrem Chef nicht klipp und klar zu sagen, dass im Urlaub nicht gearbeitet wird. Andererseits waren die Webers nun mal wichtig für die Agentur, weil Kataloge äußerst lukrativ waren. Carmen hätte sie aber auch in München treffen können. Wohl doch eher Ego, gestand Carmen sich nun ein, denn mit einem Auftrag aus dem Urlaub zurückzukommen und damit in das neue Jahr zu starten, war nun mal ein Hotel auf der Schlossallee und keines auf der Turmstraße.

«Mama?», fragte Jasmin, der wohl aufgefallen war, dass sie sich gerade in die dunklen Abgründe ihres Ichs begeben hatte.

«Können wir oben schlafen?»

«Klar!»

Den glasigen Augen ihrer Kinder nach zu urteilen, hatten sie Schlaf auch bitter nötig.

«War ja doch ganz schön ... Weihnachten», gestand Tobias auf dem Weg nach oben. Bezeichnend war, dass er, wie sonst üblich, sein Smartphone nicht mit ins Bett nahm. Die beiden hatten ihr Nachtlager direkt unter der Dachschräge aufgeschlagen. Zwei Betten standen dort. Durch das Dachfenster konnte man auf den Sternenhimmel sehen, den kein Lichtnebel der Großstadt trübte. Den Eltern blieb die Couch, die Carmen sogleich auszog und mit Bettwäsche aus der Holztruhe bezog. War Jürgen eingefroren? Wo blieb er? Der Weg vor der Hütte war glatt. Am Ende lag er jetzt da draußen in der Kälte. Besser, sie sah mal nach.

Herberts Schuppen mit dem Plumpsklo war eigentlich ein Anbau an die Hütte, man konnte ihn aber nur von draußen erreichen. Carmen sah Jürgens Spuren im Schnee, die zur Holztür führten. Er musste also drinnen sein. Sie lugte durch das kleine Fenster, aus dem der gelbe Schein einer Petroleumlampe nach draußen drang. Und sie traute ihren Augen nicht. Ihr Mann stand mit dem Rücken zu ihr und zwar mit nacktem Oberkörper und begann sich nun auch noch die Hose aufzuknöpfen. Mit Pinkeln müsste er doch schon längst fertig sein. In der Kälte und mitten in einem Schuppen, zwischen allerlei Gerätschaften und Regalen neben einem Plumpsklo? So ein voyeuristischer Blick hatte was, stellte Carmen schmunzelnd fest. Obwohl sie bereits vor Kälte zu bibbern begann, wollte sie das Ende der unverhofften Showeinlage nun auch noch sehen. Runter mit den Boxershorts, die er fein säuberlich auf die anderen Klamotten legte. Irgendwie sexy. Dann hielt er mitten in der Bewegung inne und griff nach ein paar alten Skiern. Was um alles in der Welt hatte er vor? Ein Fetisch, von dem sie noch nichts wusste? Sex auf Skiern?

«Jürgen?», rief sie sicherheitshalber, um nicht einfach so hereinzuplatzen.

Ihren verstörten Blick ignorierte er. Stattdessen hielt er ihr die Skier hin.

«Erinnerst du dich? Darauf sind wir gefahren. Sogar das Fell ist noch dran ...»

Tatsache! Damit hatten sie in jungen Jahren den Berg erklommen, als es hier in der Nähe noch keinen Schlepplift gegeben hatte. Sofort stellte sich das unbeschwerte Lebensgefühl von damals ein. Sie hatten so viel gemeinsam unternommen. Diese Erinnerung schien tatsächlich an dem mittlerweile borstig gewordenen Fell zu kleben.

«Ist dir nicht kalt? Was machst du hier eigentlich?», fragte sie dann doch.

«Duschen.» Jürgen lachte. «Oder was dachtest du?»

Erst jetzt bemerkte Carmen die Duschkabine, die Herbert offenbar neu hatte einbauen lassen. Eine Propangasflasche, aus der Gas zischte, stand daneben.

«Das Wasser ist bestimmt schon warm, nur passt nicht viel in den Boiler. Lässt du mich zuerst ...? Ich glaube, ich erfrier gleich ...», fragte er schnatternd, bevor er nach ihrer Hand griff und sie ganz vertraut in den Arm nahm, um sich an ihr aufzuwärmen. Das fühlte sich gut an.

«Vielleicht reicht das Wasser ja, wenn wir gemeinsam ...?», fragte sie.

Erst sah sie Jürgen leicht irritiert an, doch dann las er in ihren Augen, dass ihr auch nach Wärme war. Er nickte und lächelte so, wie sie es von früher kannte. Auf *die* Dusche freute sie sich und das nicht nur, weil sie den Geruch der Aldi-Ente dann endlich los war.

Kaum war Carmen aufgewacht, lief ihr auch schon das Wasser im Mund zusammen. Es roch noch Spiegelei und Speck. Der Kaffee duftete. War jetzt Muttertag? Jasmin und Tobias deckten den Tisch. Jürgen stand am Herd, drehte sich um und schenkte ihr ein Lächeln. Dass er «Guten Morgen» fast schon sang, konnte nur bedeuten, dass er die gestrige Nacht, die sich am knisternden Kamin noch zu voller Blüte entfaltet hatte, genauso präsent hatte wie sie.

«Was machen wir? Hierbleiben oder möchtet ihr doch lieber in ein Hotel?», fragte Jürgen in die Runde.

Carmen blickte zu Jasmin. Die schüttelte nur den Kopf.

«Hierbleiben», rang sich Tobias tapfer ab.

«Ich könnte mich auch daran gewöhnen», sagte Carmen augenzwinkernd. Schließlich hatten sie hier doch alles, was sie brauchten.

«Und die Webers? Übermorgen hätten sie im Schweizer Hof wieder was frei», warf Jürgen ein, während er die ersten Spiegeleier auf den Tellern drapierte.

«Ach, die Webers ...», seufzte Carmen, denn daran mochte sie im Moment gar nicht denken.

«Du kannst sie ja mal zum Kaffee treffen oder so. Wir könnten auch mitgehen, oder Papa?», fragte Jasmin. Das Interesse an den Geschäften ihrer Mutter war neu.

Allein schon der Kinder wegen hatte sich die Entscheidung gelohnt. Keine Streitereien, kein Genöle, keine Alleingänge, kein Facebook. Tobias' «Snake Warrior»-Gen hatte ihr Mann allerdings zu spüren bekommen. Tägliche Wettfahrten auf der Piste standen auf dem Programm. Und heute hatte es endlich geklappt. Tobias hatte seinen Vater um sage und schreibe zwei Sekunden geschlagen, sofern sie Jasmins Stoppuhr-App auf dem Smartphone Glauben schenken durften. Wie stolz er war und mindestens so gut drauf wie gestern nach der Fertigstellung des Iglus, das sie gemeinsam gebaut hatten. Es gab für Carmen im Moment nichts Schöneres, als die beiden von der kleinen Skihütte beim Schlepplift aus zu beobachten und dabei ihren Glühwein und die Sonne zu genießen.

«Papa ist 'ne lahme Ente», durfte sich Jürgen gleich mehrfach anhören, was unweigerlich zu einer Schneeballschlacht abseits der Piste führte.

«Am liebsten würde ich nächstes Jahr wieder herfahren», sagte Jasmin und sprach damit aus, was sich Carmen gerade dachte. Es war ja nicht nur die wertvolle Zeit, die sie hier mal ausnahmsweise miteinander verbracht hatten. Es war auch die Stille, die wohltat. Einfach mal ganz woanders zu sein und den Lebensrhythmus komplett umzustellen, war mindestens so belebend, wie der Muskelkater vom gestrigen Aufstieg zum Hang hinter der Hütte. Vielleicht war es das. Sich mal wieder spüren, vom gemeinsamen «Duschen» mal ganz abgesehen.

Schon hatte Jasmin ihren Arm um sie gelegt und ihr Handy zur Hand.

«Nur noch ein Foto», bat Jasmin. «Von uns beiden.»

Smile und Klick!

«Für Facebook?», fragte Carmen.

Jasmin nickte, tippte etwas ein und legte ihr Smartphone dann auf den Tisch.

«Bin gleich wieder da», sagte sie, bevor sie aufstand und sich in Richtung Toiletten verzog.

An sich war es nicht Carmens Art, die Nachrichten ihrer Kinder oder die ihres Mannes zu lesen. Computer und Smartphones ihrer Familie gingen sie nichts an, doch das Foto, das Jasmin von ihnen beiden gemacht hatte, war immer noch auf dem Bildschirm zu sehen. Carmen wollte es sich näher betrachten. Dagegen war ja nichts einzuwenden. Eine gelungene Aufnahme. Beide sahen glücklich aus. Sogar etwas Farbe hatte sie bekommen. Carmen musste schmunzeln, weil schon die ersten «Gefällt mir»-Angaben hereinkamen. Sie kannte die Namen. Es waren Jasmins Freundinnen. Eine kommentierte das Foto sogar. «Ihr schaut so was von cool aus. Viel Spaß noch!» Total nett. Carmen wollte das Smartphone ihrer Tochter schon wieder weglegen, doch dann kam noch eine Nachricht an, kein Kommentar für die Pinnwand, sondern an Jasmin privat. Sie war von ihrem Bruder. War er nicht ein erklärter Facebook-Gegner? Die beiden tauschten sich online miteinander aus? Lesen oder nicht lesen? Die Neugier überwog.

«Die beste Idee des Jahrhunderts. Mach noch ein Bild von euch allen vor der Hütte, für Marianne. Aber noch mal … kein Wort an deine Mutter. Die bringt uns sonst beide um :-).»

Was ging da vor? Stirnrunzelnd las sie das gleich noch einmal. Carmen hoffte, dass wie üblich eine Schlange vor dem Damenklo war. Sie brauchte Zeit, um über Herberts Worte nachzudenken. Was hatten ihr Bruder und Jasmin hinter ihrem Rücken ausgeheckt? Es fing in ihr an zu rattern. Marianne, ihre Schwägerin, wollte ein Bild von allen vor der Hütte? Herbert. Hütte, Jasmin, Hotel, Schneeketten, Hütte, Jasmins Spielesammlung, und dann noch das merkwürdige Verhalten ihrer Tochter. Die Puzzleteile wirbelten nur so durch ihren Kopf, ergaben aber noch kein stimmiges Bild. Irgendetwas war jedenfalls faul. Carmen musste Gewissheit haben. Sie blickte sich um. Jasmin war noch nicht zu sehen.

«Du kannst es ihr ja sagen», wäre eine passende Replik, um Herbert aus der Reserve zu locken. Aber sie konnte doch nicht im Namen ihrer Tochter antworten. Am besten, sie rief ihn an.

«Mama?», fragte Jasmin verwundert. Carmen erschrak so sehr, dass sie Jasmins Smartphone fast hätte fallen lassen.

«Ich wollte mir nur das Foto ansehen», erklärte sie um Gelassenheit bemüht. Jasmin setzte sich zu ihr und nickte. Dann nahm sie ihr Handy an sich und sah das geöffnete Chatfenster. Ein kurzer Blickwechsel genügte, um ihr klarzumachen, dass ihre Mutter nicht nur das Foto betrachtet hatte.

«Du hast es gelesen ...», sagte Jasmin kleinlaut.

Carmen nickte. «Jasmin, tut mir leid, aber ich war so überrascht, dass ausgerechnet Herbert ... Was ist denn los?», fragte Carmen.

In ihrer Tochter brodelte es offenbar. Es bedurfte mehrerer Atemzüge, bis sie ihren Mund aufmachte.

«Ich bin schuld. Ich hab das Zimmer storniert», sagte sie leise und ließ nun nicht nur die Schultern, sondern auch noch den Kopf hängen.

«Was?», entfuhr es Carmen.

Jasmin nickte nur.

«Aber warum?», fragte sie ohne jeden vorwurfsvollen Unterton.

«Ich wollte einfach mal schöne Weihnachten haben,

gemeinsam mit Tobias, dir und Papa ... so als Überraschung! ... Und ich dachte, wir sparen auch noch viel Geld dabei ...», schluchzte Jasmin.

Carmen saß wie gelähmt da und das nicht, weil ihre Tochter die Buchung storniert hatte, oder die geplante Akquise-Aktion mit den Webers sich auf einen kleinen Kaffee vor zwei Tagen beschränkt hatte. Es war vielmehr die Erkenntnis, dass ihre Tochter ihre Familie doch noch viel mehr brauchte, als sie nach außen vorgab. Und dass jeder viel zu sehr mit sich selbst beschäftigt gewesen war, um das überhaupt wahrzunehmen.

«Hoffentlich klappt dein Auftrag, Mama», sagte Jasmin schuldbewusst.

Carmens Augen wurden augenblicklich feucht. Sie nahm ihre Tochter in den Arm.

«Keine Sorge. Glaub mir, es war das schönste Weihnachtsfest meines Lebens», sagte sie und meinte es aus vollem Herzen.

Die Umarmung dauerte eine halbe Ewigkeit. Und sie tat so gut. Jürgen und Tobias kamen mit dazu und mussten mit ansehen, wie Mutter und Tochter schluchzten und sich dann die Tränen aus den Augen wischten.

«Alles okay?», fragte ihr Mann sorgenvoll.

Carmen nickte.

«Uns war nur danach», sagte Carmen, mehr nicht. Jürgen würde es noch früh genug von seinem Schwager erfahren und wenn nicht, umso besser.

«Nach ’ner Runde heulen?», fragte Tobias entgeistert.

Carmen sah ihre Tochter nur an. Beide prusteten unwillkürlich los.

«Na Hauptsache, euch geht’s gut», resümierte Jürgen.

«Und wie!», schoss nahezu gleichzeitig aus Carmen und ihrer Tochter heraus.

«Jetzt habt ihr einen Wunsch frei», merkte Tobias an.

Jasmins konspiratives Lächeln war verräterisch. Carmen wusste, was sich ihre Tochter eben gewünscht hatte, und da sie mit ihrem Bruder Herbert noch ein Hühnchen zu rupfen hatte, würde dieser im nächsten Jahr wohl oder übel noch einmal auf die Hütte verzichten müssen.

Gabriella Engelmann

Die Sturmnacht

«Tut mir leid, aber wir haben momentan niemand anders, der die Story übernehmen könnte, Frau Sander. Dass Frau Wulff ausgerechnet zwei Tage vor Heiligabend krank werden würde, konnte ja keiner ahnen.»

Ach nein? Hatte Laura nicht die ganze Woche lautstark gejammert, dass sie noch kein einziges Geschenk besorgt hatte? Ich musste mich arg zusammenreißen, um nicht auszuflippen. Fehlte nur noch, dass Frank Bender, mein Chef beim Online-Magazin *Newsline*, sie bemitleidete. Dabei wusste er ganz genau, dass ich noch unheimlich viel zu erledigen hatte, wenn ich an Weihnachten pünktlich bei meinen Eltern in Garmisch unter dem Tannenbaum sitzen wollte. Die kurzfristige Vertretung meiner kranken Kollegin passte mir überhaupt nicht.

«Müssen wir den Bericht über die Hallig wirklich jetzt machen?», wagte ich einen letzten Versuch, Frank Bender von seinem Plan abzubringen.

«Darf ich Sie daran erinnern, dass wir über die Feiertage eine Reportage-Reihe bringen, die mit ‹Weihnachten auf den nordfriesischen Inseln› betitelt ist? Alle Beiträge sind fertig, bis auf den über Oland. Also, ran an die Arbeit.»

Mit diesen Worten war die Redaktionskonferenz beendet und ich meinem Schicksal überlassen. Gemeinsam mit meinen Kollegen verließ ich Franks Büro und gab eine Minute später Hallig Oland als Suchbegriff bei Google ein. Laura war nämlich nicht nur krank geworden, sondern hatte auch keinerlei Vorarbeit geleistet. In mir brodelte es. Ich wusste rein gar nichts über die Halligen, und so musste ich mit meinen Recherchen ganz von vorn beginnen. Übermorgen war schon Heiligabend. Morgen musste ich reisen und den Beitrag verfassen, das war mehr als knapp.

Bislang war ich im Urlaub nur auf Sylt, Amrum und Föhr gewesen. Vom Föhrer Südstrand aus hatte man einen wunderbaren Blick auf Langeneß und Oland, den ich immer sehr genossen hatte. Doch trotz aller Liebe zur Nordsee hatte es mich bisher nie gereizt, einmal auf die Halligen zu fahren, egal, wie sehr eingefleischte Fans auch von den Mini-Inseln im nordfriesischen Wattenmeer schwärmten. Nicht auszudenken, wenn dort plötzlich «Land unter» gemeldet wurde und einem das Wasser sprichwörtlich bis zum Hals stand. Hmmmm ... wie kam man eigentlich von Hamburg aus dorthin?

Während ich mir Notizen gemacht, ein wenig herumtelefoniert, meine Reise organisiert und mir Videos über die Halligen auf YouTube angeschaut hatte, waren in den Büros um mich herum nach und nach die Lichter ausgegangen. Im Radio dudelte «Driving Home For Christmas» von Chris Rea, und ich trank schwarzen Tee mit Orangenschalen und Nelken aus meinem roten Becher mit dem weißen Rentiermuster. Alles hätte so schön, so friedlich sein können, wenn nicht dieser Spontantrip alle meine Pläne über den Haufen geworfen hätte. Zur Beruhigung aß ich eine Handvoll Zimtsterne, die ich am Wochenende mit meiner besten Freundin Gina gebacken hatte. Mist, Mist, Mist! Ich war die Einzige in der Redaktion, die noch nicht Feierabend machen konnte. Dabei hatte ich doch heute Abend ganz in Ruhe die Geschenke für meine Familie einpacken und danach noch ein bisschen über den nostalgischen Weihnachtsmarkt von Roncalli schlendern wollen.

Grummelnd fügte ich mich in mein Schicksal, und während ich über mögliche Interviewfragen nachdachte, legte sich auf einmal eine Hand auf meine Schulter und begann mich zu massieren.

«Na, du fleißiges Bienchen», flüsterte Frank und drehte meinen Schreibtischstuhl zu sich herum. Seine Augen flackerten verdächtig, und ich verspürte sofort dieses Kribbeln, das mich jedes Mal wieder aufs Neue in eine verfängliche Situation brachte. Dieser Mann war eben einfach irre attraktiv und sexy. «Ich hoffe, du weißt, dass ich dich mit diesem Spontanauftrag nicht nerven wollte», flüsterte er mit rauer Stimme und fuhr mit der Hand unter meinen Pullover, was mir sofort eine wohlige Gänsehaut bescherte. «Glaub mir, wenn mir eine andere Lösung eingefallen wäre, hätte ich die gewählt.»

«Nicht, Frank, die Putzleute können uns sehen», wisperte ich und musste all meine Willenskraft aufbieten, seine Hand unter meinem Pulli hervorzuziehen. «Außerdem ist mir jetzt nicht nach Sex, mein Chef hat mir nämlich jede Menge Arbeit aufgebrummt», triezte ich ihn. «Und aufstehen muss ich morgen auch irre früh.»

«Ja, ich weiß, du hasst es, früh aufzustehen», gurrte Frank. «Es tut mir auch leid. Aber wie gesagt ...»

Ich spürte, wie Wut in mir aufstieg. Ein Wechselspiel der Gefühle, das ich mittlerweile sehr gut kannte. Sosehr ich auch in Frank verliebt war – zuweilen brachte er mich einfach in Rage.

«Ach ja, das weißt du also? Woher denn? Wir sind doch noch nie zusammen aufgewacht.»

Franks Miene wurde schlagartig ernst. Nicht der leiseste Hauch von Sinnlichkeit oder Begehren lag mehr in seinem Blick.

«Katja, Katja, müssen wir dieses Gespräch denn schon wieder führen? Du weißt, dass ich mich nicht so mir nichts, dir nichts von Iris trennen kann. Schon gar nicht während der Weihnachtsfeiertage. Hab noch ein bisschen Geduld.»

«Jaja. Geduld ist mein zweiter Vorname, ich weiß. Aber nach Weihnachten kommt Silvester, dann hat sie Geburtstag, und dann ist wieder irgendetwas anderes», vervollständigte ich die Litanei, die nun erfahrungsgemäß folgte. Seit genau drei Jahren führten wir dieses Gespräch in beinahe exakt demselben Wortlaut. Im Grunde hätte ich es auf Band aufzeichnen können und nur noch abspielen brauchen.

«Ach Mensch, jetzt sei doch nicht so.» Frank schaltete nun wieder auf Schmusekurs. «Ich habe dir doch versprochen, bald reinen Tisch zu machen und Iris zu sagen, dass ich ausziehe. Du wirst es kaum glauben, aber ich habe mir schon Wohnungen im Internet angeschaut. Du wirst sehen, das wird wundervoll.»

Mein Herz tat einen kleinen Hüpfer.

Konnte es tatsächlich sein, dass mein allersehnlichster Traum nach drei Jahren endlich Wirklichkeit wurde?

Am nächsten Vormittag wurde ich, wie telefonisch vereinbart, am Fähranleger Dagebüll abgeholt und mit einer privaten Lore nach Oland gebracht. Da *Newsline* nur ein schmales Budget hatte, waren wir Redakteure gezwungen, alles alleine zu machen: Recherche, Interviews, Fotos – im

Grunde den gesamten Beitrag. Zum Glück war es mir gelungen, sowohl den Postschiffer als auch eine Wirtin auf der Hallig ausfindig zu machen und zu überreden, mir bei allem zu helfen, obwohl es kurz vor Heiligabend war. Der Postschiffer Ole Harksen sah mit seinen weißen Haaren und dem grau melierten Bart wie der Weihnachtsmann persönlich aus – ein nordfriesischer Weihnachtsmann in gelbem Ölzeug, um genau zu sein. Obwohl ich von all der Arbeit und Schlafmangel zum Umfallen müde war, beflügelte mich die Aussicht, dass Frank und ich bald ein richtiges Paar sein würden. Wenn ich diesen Tag auf Oland hinter mich gebracht hatte, konnte ich mich in aller Ruhe meinen Träumereien über die Zukunft widmen.

«Das sind ja unglaublich viele Pakete», staunte ich, als Ole Harksen mich bat, an seiner Seite Platz zu nehmen. Zwischen all den Päckchen, Papprollen, wattierten Umschlägen und Kisten voller Briefe blieb kaum noch Platz für uns zwei. Und gut, dass ich mich warm angezogen hatte, denn die Lore war nicht überdacht. Dafür aber weihnachtlich mit Tannenzweigen und roten Kugeln geschmückt.

«Die Halligbewohner müssen sich nun mal alles bestellen, hierher kommt der Weihnachtsmann nämlich leider nicht», erklärte Ole Harksen schmunzelnd und holte eine Thermoskanne aus seinem Jutebeutel sowie zwei dunkelblaue Becher mit Schneeflocken darauf.

«Ist da Alkohol drin?», fragte ich, nachdem mir der Duft von Rum oder Ähnlichem in die Nase gestiegen war.

«Könnte sein», antwortete der Postschiffer schelmisch grinsend und füllte beide Becher randvoll. Mittlerweile hatte die Lore an Fahrt aufgenommen, und wir rollten auf den Schienen dahin, begleitet vom Raunen des Windes und den Schreien der Silbermöwen, auf den Schienen

Richtung Oland. Obwohl ich zwei dicke Pullis und meine Skijacke trug, begann ich zu frieren.

«Wieso haben Sie denn keine Kabinen-Lore?», schrie ich gegen den auffrischenden Wind an, der meine Frage übers Wattenmeer zu tragen schien.

«Ich fahre eben lieber Cabrio», antwortete Ole Harksen.

Unwillkürlich musste ich an die Wettervorhersage denken. Über die Feiertage war ein kräftiges Sturmtief angekündigt. Wie gut, dass ich da längst gemütlich in Garmisch saß.

«Eine steife Brise hat noch niemandem geschadet», meinte Ole Harksen und schenkte uns beiden nach. Meine Wangen wurden heiß, meine Füße eiskalt. Wusste der alte Postschiffer denn nicht, dass man bei Kälte besser keinen Alkohol trank?

«Aber erzählen Sie mal, was machen Sie so kurz vor Heiligabend auf Oland? Is ja durchaus 'n büschen ungewöhnlich um diese Jahreszeit. Wollen Sie jemanden besuchen?»

Ich schmunzelte angesichts der Frage, denn ich wusste genau: Egal, welchen Namen ich jetzt auch nannte, Ole Harksen kannte denjenigen garantiert persönlich. Auf der Warft lebten nämlich nur dreißig Einwohner in insgesamt siebzehn Häusern, wie meine Recherche ergeben hatte.

«Mein Chef hat mich auf die Insel geschickt, um eine Reportage über Weihnachten auf Oland zu machen», erklärte ich und verhüllte mein Gesicht mit dem Schal. Der Wind blies so eisig, dass meine Haut brannte wie Feuer. «Eigentlich sollte das meine Kollegin machen, aber die ist dummerweise krank geworden. Und nun muss ich für sie einspringen. Was mir allerdings gar nicht passt, weil ich so kurz vor Weihnachten natürlich noch unheimlich viel zu erledigen habe. Aber das kennen Sie ja sicherlich.»

Ole Harksen trank einen ordentlichen Schluck. Ein feines Lächeln huschte über sein wettergegerbtes Gesicht.

«Ihr Städter seid immer im Stress. Nehmt euch doch lieber ein Beispiel an uns. Wir haben keine Zeit, uns zu beeilen. Außerdem müssen wir uns eh nach dem Wetter richten. Wenn der Ostwind heult, kannst du das auch tun, weil es dann richtig kalt wird. Aber schlauer ist es, wenn du dich über ihn freust, weil der Ostwind später besseres Wetter bringt.»

Oh, ein Insel-Philosoph.

«Darf ich Sie zitieren, wenn wir demnächst mal wieder einen Beitrag über Themen wie Innere Balance und Stressreduktion machen?»

Ole Harksen lachte. «Das können Sie gern machen. Ich bin das schon gewohnt. Ständig bin ich in der Zeitung oder im Fernsehen.»

Das stimmte allerdings, denn genau durch diese Medienpräsenz war ich im Internet auf ihn aufmerksam geworden.

«Leben Sie denn schon immer hier auf Oland?», fragte ich, neugierig, ein bisschen mehr über den alten Mann zu erfahren, der mit seinen fünfundsiebzig Jahren so vital wirkte, als wäre er Anfang fünfzig oder jünger. Ob das an der gesunden Nordseeluft lag oder an seiner entspannten Einstellung?

«Ja, das tue ich», antwortete er. «Zusammen mit meiner Frau Lina und den Tieren.»

«Haben Sie Kinder? Enkel?»

«Genauso gut könnten Sie fragen, ob ich Friesisch spreche.» Ole Harksen amüsierte sich offenbar köstlich über mich. «Ich habe fünf Kinder und dreizehn Enkel. Nummer vierzehn ist gerade im Anmarsch.»

Fünf Kinder?! Diese Zahl war so ungewöhnlich, dass

es mir schier die Sprache verschlug. Ich versuchte mir vorzustellen, wie wohl Familienfeste bei den Harksens aussahen. Zu den Kindern kamen ja noch die jeweiligen Partner. Auf alle Fälle brauchte man eine lange Tafel, unzählige Stühle und viel, viel Platz.

«Heiligabend ist ganz schön was los bei uns daheim, das können Sie mir glauben», lachte Ole Harksen. «Aber es packen auch alle mit an, damit Lina nicht allein die ganze Arbeit hat. Dreiundzwanzig Leute auf einmal zu verköstigen, ist ja nun nicht ganz so einfach. Und dann hat heutzutage auch noch jeder seine Macken beim Essen. Die einen mögen kein Fleisch, die anderen keinen Fisch. Der nächste verträgt keine Milch.» Dreiundzwanzig? Ich rechnete kurz nach: Ole und Lina waren zu zweit. Plus dreizehn Enkel, fünf Kinder und ihre jeweiligen Partner. Das machte insgesamt fünfundzwanzig Personen.

«Zwei sind leider geschieden und leben jetzt allein», erklärte Ole, als hätte er meine Gedanken gelesen. «Man trennt sich wohl leichter, wenn man auf dem Festland lebt. Und erst recht in der Großstadt, wo man scheinbar ständig denkt, es könnte noch was Besseres kommen. Lina und ich hatten es da einfacher. Wir wussten genau, dass wir uns wieder vertragen mussten, wenn wir Streit hatten, denn wir konnten uns hier ja nicht aus dem Weg gehen.»

Ich sinnierte eine Weile über seine Worte. Sollte das mit der Liebe wirklich so einfach sein? Man blieb zusammen und arrangierte sich, weil man auf einer klitzekleinen Insel zusammengepfercht war? Ich dachte an Frank und seine Frau Iris, die zu zweit in einer zweihundert Quadratmeter großen Wohnung in Hamburg-Eppendorf wohnten und schon nach acht Jahren Ehe Abstand voneinander brauchten, obwohl sie weder zusammen arbeiteten noch gemeinsame Kinder hatten.

«So, meine Liebe, da wären wir. Willkommen auf Oland!», sagte Ole und riss mich mit dieser Bemerkung aus meinen Gedanken über Nähe, Distanz und Luxuswohnungen von Doppelverdienern. Dann stieg er aus der Lore, half mir hinaus und stellte meinen Trolley auf den gefrorenen Boden. Über unseren Köpfen kreisten die Krähen mit lautem *Krakraaaa*, auf den kahlen Bäumen lag Raureif. Die Luft war eisig, mein Atem bildete kleine Wölkchen. In diesem Jahr standen die Chancen auf weiße Weihnachten gut.

«Kann ich Sie denn irgendwohin bringen? Sie kennen sich hier doch gar nicht aus. Und wie lange werden Sie in etwa brauchen, bis ich Sie wieder nach Dagebüll zurückfahren soll?», fragte Ole Harksen zuvorkommend.

Natürlich hatte ich mich tags zuvor über den Weg zum Gasthof Wattblick informiert. Dieser lag in unmittelbarer Nähe des Leuchtturms, der natürlich nicht zu verfehlen war. Das Leuchtfeuer von Oland war der kleinste Leuchtturm Deutschlands und als Einziger mit Reet gedeckt.

«Danke, aber ich denke, ich finde mich zurecht. Schätzungsweise werde ich in etwa fünf Stunden mit den Interviews und den Bildern fertig sein. Geben Sie mir doch Ihre Handynummer, und ich melde mich, wenn ich absehen kann, ob das zeitlich alles hinhaut.» In dem Moment, als ich das Wort Handy ausgesprochen hatte, wurde mir bewusst, dass das wahrscheinlich Unsinn war. Jemand wie er hatte bestimmt gar kein Mobiltelefon.

Doch wider Erwarten zückte Ole ein Smartphone, diktierte mir seine Nummer und forderte mich anschließend auf, ihn probehalber anzurufen.

«Dann habe ich auch Ihre», sagte er grinsend, tippte mit dem Finger kurz an seine Wollmütze und wünschte mir einen schönen Tag.

Kurz darauf saß ich in der kuschelig warmen Gaststube des Wattblicks und interviewte Beeke Nissen, die Besitzerin. Da ich ihr einziger Gast war, hatte die Wirtin alle Zeit der Welt, mir unzählige Geschichten zu erzählen – über das Leben mitten im Wattenmeer, die Einsamkeit der langen Winter und die hektische Betriebsamkeit im Sommer, wenn sich die Tagesgäste auf Oland tummelten. Aber auch von den Sturmfluten, die die Halligen immer wieder heimsuchten und mitunter heftig trafen, wusste sie zu berichten.

«Haben Sie denn gar keine Angst vor diesen Naturgewalten?», fragte ich, entsetzt von der Vorstellung, mein Leben und alles, was mir lieb war, regelmäßig von den Launen der Nordsee bedroht zu wissen. Hier, in diesem weihnachtlich geschmückten Raum mit dem prasselnden Kaminfeuer, fiel es natürlich schwer, mir vorzustellen, wie das Wasser die Warft überflutete und Tiere, aber auch manchmal Menschen, mit in den Tod riss. Auf Oland gab es den Spruch: *Hier wohnt niemand weiter als hundert Meter vom Friedhof entfernt.* Wie gruselig.

«Wenn die Flut kommt, hast du gar keine Zeit, Angst zu haben», erklärte Beeke, und ich war beeindruckt von ihrem Pragmatismus. «Du bist viel zu sehr damit beschäftigt, alles sturmfest zu machen. Du musst den Stall sichern, Trinkwasser in Gefäße füllen und alles in den ersten Stock bringen, was du tragen kannst. Andernfalls hast du schnell ein Problem.»

«Und wie oft kommt so etwas vor?», fragte ich.

«Ach, da zählt man als Halligbewohner nicht mit», wischte Beeke meine Frage vom Tisch. «Denn erstens kann man eh nichts dagegen machen, auch wenn man die See in Momenten wie diesen hasst. Und zweitens hat das Ganze auch sein Gutes. Nach jeder Überflutung schenkt uns die Nordsee durch die Ablagerung von Sedimenten neues Land dazu.»

Wow! Das nannte man wohl positives Denken.

«Soll ich Ihnen jetzt die Hallig zeigen?»

Ich überflog meine Notizen und nickte. Es war halb drei, also wurde es dringend Zeit, die Fotos für den Beitrag zu machen, sonst fehlte mir das nötige Licht. In eineinhalb Stunden wurde es dunkel, und spätestens danach musste ich eh von der Insel weg, wenn ich halbwegs rechtzeitig wieder in Hamburg sein wollte.

Kurz nachdem wir losgegangen waren, begann der Himmel sich zu verdunkeln und warf beinahe bedrohliche Schatten auf die Warft. Beeke blieb abrupt stehen und schaute eine Weile umher, ohne etwas zu sagen.

«Ist alles in Ordnung?», fragte ich, ein wenig besorgt, weil der Wind deutlich stärker geworden war und die Wolken in Höchstgeschwindigkeit vor sich hertrieb.

«Das Wetter schlägt schneller um als gedacht», antwortete Beeke leise. «Da liegt etwas in der Luft, ich kann es deutlich spüren. Könnte sein, dass wir eine Sturmflut bekommen.»

Mein Herz rutschte eine Etage tiefer. O nein, bitte nicht. Nicht ausgerechnet dann, wenn ich Angsthase auf der Hallig war. War der Sturm nicht erst für übermorgen angekündigt?

«Meinen Sie, ich schaffe es noch bis aufs Festland?», fragte ich und suchte in meiner Tasche nach dem Handy. Ich musste Ole Harksen bitten, mich sofort nach Dagebüll zu bringen. Als ich jedoch in Beekes sorgenvolles Gesicht sah, wusste ich, dass ich mir den Anruf im Grunde sparen konnte. Im selben Moment klingelte auch schon mein Telefon.

«Ole Harksen hier. Frau Sander, ich habe eine schlechte und eine gute Nachricht. Die schlechte ist: Wir kriegen hier früher als gedacht Land unter. Die gute: Meine Frau würde Sie gern zu uns nach Hause einladen.»

Für den Moment wusste ich nicht, was ich sagen sollte. Heute war der 23. Dezember, und mein Flug nach München ging morgen Vormittag. Wie sollte ich es denn nun pünktlich zu meinen Eltern schaffen?

«Was schätzen Sie denn, wie lange ich auf Oland bleiben muss?», fragte ich mit zitternder Stimme. Beeke Nissen musterte mich mitleidig, während ich telefonierte.

«Das kann ich Ihnen leider nicht sagen. Diese Dinge liegen nun mal in Gottes Hand. Aber ich hole Sie in zehn Minuten am Gasthof ab, und dann schauen wir weiter.»

Nach dem Anruf verabschiedete ich mich von der Gastwirtin und wünschte ihr alles Gute. Die Situation war so surreal, dass ich das Gefühl hatte zu träumen.

«Schön, Sie kennenzulernen», begrüßte mich Lina Harksen kurze Zeit später, als wir bei ihrem zauberhaften Friesenhaus mit den weißen Sprossenfenstern und dem Bauerngarten eintrafen. Im Sommer war es hier bestimmt traumhaft schön. «Leider haben wir jetzt keine Zeit mehr zu schnacken, denn wir müssen alle anpacken, damit wir rechtzeitig fertig werden. Das ist übrigens meine Tochter Maren, und das hier mein Sohn Nils. Alle anderen wollten eigentlich morgen kommen, aber daraus wird jetzt wohl leider nichts werden.»

Ich gab Maren und Nils die Hand und stellte mich vor. Nils schätzte ich etwa in meinem Alter, seine Schwester zehn Jahre älter, also so um die fünfzig.

«Nett, Sie kennenzulernen, Frau Sander. Und toll, dass Sie mithelfen. Alles, was wir haben, wird entweder irgendwo raufgestellt oder kommt auf den Heuboden», erklärte Nils, der seinem Vater unglaublich ähnlich sah.

«Sie könnten meiner Mutter dabei helfen, Trinkwasser in Flaschen und Kanister zu füllen. Papa und ich kümmern uns um die Tiere, Maren stellt derweil die Möbel hoch, so gut es geht, und bringt die Vorräte in Sicherheit.»

Wir arbeiteten stumm Seite an Seite, während der Wind ums Haus heulte, an den Fensterläden rüttelte, heulend in den Kamin fuhr und von einer Art Donnergrollen begleitet wurde. So etwas Unheimliches hatte ich nicht mehr erlebt, seit ich als Kind in der Geisterbahn gewesen war und geglaubt hatte, vor Angst tot umfallen zu müssen.

Nils war gerade dabei, den Spalt unter der Haustür mit Sandsäcken zu sichern, als mein Handy klingelte.

«Geht es dir gut, Katja? Ich habe die Wettermeldung für die Halligen eben im Radio gehört», hörte ich Franks sorgenvolle Stimme und hätte ihn augenblicklich umbringen können. Ohne ihn wäre ich schließlich gar nicht erst in diese grauenvolle Lage gekommen. «Kann ich irgendetwas für dich tun? Wo bist du denn, um Himmels willen?»

«Ich bin bei Familie Harksen und helfe gerade, das Haus zu sichern. Deshalb habe ich jetzt auch keine Zeit zu quatschen, okay? Ich melde mich später.»

Ohne weiter auf Frank einzugehen, legte ich auf. Jede Sekunde war kostbar, und ich wollte meinen Teil dazu beitragen, dass wir diese Katastrophe möglichst heil überstanden. Doch egal, was ich anfasste, meine Hände zitterten wie Espenlaub, und ich musste schwer an mich halten, um nicht zu hyperventilieren. Immer schön tief durchatmen und nicht durchdrehen!

«Keine Sorge, die Warft ist hoch genug», versuchte Nils mich zu trösten und schenkte mir einen warmen Blick aus seinen, wie mir in dem Moment auffiel, nussbraunen

Augen. «Glauben Sie mir, ich kenne mich mit Sturmfluten aus. Keinem von uns wird etwas passieren, versprochen. Wir haben Erfahrung mit solchen Vorkommnissen und sind gut vorbereitet. Sobald wir auf dem Heuboden sind, machen wir es uns gemütlich.»

Gemütlich?!

Mir war vor Angst so unglaublich schlecht, dass ich schon befürchtete, mich übergeben zu müssen, und er redete von «gemütlich».

Als wir uns eine Weile später alle auf dem Heuboden versammelt hatten, gab Lina jedem von uns einen Thermo-Schlafsack, eine Taschenlampe und einen Becher. Dankbar nahm ich die Ausrüstung entgegen. Die Heuluken des Stalls, der direkt an das Wohnhaus angrenzte, waren weit geöffnet, damit der Wind, anstatt das Reetdach abzudecken, durchziehen konnte. Das regelmäßige Atmen der Tiere, die auf einer etwas tiefer gelegenen Ebene angeleint waren, hatte etwas Beruhigendes. Das ist ja fast wie in der Weihnachtsgeschichte, dachte ich schmunzelnd, nur dass anstatt des Esels ein Schaf neben dem Ochsen und der Kuh stand und ab und zu ein kräftiges *Mäh* ertönen ließ. Maunz, die Katze der Familie Harksen, fühlte sich offenbar zu mir hingezogen und rollte sich schnurrend auf meinem Schoß zusammen.

«Möchtet ihr lieber Schietbüddel oder Weihnachtskaffee?», fragte Lina, auch unter diesen Umständen vollendete Gastgeberin.

«Schietbüddel? Was ist das denn?», fragte ich verdutzt und spürte zu meinem Ärger, wie mein Magen weiter rebellierte.

Hatte ich gestern etwas Falsches gegessen?

Lina lächelte. «Warmer Apfelkorn mit Schlagsahne und Zimt. Der wärmt das Herz und ist gut für die Nerven.

Allerdings sollten Sie in Ihrem Zustand vielleicht besser keinen Alkohol trinken.»

In meinem Zustand? Was meinte Lina damit?

«Ich möchte lieber Weihnachtskaffee», sagte Nils, und sein Vater stimmte nickend zu. «Ist bestimmt besser, wenn ich heute Nacht wach bleibe. Man weiß ja nie ...»

«Und ich nehme den Schietbüddel», meldete sich nun auch Maren zu Wort.

Fasziniert schaute ich dabei zu, wie Lina ganz selbstverständlich zwei Thermoskannen, Zimtstangen, drei Gewürzgläschen mit Muskat, Nelkenpulver sowie Kardamom aus dem Weidenkorb holte, als veranstalteten wir hier ein Picknick. Zuletzt folgte eine Flasche Sprühsahne.

«Was meinten Sie denn eben mit *meinem Zustand*?», fragte ich Lina leise, während der Rest der Harksen-Familie mit der Zubereitung der Getränke beschäftigt war.

«Na, Ihre Schwangerschaft», flüsterte Lina mit einem strahlenden Lächeln auf den Lippen. «Wie weit sind Sie denn? Meinem Gefühl nach würde ich sagen, in der siebten Woche.»

Mir wurde schon wieder übel, der Heuboden drehte sich wie ein Karussell. Trotzdem versuchte ich, so cool wie möglich zu bleiben und mir die Fakten vor Augen zu führen. Mal sehen. Wann hatte ich zuletzt meine Tage gehabt? Weil es mir partout nicht gelingen wollte, mich zu erinnern, zog ich meinen Timer zu Rate. Und siehe da, meine Periode lag etwa neun Wochen zurück. In mir krampfte sich schlagartig alles zusammen, und eine weitere Welle der Übelkeit überrollte mich. O mein Gott, konnte das wirklich sein? Ich versuchte mit aller Kraft, nicht komplett in Panik zu verfallen, sondern so ruhig wie möglich zu überlegen. Schließlich hatte ich immer verhütet, weil Frank auf gar keinen Fall Kinder wollte.

Doch halt! Da war dieser eine Abend, als er mich mal wieder nach Dienstschluss im Büro verführt und ich darauf vertraut hatte, dass nichts passierte, weil ich ausnahmsweise kein Kondom in der Handtasche hatte. Und – meinen Berechnungen zufolge – der Eisprung gerade hinter mir lag. Doch woher wollte Lina von meiner angeblichen Schwangerschaft wissen? War sie Gynäkologin? Oder Hellseherin?

«Aber wieso ...», begann ich stotternd, während in mir ein Orkan tobte. Frank würde ausflippen, so viel war schon mal sicher. Und mir trat beim bloßen Gedanken, eine alleinerziehende Mutter zu werden, der Schweiß auf die Stirn, so gern ich Kinder auch hatte. Meine Mutter hatte mich alleine großgezogen, und ich wusste ganz genau, wie schwer das oft für sie gewesen war. Erst viel später hatten sich die Dinge geändert, nachdem sie den Mann kennengelernt hatte, mit dem sie jetzt in zweiter Ehe glücklich verheiratet war. Zumindest die beiden würden sich über diese Neuigkeit freuen.

«Ich weiß es eben», lachte Lina. «Wir im hohen Norden haben manchmal ein intuitives Gespür für Dinge. Ist das nicht ein wunderschönes Weihnachtsgeschenk für Sie und Ihren Mann?»

Ich spürte, wie Nils' Blick auf mir ruhte, und wurde verlegen. Ob er mitbekommen hatte, worüber wir sprachen?

«Könnte ich mal kurz nach unten, um zu telefonieren?», fragte ich, weil ich jetzt unbedingt mit Frank sprechen musste, ganz egal, wie er auf diese Neuigkeit reagieren würde, sonst würde ich platzen. Und als hätte er gespürt, dass ich ihn gerade dringend brauchte, schickte Frank mir genau in diesem Moment eine SMS:

Hoffe, es geht dir gut, trotz des Sturms. Leider habe ich noch mehr schlechte Neuigkeiten, Liebes. Iris kommt gerade von ihrem

Frauenarzt. Sie ist schwanger. Unter diesen Umständen wird es natürlich ...

Ohne weiterzulesen, ließ ich das Handy sinken. Dann begann ich, hysterisch zu lachen. Das durfte doch alles nicht wahr sein. Ausgerechnet Frank, der Mann, der seine Freiheit liebte und auf gar keinen Fall Kinder wollte, hatte etwa zur selben Zeit zwei Frauen geschwängert. Und das, obwohl mit Iris schon seit langem angeblich nichts mehr lief. Eines war auf alle Fälle klar: Frank hatte mich nach Strich und Faden belogen, und ich dummes Schaf hatte ihm jedes verlogene Wort abgekauft.

Ich war kurz davor auszuflippen. Ich wusste gar nicht mehr, was ich fühlen, ob ich heulen oder einfach laut schreien sollte. Ich war wie vor den Kopf geschlagen. Und gleichzeitig wie betäubt.

Auch in diesem Moment bewies Lina, dass sie eine äußerst intuitive Frau war, und tat das einzig Richtige: Sie legte den Arm um mich und wiegte mich wie ein kleines Kind, nachdem die ersten Tränen anfingen zu rollen. Da saß ich nun, auf einem kleinen sturmumtosten Eiland mitten in der Nordsee, und mein gesamtes Leben lag in Trümmern. Schließlich hatte ich durch Franks Nachricht quasi auch meinen Job verloren. Nicht auszudenken, weiterhin mit diesem Mann zusammenzuarbeiten. Geschweige denn, auch nur eine Sekunde mit ihm in einem Raum zu sein.

«Schssschhhh, es wird alles wieder gut», versuchte Lina, mich zu trösten. Maunz leckte mit ihrer rauen Zunge über meine Hand, was so kitzelte, dass ich lachen musste. Und plötzlich durchflutete mich ein warmes Gefühl. Insgeheim hatte ich mir nämlich immer schon ein Kind gewünscht, am besten gleich mehrere. Nur Franks wegen hatte ich mir einzureden versucht, dass ich auch ohne eine große Familie ein glückliches Leben führen würde.

Nun war der Idiot aus meinem Leben verschwunden – und hatte mir im Gegenzug etwas ganz Wunderbares geschenkt. Wie hatte Beeke Nissen es vorhin so schön gesagt, als sie über die Sturmfluten sprach? Man hasste sie, aber sie hatten zugleich auch ihr Gutes, weil jede neue Flut der Hallig neues Land schenkte.

«Wenn Sie telefonieren wollen, bringe ich Sie gern nach unten», bot Nils seine Hilfe an, nachdem ich an die fünf Taschentücher verbraucht und garantiert kaninchenrote Augen hatte.

«Danke, das ist jetzt nicht mehr nötig», antwortete ich. «Aber ich müsste ganz dringend mal auf die Toilette.»

Ole Harksen schaute aus der Luke und nickte dann. «Die Flut hat ihren Scheitelpunkt noch nicht ganz erreicht. Also habt ihr noch einen Moment, aber beeilt euch bitte.»

Nils half mir, die Trittleiter nach unten zu klettern, wofür ich ihm sehr dankbar war. Meine Knie hatten die Konsistenz von Pudding, und ich fühlte mich insgesamt wie ein Wrack. Zu viel war in diesen letzten Stunden passiert.

«Wie oft ist denn bei Ihnen daheim Land unter?», fragte ich ihn, nachdem ich mein Gesicht gewaschen und mich ein wenig gesammelt hatte. Wir standen in Linas Küche, die beinahe komplett leer geräumt war. An den Fensterscheiben hingen Sterne aus Glanzpapier, bestimmt hatten Linas Enkel die gebastelt. Unter der Decke baumelten rote Schleifenbänder, an denen Tannenzweige und Tannenzapfen befestigt waren. Morgen war Weihnachten.

«Praktisch nie», antwortete Nils mit einem warmen Lächeln. «In Kiel ist man diesbezüglich ziemlich sicher.

Sie kommen aus Hamburg, nicht wahr? Da ist man das mit der Flut ja durchaus gewohnt.»

Ich nickte und dachte daran, wie häufig der Fischmarkt oder Teile der HafenCity unter Wasser standen. «Und was machen Sie in Kiel, wenn ich fragen darf?» Aus irgendeinem Grund wollte ich plötzlich alles über diesen sympathischen Mann wissen.

«Ich arbeite als Meeresbiologe am Geomar, dem Helmholtz-Zentrum für Ozeanforschung. Vielleicht haben Sie davon schon mal gehört.»

«Natürlich. Wow, das ist ja ein toller Job!», sagte ich, tief beeindruckt. «Die Stadt kenne ich allerdings nicht, auch wenn sie nur einen Katzensprung von Hamburg entfernt ist.»

«Dann müssen Sie das nachholen», antwortete Nils. «An der Förde ist es wunderschön, und die Kieler Woche ist eine echte Attraktion.»

«Kinder, kommt jetzt besser nach oben, ihr kriegt sonst gleich nasse Füße», ertönte Ole Harksens Stimme durch die offene Tür, die von der Küche direkt in den Stall führte.

O mein Gott, die Flut kam.

Mit pochendem Herzen kletterte ich die rettende Leiter nach oben, während Nils die Sandsäcke wieder an ihren Platz schob, und ließ mich dann schnaufend neben Lina Harksen ins Heu fallen. Maren lächelte mir aufmunternd zu.

«Ganz schön aufregend, nicht wahr?», sagte sie, wirkte aber gleichzeitig vollkommen ruhig. «Ich hoffe nur, dass bis morgen alles vorbei ist, damit wir mit der ganzen Familie feiern können. Wäre ja schade, wenn unser großes Fest diesmal ausfallen müsste. Schließlich sehen wir uns alle nur an den Geburtstagen und Weihnachten.»

Ich blickte auf den Tannenbaum der Harksens, der, eingerollt in einem Netz, an der Wand lehnte. Es musste schön sein, zusammen mit so vielen netten Menschen die Feiertage zu verbringen. Wie wohl mein erstes Weihnachtsfest mit meiner Tochter werden würde? Aus irgendeinem Grund glaubte ich zu wissen, dass ich ein Mädchen bekommen würde. Ich streichelte kurz über meinen Bauch. Immer noch verstört, immer noch verwundert. Konnte es wirklich sein, dass darin Leben heranwuchs?

«Das hoffe ich auch», seufzte Lina und schaute in eine Ecke, in der geschnittene Tannenzweige lagen. «Schließlich habe ich mich so darauf gefreut, zusammen mit meinen Enkeln den Jöölboom zu schmücken. Aber man kann es nicht erzwingen. Natur ist eben Natur.»

«Was ist denn bitte ein Jöölboom? Das klingt irgendwie dänisch», fragte ich, während ich gerade eine Vision hatte, in der ich mit meiner Tochter zusammen den Weihnachtsbaum schmückte. Vorausgesetzt, es ging alles gut bei dieser Sturmflut. Wie sie wohl aussehen würde?

Meine Frage war das Stichwort für Ole Harksen.

«In den heidnischen Zeiten haben wir Friesen die Wintersonnwende gefeiert und dabei den Göttern Wodan und Freya geopfert. Damals glaubte man, dass die Sonne, die man zu dieser Zeit Jul nannte, eine Art Feuerrad war, das über den Himmel zog. Und so bekam der friesische Weihnachtsbaum im Laufe der Jahrhunderte den Namen Jöölboom.»

Beeindruckend, wie stark die Menschen hier mit der Natur und den Traditionen der Region verbunden waren. Mir gefiel die Vorstellung, solche Werte an Kinder weiterzugeben. In einer Großstadt wie Hamburg ging dergleichen leider viel zu schnell verloren.

«Wie feiern Sie denn Weihnachten, Katja?», wollte nun

Maren wissen und schaute mich neugierig aus graublauen Augen an.

«Bei meinen Eltern in Garmisch», antwortete ich. «Und auch eher traditionell mit Christmette, Tannenbaum, Weihnachtsgans und allem Pipapo. Leider leben meine Großeltern nicht mehr, aber es kommen immer auch Freunde und Nachbarn meiner Eltern zu Besuch, die die Feiertage sonst alleine verbringen müssten. Ich meine, das ist doch der tiefere Sinn von Weihnachten, nicht wahr?»

Lina und Ole Harksen nickten. Dann ergriff Ole wieder das Wort. «Wollen wir uns nicht einfach duzen? So wie es momentan aussieht, könnte es gut sein, dass wir hier noch eine ganze Weile festsitzen und zusammen Heiligabend feiern. Ich finde, man kann netter gemeinsam Weihnachtslieder singen, wenn man nicht ganz so förmlich miteinander sein muss.»

«Gute Idee», antwortete ich und registrierte erstaunt, dass mich die Vorstellung, hier noch ein Weilchen zu bleiben, nicht mehr ganz so sehr schreckte. Die Harksens waren eine wirklich zauberhafte Familie, und ich fühlte mich mehr als willkommen. «Lassen Sie, pardon, lasst uns gern auf das Du anstoßen. Apropos: Verrätst du mir bitte, was wir heute Morgen getrunken haben? War da wirklich Alkohol drin?»

Ole schüttelte den Kopf. «Keine Sorge, mein Seuten, das war nur Rum-Aroma. Ich würde meine Gäste doch niemals schon am frühen Morgen betrunken machen. Außerdem muss ich bei meinen Fahrten auch einen klaren Kopf behalten. Freut sich ja schließlich keiner, wenn ich im Suff die Pakete verwechsle und Heiligabend die falschen Geschenke unterm Baum liegen.» Er lachte dröhnend.

Ich war erleichtert. Mein Baby hatte also nicht gleich zum Start ins Leben zwei volle Becher Rum-Grog abbekommen, wie ich bis eben befürchtet hatte.

«Erstaunlich, wie früh man schon Mutterinstinkte entwickelt, nicht wahr?», fragte Lina schmunzelnd. «Und falls du dich gerade fragst, was *mein Seuten* bedeutet – das heißt meine Süße. Ole scheint dich offenbar gern zu haben.»

Dazu sagte Ole ausnahmsweise mal nichts, sondern blickte stattdessen versonnen aus dem Fenster. Draußen war es mittlerweile dunkel geworden, drinnen – bis auf den Schein der Petroleumlampen – ebenfalls. Durch eine der Luken sah ich Sterne glitzern, und mir wurde warm ums Herz. Obgleich ich mit einem anderen Verlauf dieser Reise auf die Hallig gerechnet hatte, gefiel es mir hier. Natürlich brannte der Schmerz, wenn ich an Frank dachte, wie Feuer. Und es würde bestimmt noch sehr, sehr lange dauern, bis ich ihn vergessen hatte. Drei Jahre waren eine lange Zeit, die wischte man nicht einfach so weg. Außerdem würde Franks Kind mich immer daran erinnern, dass ich diesen Mann einmal so sehr geliebt hatte, dass ich bereit gewesen war, auf ihn zu warten wie ein Kind auf den Weihnachtsmann. Nur dass er nicht das Christkind war, das ich in ihm hatte sehen wollen. Doch stattdessen hatte er mir das wunderbarste und schönste Weihnachtsgeschenk meines Lebens gemacht. Und das war mehr, als ich mir wünschen konnte.

Ein Jahr später ...

«Hartelk welkimen», begrüßte Ole meine Eltern, die gerade mit der Fähre von Schlüttsiel gekommen waren. Ich hingegen hatte, wie so häufig im vergangenen Jahr, wieder die Lore benutzt. Doch diesmal war sie von Nils gefahren worden, und ich hätte mir keinen tolleren Lore-Führer wünschen können.

«Schön, euch beide endlich mal kennenzulernen», ergänzte Lina, die mein Baby so selbstverständlich und mit so viel Liebe im Arm hielt, als wäre die kleine Lina ihre echte Enkelin. «Und ich freue mich auch, dass wir diesmal eine stabilere Wetterlage haben als im letzten Jahr. Also dann mal rein in den Pesel.»

Meine Eltern strahlten über das ganze Gesicht, umarmten Lina und Ole und betrachteten dann voller Neugier den Pesel, die gute Stube der Harksens.

In der Mitte stand der üppig geschmückte Jöölboom, den wir am Vorabend gemeinsam mit den Kindern dekoriert hatten. Dies war Linas erstes Weihnachten, und mein erstes Weihnachten zusammen mit Nils als Paar. Es hatte eine ganze Weile gedauert, bis ich die Dinge in meinem Leben geregelt und genug Abstand zu Frank gefunden hatte, um zu vertrauen und mich der Liebe wieder zu öffnen. Doch nun konnte ich mir kaum mehr vorstellen, wie mein Leben vor einem Jahr gewesen war. Ich wusste nur eines: Jetzt war es so reich und schön wie noch nie zuvor. Egal, was ich später für Geschenke bekommen würde – meine schönsten Geschenke hatte mir das Leben bereits gemacht. Und ich war unendlich dankbar für jene längst vergangene Nacht auf der Hallig, in der die Sturmflut von einem Moment auf den anderen alles verändert hatte …

Ciara Geraghty

Die besten Wünsche

Aus dem Englischen
von Ursula C. Sturm

Neulich ist mir etwas höchst Eigenartiges passiert. Etwas, das Sie mir bestimmt nicht glauben werden, wenn ich es Ihnen erzähle. Selbst wenn ich auf die Bibel schwören würde, oder auf den Koran oder ... haben Hindus und Buddhisten auch so etwas? Wie nennt sich noch gleich die Heilige Schrift bei den Juden – Thora, richtig? Wie auch immer, Sie würden mir selbst dann nicht glauben, wenn ich auf all diese Bücher zugleich schwören würde.

Vielleicht ist eigenartig ja der falsche Ausdruck. *Surreal* trifft es wohl eher. Denn das, was mir neulich passiert ist, hatte in der Tat etwas Unwirkliches. Und ich gehöre weiß Gott nicht zu den Leuten, die an übersinnliche Erscheinungen, Geister, Engel, Dämonen und dergleichen glauben.

Trotzdem ist es passiert. Ehrlich.

Wie wär's, wenn ich bei meinem Leben schwöre? Beim Leben meiner Kinder, meines Hundes und meines Ehemannes? Vielleicht glauben Sie mir ja dann.

Also gut, ich schwöre bei meinem Leben, dass sich diese Geschichte wirklich ereignet hat.

Ich weiß gar nicht, warum ich Dan eigentlich noch

meinen Ehemann nenne, obwohl er diese Bezeichnung schon seit über einem Jahr nicht mehr verdient. Er gehört zu der Sorte Ehemänner, die sich heiße Blondinen als Sekretärinnen halten – gutgläubige junge Dinger, denen sie gerne weismachen, wie attraktiv sie doch sind, wie geistreich und charmant – und mit selbigen irgendwann Sex haben. In einem mit Büromaterial vollgestellten Kabuff, in dem auch ein altersschwacher Fotokopierer herumsteht, der schon vor Jahren in ein Recyclingzentrum hätte gebracht werden müssen, zu Leuten, die wissen, wie man altersschwache Fotokopierer entsorgt. Da es auf der Weihnachtsfeier passiert ist, nehme ich an, er hatte dabei eine Papierkrone auf dem Kopf, die aus seinem Christmas Cracker gepurzelt ist, als er selbigen aufgerissen hat, nach Beute gierend. Erpicht auf seinen Preis.

Tja, wenn ein Mann es für erstrebenswert hält, eine heiße Blondine zu poppen, die auf einem defekten alten Fotokopierer thront und ihm die Beine um die Hüften drapiert hat wie zwei Lamettaschlangen, während ihm eine Boxershorts mit Homer-Simpson-Weihnachtsmotiv samt der Hose seines Louis-Copeland-Anzugs um die Knöchel schlackert, dann kann er sich wohl als Gewinner bezeichnen. Erst recht, wenn er es für erstrebenswert hält, dabei auf ein Kondom zu verzichten und besagte heiße Blondine schwängert. Sieg! Und wenn sich die Blondine hinterher auch noch als überzeugte Abtreibungsgegnerin entpuppt, die ihre Weihnachtsfeierschwangerschaft um nichts in der Welt beenden will, wenn sie darauf beharrt, sie habe Anspruch auf Unterstützung, und wenn er sich von ihr einwickeln lässt – sei es aus Langeweile oder infolge eines übersteigerten Pflichtgefühls –, wenn er infolgedessen zu ihr zieht und im fortgeschrittenen Alter von zweiundfünfzig noch einmal zu zweifelhaften Vaterehren kommt, dann kann ich dazu nur eines sagen, nämlich: *Herzlichen Glückwunsch!*

Sie haben gewonnen!

Tut mir leid, ich schweife ab. Von dem eigenartigen, surrealen Erlebnis, das wirklich alles andere als alltäglich war. Nicht zu vergleichen damit, dass man seine Tochter vom Hockeytraining abholt, die Pausenbrote für die Kinder schmiert oder seinem Sohn bei einem Referat über den Steinadler zur Hand geht. Wobei «zur Hand gehen», wenn wir ganz ehrlich sind, ja bedeutet, das Referat im Alleingang zu schreiben. Ich könnte ganze Romane über den Steinadler erzählen. Eine faszinierende Tierart übrigens.

Also. Es war vorigen Freitag. Ich war allein zu Hause, es war still. Die Kinder in der Schule, der Hund beim Tierarzt. Nichts Ernstes, nur ein einfacher Eingriff wegen einer Linsentrübung.

Von anderen nicht berufstätigen Müttern höre ich oft, dass sie diese Ruhe sehr genießen. Dann nicke ich, als würde es mir genauso gehen, dabei ist das Gegenteil der Fall. Ich ziehe Lärm und hektische Betriebsamkeit vor. Ich finde es schön, beschäftigt zu sein. Gebraucht zu werden. Ich bin nicht gern allein. Das war mit das Schlimmste, nachdem Dan ausgezogen war. Das Alleinsein, nachdem die Kinder ins Bett gegangen waren und sich der Hund in seinen Korb gezwängt hatte, mit den Pfoten über den Augen, als wollte auch er die Stille und das Alleinsein aussperren.

Ich stehe also gerade am Bügelbrett, da höre ich irgendwo über mir ein ganz leises Kratzen oder Schaben. Als ich die Treppe erklimme, stelle ich fest, dass das Geräusch von noch weiter oben kommt, vom Dachboden. *Kratz, kratz, kratz.* Wie Fingernägel, die über eine Wand schaben.

Im Geiste höre ich die dröhnende Stimme von Audrey Bellew, der Vorsitzenden des Elternvereins: «Das ist eine Maus, du Angsthase.» Audrey glaubt, wir wären Freundinnen und lädt sich nach den Sitzungen gern zu mir nach Hause zum Kaffee ein oder besteht darauf, dass ich noch mitkomme zu ihr. «Ich habe einen Rührkuchen mit Zitronenglasur gebacken», sagt sie dann. Ich liebe Rührkuchen mit Zitronenglasur, aber ich verzichte gern darauf, wenn ich so Audrey mit ihrer dröhnenden Stimme und ihrem Selbstvertrauen entgehen kann, mit dem sie einen plattmacht wie ein Laster, der auf der Autobahn mit Volldampf auf einen zurast.

Ich halte mich nicht gern auf dem Dachboden auf. Es riecht nach Finsternis und Feuchtigkeit da oben, das Licht ist kaputt, und wenn man die Hand ausstreckt, dann fasst man unweigerlich in das seidige Geflecht von Spinnweben. Audrey hat recht, ich *bin* ein Angsthase. Ich werde mich zwingen, auf den Dachboden zu steigen. Werde mich meinen Ängsten stellen. Soll man nicht genau das mit ihnen tun? Außerdem haben wir bereits die erste Dezemberwoche, und jemand muss die Schachtel mit der Weihnachtsdeko herunterholen. Und das wird dieses Jahr wohl kaum Dan übernehmen.

Nein, dieses Jahr nicht.

Die blonde Sekretärin, mit der er jetzt zusammenlebt, feiert Weihnachten überhaupt nicht. Wie sich herausgestellt hat, ist sie nämlich nicht nur eine militante Abtreibungsgegnerin, sondern gehört zudem einer Gruppierung an, die Weihnachten boykottiert. Es hat irgendwie mit Konsumterror zu tun, den sie offenbar ablehnen. Dan behauptet zwar, es ist keine Sekte, aber für mich klingt es verdächtig danach. Dieses herablassende Gehabe.

Aber Dan ist ohnehin kein großer Fan von Weihnachten. Wahrscheinlich geht es dieses Jahr unbemerkt an ihm vorüber. Das Baby hält die beiden ordentlich auf Trab. Koliken, was man so hört. Wenn Dan die Kinder abholt – jedes zweite Wochenende und jeden zweiten Mittwoch –, dann sieht er oft aus wie ein gerupftes Huhn. Als hätte er sich hastig im Dunkeln angezogen und obendrein vergessen, sich zu rasieren. Seine Augen sind blutunterlaufen, seine Gesichtshaut ist blassgrau und wird am Kinn schon etwas schlaff. Und sein Haar ist ziemlich schütter geworden, was er zu kaschieren versucht, indem er es mit akribischer Sorgfalt über die kahlen Stellen kämmt.

Mit Babys konnte Dan noch nie viel anfangen. Sobald er sich mit den Kindern unterhalten konnte, sobald sie alt genug waren, um sich selbst den Hintern sauber zu wischen, die Nase zu putzen und das Essen zu schneiden, kam er hervorragend mit ihnen zurecht. Schlaflose Nächte dagegen, triefnasse Windeln, ein mit hochroter Birne brüllendes Bündel oder winzige Gliedmaßen und kahle Köpfchen, die durch die diversen Öffnungen eines Strampelanzugs bugsiert werden mussten, damit war er nach eigenen Aussagen *total überfordert*. Was bedeutete, dass ich dafür zuständig war, und er dankte mir dafür und erklärte, ich sei *wie geschaffen* für solche Aufgaben. Und ich habe mich damals auch noch geschmeichelt gefühlt!

Früher habe ich Weihnachten geliebt. Schon im November habe ich mit den Vorbereitungen angefangen. Habe Süßigkeiten und kleine Geschenke für die Strümpfe der Kinder besorgt und Bastelmaterial für die Christmas Cracker. Die mache ich nämlich selbst. Es ist echt ganz einfach. Eine leere Klopapierrolle, mit weihnachtlich bedrucktem Papier umwickelt, an beiden Seiten mit goldenem Geschenkband zugeschnürt, das mit der Schere aufgekringelt wird, und fertig ist das Knallbonbon.

Ich habe mir sogar ein Deko-Thema für den Weihnachtsbaum überlegt. Ganz im Ernst. Jedes Jahr ein anderes. Einmal waren es Engel. Eine halbe Ewigkeit habe ich damit zugebracht, aus Pappmaché kleine Engelchen zu formen, sie bunt anzumalen und mit Superkleber einen Heiligenschein an ihren Köpfen zu befestigen.

Schon Mitte November standen der Plumpudding und der Weihnachtskuchen, beides selbst gemacht und in Dosen verstaut, im Vorratsschrank. Ich hatte das süße Mincemeat zubereitet und abgefüllt und die Gläser obenrum mit karierten Schleifen versehen, wie man es sonst vom Bauernmarkt kennt. Auch die Karten hatte ich längst gekauft und geschrieben; die zugeklebten Umschläge warteten nur noch darauf, verschickt zu werden. Zu einem angemessenen Zeitpunkt im Dezember dann. Man will ja schließlich nicht übereifrig erscheinen.

Ich atme einmal tief durch, dann gehe ich ins Gästezimmer, ziehe die Trittleiter unter dem Bett hervor, manövriere sie mit einiger Mühe durch die Tür und stelle sie draußen im Flur unter die quadratische weiße Luke, durch die man auf den Speicher gelangt.

Meine Mutter sagt oft, dass das Leben zu einem großen Teil aus Aufgaben besteht, vor denen man sich am liebsten drücken würde, aber da muss man eben durch. Das hat sie im Laufe des vergangenen Jahres ziemlich oft zu mir gesagt. «Da musst du jetzt eben durch, Anna.»

Und so kommt es, dass ich an einem Freitagvormittag dort oben auf der Trittleiter stehe und das Holzquadrat anhebe, das mich vom Dachboden trennt. Es ist weniger schwierig, als ich es mir vorgestellt hatte, wie so vieles andere auch. Die Mülltonnen zum Beispiel. Grün, braun und schwarz. Das war Dans Aufgabe gewesen. Dank einer Excel-Tabelle wusste er immer genau, wann er welche rausstellen musste. Ich kann keine Excel-Tabellen machen. Ich habe den Entleerungsplan im Kopf. Die grüne Tonne jeden zweiten Dienstag, die schwarze am Freitag (an der muss man ein längliches Etikett anbringen, das ich am Donnerstagabend im Zeitungsladen besorge, wenn ich Ronan vom Karate abhole). Die braune Tonne soll vor allem im Sommer regelmäßig ausgewaschen werden, wenn die Maden überhandnehmen.

Das Holzquadrat lässt sich wie gesagt ganz einfach anheben. Ich schiebe es beiseite und riskiere einen Blick. Es dauert, bis sich meine Augen an die Dunkelheit auf dem Speicher gewöhnt haben.

Das Kratzen ertönt immer noch. Hier oben ist es deutlicher zu hören. Ich erspähe die Schachtel mit der Weihnachtsdeko, strecke den Arm danach aus, aber sie ist die paar entscheidenden Zentimeter zu weit von meinen Fingerspitzen entfernt. Mir wird wohl nichts anderes übrigbleiben, als aufs Ganze zu gehen.

Besser gesagt, aufs Ganze zu kriechen. Hoffentlich geben die Bretter nicht unter meinem Gewicht nach. Sie knarzen schon jetzt bedenklich. Seit Dan weg ist, esse ich ziemlich viele Oreos mit dunklem Schokoladenüberzug.

Es wäre mir höchst unangenehm, jetzt von den Kindern entdeckt zu werden, während mein Bein noch durch die Luke über dem Treppenabsatz baumelt. Wie ein steckengebliebener Weihnachtsmann. Ich bin fast sicher, dass sie nicht mehr an ihn glauben. Sie sind jetzt zehn und zwölf. Vielleicht tun sie meinetwegen so, als würden sie noch an ihn glauben. Schon komisch, wenn man bedenkt, wie viele Jahre es umgekehrt war.

Zwischen dem Dach und der Schachtel mit dem Weihnachtsschmuck hängt ein großes Spinnennetz – ein äußerst komplexes Gebilde, das unerschrockenere Menschen als ich bestimmt faszinierend gefunden hätten. Das Kratzen kommt aus der Ecke. Aus der dunkelsten natürlich. Ich schiebe mich näher ran, darauf bedacht, nichts zu berühren, aus Angst, Staub aufzuwirbeln. Nicht, dass ich Angst vor Staub per se hätte. Es ist vielmehr ... die Vorstellung dessen, woraus er besteht: Haare, Hautschüppchen und allerlei sonstige menschliche Abfallprodukte. Kate musste in der dritten Klasse ein Referat zum Thema Hausmüll machen.

Da steht der Hometrainer, den mir Dan vor ein paar Jahren zum Geburtstag geschenkt hat. Ich hatte mich beschwert, ich hätte keine Zeit, um mich fit zu halten, und ZACK! hatte er mir auch schon den Hometrainer besorgt. Deswegen hatte Dan bei mir den Spitznamen «der Mann für alle Fälle» weg. Das war seine große Stärke. Lösungen für jedes Problem finden. Und immer alles noch dazwischenschieben zu können. Perfektes Zeitmanagement.

Der Hometrainer ist von einer dicken Staubschicht überzogen, aber noch ehe ich darüber nachdenken kann, aus welchen menschlichen Bestandteilen sie sich wohl zusammensetzen mag, stürzt sich eine Gestalt auf mich. Eine Frauengestalt mit leerem Blick, langen, steifen Armen und einem glatten, haarlosen Kopf.

Ich verharre einen Moment bewegungslos unter ihr. Die Gestalt auf meinem Rücken rührt sich nicht. Sie fühlt sich kalt und hart an, und sie riecht ... nach Plastik.

Es handelt sich um eine Kleiderpuppe. Ich habe sie auf den Namen Imelda getauft, damals, am Beginn des Schneiderkurses, den ich nie beendet habe. Ich hatte Pläne, große Pläne. Ich habe ein Kleid entworfen und genäht, für die Hochzeit von Dans Schwester. Es sollte das erste von einer ganzen Reihe von Kleidern sein, doch es blieb ein Einzelstück.

Ich wische Imelda den Staub aus dem Gesicht und rolle sie dann auf die Seite, damit ich ihre desinteressiert dreinblickenden Augen nicht sehe. Das Kratzen klingt jetzt eher wie ein Klopfen. Wie das zarte Klopfen winziger Fingerknöchel auf dem harten Holz einer Haustür. Entschlossen. Plötzlich habe ich eine Gänsehaut, die Härchen an meinen Armen stellen sich auf und strecken sich.

Das Klopfen kommt aus einer Spieldose, die aus lackiertem Walnussholz besteht und mit Glitzersteinen verziert ist, von denen keiner etwas wert ist und die meisten inzwischen fehlen. Sie haben schon gefehlt, als ich die Spieldose von Tante Mavis geerbt habe. Der Anwalt meiner Tante hat sie mir damals so förmlich überreicht, dass ich überzeugt war, sie müsste etwas Spektakuläres enthalten. Einen Ring vielleicht oder einen kostbaren Edelstein. Doch als ich den Deckel öffnete, erblickte ich darin lediglich eine spanische Flamencotänzerin, die sich bedächtig aufrichtete. Sie trug ein rot-schwarzes Kleid samt Spitzenschal, und ihre schwarzen Tanzschuhe waren auf einem kleinen Podest festgeklebt, auf dem sie sich um die eigene Achse drehte, begleitet von der süßen, klimpernden Melodie, die die Spieldose damals spielte.

Als ich nun den Deckel anhebe, ertönt keine Musik, und die Tänzerin verharrt vornübergebeugt, als wäre ihr die Fähigkeit, sich zu erheben, über die Jahre abhandengekommen.

Dem Gehäuse entströmt ein Hauch von Verlassenheit. An der Seite befindet sich ein Schlüsselloch, in dem ein fleckiger silberner Schlüssel steckt. Ich drehe ihn vorsichtig ein paarmal um. Es ertönt zwar noch immer keine Musik, aber ... Moment mal! Die Tänzerin richtet sich mit jeder Umdrehung des Schlüssels ein klein wenig auf, bis sie schließlich auf ihren winzigen Füßen kerzengerade dasteht und mich ansieht.

Erst jetzt fällt mir auf, dass das Klopfen aufgehört hat. Da die kleine Spieldose erstaunlich schwer ist, bücke ich mich, um sie auf dem Boden abzusetzen, die Finger bereits auf dem Deckel, um ihn wieder zuzuklappen.

Und da höre ich die Stimme.

«Untersteh dich!»

Es ist eine Frauenstimme, hoch und herrisch, mit einem leichten Nachhall. Eine Stimme, die man mit einer Schuldirektorin in Verbindung bringt. Mit einer Fitnesstrainerin oder der Vorsitzenden eines Elternvereins.

«Untersteh dich, den Deckel zu schließen!» Ich habe keine Ahnung, woher die Stimme kommt. Aus der Spieluhr, möchte man unter den gegebenen Umständen meinen. Sie könnte aber auch von irgendwo anders im Dachboden kommen, oder von unten im Haus. Es liegt am Nachhall, glaube ich. Der Nachhall verleiht ihr etwas ... Ätherisches.

Ich wage es nicht, den Deckel zu schließen. Stattdessen stelle ich die Dose auf dem Boden ab, ganz vorsichtig, als bestünde sie aus der Sorte Glas, das in tausend Stücke zerspringen kann.

«Na, das ist ja gerade noch mal gutgegangen.» Die Flamencotänzerin streckt die zierlichen Ärmchen über den Kopf, spreizt die Finger, lässt die Hände um die Handgelenke kreisen. Dann stemmt sie die Fäuste in die Wespentaille und mustert mich mit einem ungeduldigen Blick. Ihre Augen sind braun.

«Also?», sagt sie.

«Ich ...» Mehr bringe ich nicht heraus.

«Ach, du bist eine von denen», sagt sie mit einer abschätzigen Kopfbewegung.

«W…?» Ich glaube, ich versuche, ein *Was?* hervorzuwürgen. Oder möglicherweise auch ein *Wer?*

«Es gibt nämlich verschiedene Kategorien. Die Verschreckten, die Ungläubigen und die, denen es die Sprache verschlagen hat. Zu gehörst offenbar zu letzterer.»

«Ich …»

«Wenn du erlaubst, werde ich die Sache etwas abkürzen, ja?», sagt sie gelangweilt. «Ich bin ein Flaschengeist oder Dschinn, ganz nach Belieben, und ich bin gekommen, um dir einen Wunsch zu erfüllen. Es gelten die üblichen Regeln – Schweigepflicht et cetera pp. Wenn du jemandem von mir erzählst, ist es vorbei mit der Wunscherfüllerei. Der Reim war übrigens unbeabsichtigt.»

«Sind es nicht normalerweise drei Wünsche?» Das ist das Erste, was ich rausbringe, als ich mich endlich etwas gefangen habe.

Die Tänzerin steigt von ihrem kleinen Podest, sieht sich um und ist augenscheinlich nicht eben begeistert von der Umgebung, in der sie gelandet ist. Schließlich setzt sie sich auf die Kante der geöffneten Spieluhr und schlägt die Beine übereinander. Sie hat grazile, wohlgeformte Fesseln, wie ich sie mir stets gewünscht habe.

«Wo hast du denn das aufgeschnappt? Bei *Aladin und die Wunderlampe*, nehme ich an?»

«Ich …»

«Du fragst dich bestimmt, warum ich nicht in einer fleckigen, verstaubten Lampe wohne, hab ich recht?»

«Na ja …»

«Ihr Menschen seid doch alle gleich. Gierig und leichtgläubig.»

«Tut mir leid, ich …»

Sie hebt eine Hand. «Keine Entschuldigungen. Wir haben keine Zeit zu verlieren. Also, wie lautet dein Wunsch?»

«Ich ... Keine Ahnung.»

«So, so. Unentschlossenheit gehört wohl auch auf die Liste. *Keine Ahnung.* Eine derart lahme Antwort würde man von den Malupas niemals erhalten. Die wissen, was sie wollen. Wobei sie zugegebenermaßen etwas hochnäsig sein können.»

«Die Malupas?»

Sie hob die perfekt geformten Augenbrauen. «Ach, ich vergaß – ihr Menschen glaubt ja, ihr seid die Einzigen. Höchst amüsant. Wir sollten die Liste wohl um das Attribut egozentrisch erweitern, nicht?»

«Die Malupas sind also ... Außerirdische?»

«Außerirdisch ist so ein hässliches Wort, findest du nicht?»

«Tut mir leid, ich ...»

«Mir tut es erst recht mehr leid, das kannst du mir glauben. Diese Begegnung gestaltet sich nicht halb so unterhaltsam, wie ich gehofft hatte, vor allem in Anbetracht der Tatsache, dass mir herzlich wenige Gelegenheiten zur Interaktion mit anderen Lebensformen vergönnt sind.»

Ich presse die Lippen zusammen, damit ich mich nicht noch ein Mal entschuldige oder ihr weitere Fragen stelle, die ihren Unmut erregen könnten, was meine Möglichkeiten allerdings erheblich einschränkt.

«Also, was wünschst du dir?», fragt sie, während sie ihre langen, scharlachroten Fingernägel inspiziert. «Geld? Ein Facelifting? Eine Nacht mit George Clooney?»

«Das kannst du arrangieren?»

«Natürlich. Aber davon kann ich nur abraten, er ist nämlich kein sonderlich einfallsreicher Liebhaber. Meine Kolleginnen in der Beschwerdeabteilung müssen seinetwegen immer eine Menge Kritik einstecken.»

«Ich stehe gar nicht auf George Clooney.»

Sie steht auf und blickt zu mir hoch, und in ihrem glatten, glänzenden Gesicht spiegelt sich ein Anflug von Interesse. «Tatsächlich?»

Ich nicke.

«Sieh an, sieh an. Da hat mich mein erster Eindruck wohl ausnahmsweise getrogen.»

«Was war denn dein ... erster Eindruck von mir?», erkundige ich mich vorsichtig. Es ist schon irgendwie alarmierend, wenn man an einem Freitagvormittag auf dem Dachboden steht und hofft, dass ein Flaschengeist nicht schlecht über einen denkt. «Ach, das Übliche. Hausfrau, seit zehn bis zwanzig Jahren verheiratet, Kinder, vermutlich ein Hund. Jeden zweiten Samstagabend Sex dank der ermutigenden Wirkung einer Flasche Pinot Grigio, die es im örtlichen Supermarkt zum Aktionspreis gab. Sämtliche Pläne aus der Zeit vor der Ehe und/oder der Geburt der Sprösslinge wurden ...» Sie deutet mit Zeige- und Mittelfingern die Gänsefüßchen an. «... *auf später verschoben.*»

Ich öffne den Mund, um ... tja, was? Um ihr zu widersprechen? Ich klappe den Mund wieder zu.

«Mach dir nichts draus», tröstet sie mich mit etwas sanfterer, gedämpfter Stimme. «Selbst die Bewohnerinnen des Planeten Vulvatar geben an, dass sie gelegentlich ein Gefühl der Leere verspüren, dabei ist das die mit Abstand fortschrittlichste Lebensform in eurem Universum. Die Population ist ausschließlich weiblich. Männliche Exemplare sind für die Fortpflanzung nicht mehr vonnöten. Faszinierende Sache. Seit Jahrhunderten gab es keinen Krieg auf diesem Planeten. Trotzdem kann es vorkommen, dass eine seiner Bewohnerinnen in einem schwachen Moment gesteht, sie langweile sich beizeiten.»

«Ich langweile mich nicht.»

Die Tänzerin hält sich die Hand vor den Mund und gähnt.

«Ich finde es schön, Mutter zu sein. Und einen Hund zu haben. Und ich mag Pinot Grigio.»

«Tja, dann bin ich hier wohl überflüssig.»

«Nein, warte, ich ...»

«Ach, jetzt ist dir also doch noch ein Wunsch eingefallen.» Sie stützt sich mit beiden Händen an der Kante der Spieldose ab, den Oberkörper gespannt nach vorn gelehnt.

«Könntest du ...» Ich zögere.

«Nur zu.»

«Na ja, es ist so ...»

«Immer raus damit, meine Liebe.»

«Könntest du mir meinen Ehemann zurückbringen?»

«Nicht, wenn er tot ist.»

«Er ist nicht tot.»

«Ich wittere trotzdem eine traurige Geschichte.»

«Er hat mich verlassen. Wegen seiner Sekretärin, die bedeutend jünger ist als ich. Die beiden haben inzwischen ein Baby.»

«Hm, ich schätze, *berechenbar* zählt ebenfalls zu den bestechenden Eigenschaften der Spezies Mensch.» Das sollte wohl ein Scherz sein, denn sie lächelt, wobei es eher ein süffisantes Grinsen ist als ein Lächeln.

«Könntest du das? Ihn mir zurückbringen?»

«Willst du das auch wirklich?»

«Ja.»

«Hm, kann ich nachvollziehen. Er scheint mir ja ein recht begehrenswertes Exemplar zu sein.» Ich bin fast sicher, dass das sarkastisch gemeint war. Tja, in ihrer Branche wird man bestimmt mit allen möglichen idiotischen

Wünschen konfrontiert. Da wäre es nur verständlich, wenn man zum Zyniker mutiert.

«Ich will einfach, dass alles wieder so wird wie früher. Wie vorher.»

«Bist du dir da ganz sicher?»

«Ja.»

«Definitiv?»

«Ja.»

«Hundertprozentig?»

«Kannst du's jetzt oder nicht?», frage ich. Die Tänzerin ist über meinen unerwartet forschen Tonfall genauso verblüfft wie ich.

«Also gut», sagt sie, schließt die Augen und nickt. Ein kaum merkliches Nicken, das einem unaufmerksamen Beobachter vermutlich entgangen wäre. Dann schlägt sie die Augen wieder auf, hopst zurück auf ihr Podest und nimmt dieselbe Position ein wie vorhin.

«Hast du …?»

Sie nickt. «Schon erledigt.»

«Echt?»

«Du hast wohl etwas mehr Dramatik erwartet, wie? Ein Zischen, einen Knall, ein Feuerwerk, oder dass Funken aus meinen Fingerspitzen sprühen, während ich mein Zauberkunststück vollbringe?»

«So was in der Art, ja.»

«Tja, Magie … Kaum eine Spezies, sei sie nun hochentwickelt oder …» Sie sieht mir direkt in die Augen. «… primitiv, hat einen Blick dafür, selbst wenn sie so deutlich zu erkennen ist wie die Nase im Gesicht des Gegenübers.»

Der Deckel der Spieluhr senkt sich und schließt sich mit einem Klicken. Dann ist es still, ebenso jäh, wie es bei einem unerwarteten Stromausfall plötzlich dunkel wird.

Ich verharre noch einen Moment, ohne einen Finger

zu rühren. Bestimmt komme ich, sobald ich mich in Bewegung setze, zu der Überzeugung, ich hätte eine Art ... Vision gehabt oder einen Kurztrip in die Welt der Phantasie unternommen. Sobald ich den Speicher verlassen habe und nach unten gegangen bin, um mir den Berg ungebügelter Wäsche vorzuknöpfen, werde ich wissen, dass ich mir das alles nur eingebildet habe.

Bei dem Gedanken ans Bügeln frage ich mich prompt, ob ich eigentlich das Bügeleisen ausgesteckt habe, ehe ich nach oben gegangen bin. Ich spurte los. Nichts holt einen so rasch auf den Boden der Tatsachen zurück wie ein unbeaufsichtigtes, heißes Bügeleisen.

Nachdem ich hastig die Trittleiter hinuntergekraxelt und über die Treppe ins Erdgeschoss galoppiert bin, um nach dem Bügeleisen zu sehen (nicht eingesteckt, Gott sei Dank!), sodann erneut die Treppe erklommen habe, um die Luke zum Speicher zu schließen und die Leiter wegzuräumen, bin ich zugleich hungrig und außer Atem, und außerdem komme ich mir zugegebenermaßen etwas albern vor. Ich mache Tee, nehme aus dem Vorratsschrank eine Packung Haferkekse mit Schokolade. Eins verdrücke ich noch im Stehen an der Anrichte und zwei weitere, sobald ich mit meinem Becher Tee am Küchentisch sitze. *World's Best Mum.* Der Aufdruck entlockt mir jedes Mal ein Lächeln. Natürlich weiß ich, dass ich nicht die Beste bin, aber ich kann mit Fug und Recht behaupten, dass ich mein Bestes gebe.

«Na, da hat wohl jemand nichts zu tun, wie? So schön möcht ich's auch mal haben. Und diese Kekse sehen mir nicht gerade nach Weight Watchers aus.»

Ich fahre vor Schreck so heftig zusammen, dass mein Tee springflutartig den Becher verlässt und sich dann, wieder dem Gesetz der Schwerkraft gehorchend, in einem

Bogen über meine Hand ergießt und sie verbrüht. Ich lasse den Becher fallen, und er zerspringt auf dem Tisch in unzählige Scherben, bei denen auch mit Superkleber definitiv nichts mehr auszurichten ist.

«Lieber Himmel, Anna, was machst du denn?»

Ich weiß, dass er es ist, ehe ich mich umdrehe. Als ich es schließlich doch tue, verschlagen mir sein Anblick, seine bloße Anwesenheit, die Tatsache, dass er hier in meiner Küche steht, in Jogginganzug und Hausschuhen, einen Moment lang die Sprache. Mir schwindelt, als hätte ich mir irgendwo heftig den Kopf gestoßen.

Mein erster Gedanke ist: Mein Wunsch ist in Erfüllung gegangen.

Dann schießt mir sogleich ein zweiter durch den Kopf, nämlich: Es gibt doch gar keine Flaschengeister.

Dicht gefolgt von einem dritten: War Dan eigentlich schon immer so ... mitleidslos?

Meine Hand greift automatisch nach den Scherben. Eine davon bohrt sich in meine Fingerspitze, Blut tropft auf den Fliesenboden, so langsam und regelmäßig wie Wasser aus einem nicht ordentlich zugedrehten Hahn.

«Nun sieh dir an, was für eine Sauerei du hier anrichtest.» Er deutet auf meinen Finger, auf das Blut am Boden, auf die Teepfütze auf dem Tisch. Das Erste, was ich herausbringe, ist: «Das war mein Lieblingsbecher.»

«Den haben die Kinder für 3,99 bei Easons gekauft», sagt er.

Er wirkt total real. Er sieht nicht müde aus, seine Augen sind nicht gerötet. Die über die kahlen Stellen frisierten Haare sind weniger schütter und verdächtig dunkel. Waren sie schon immer so dunkel? Außerdem riecht er gut, nach dieser Feuchtigkeitslotion für Männer, die er immer verwendet. Ein intensiver, erfrischender Duft.

«Hier, wisch dir das Blut ab.» Er reißt ein Blatt Küchenrolle ab und reicht es mir.

Ich konzentriere mich ganz darauf, mir das Papiertuch um den Finger zu wickeln, um mir etwas Zeit zu erkaufen. «Was machst du hier?», frage ich schließlich und halte den Atem an.

«Ich arbeite heute doch von zu Hause», erwidert er in leicht gekränktem Tonfall, als könnte er nicht fassen, dass ich das vergessen habe. Ich war immer über seine Arbeitszeiten informiert, damit ich mich danach richten konnte.

«Welches Jahr haben wir?», frage ich ihn.

«Du machst mich noch wahnsinnig, Anna.» Er legt die Hand auf den Türknauf, als müsste er sich abstützen. Ich gehe zur Waschküchentür und werfe einen Blick auf den Kalender, der dort hängt. Da steht, dass wir nach wie vor 2014 haben.

Ich drehe mich wieder zu Dan um. «Wie heißt deine Sekretärin?»

«Natasha. Das weißt du doch.»

«Hat sie ein Kind?»

«Soweit ich weiß, nicht. Soll ich einen Arzt rufen?»

Ich schüttle den Kopf. «Entschuldige, ich ... ich bin irgendwie neben der Spur heute.»

Er lächelt. «Es wäre schön, wenn du dich bis zum Nachmittag wieder gefangen hättest, da habe ich nämlich eine wichtige Besprechung in der Stadt und werde nicht zu Hause hinter dir herräumen können.» Er deutet mit dem Kopf auf die Überreste des Bechers auf dem Tisch, macht allerdings keine Anstalten, etwas wegzuräumen. Stattdessen sagt er: «Gibt's noch Tee? Nach der Telefonkonferenz könnte ich jetzt echt einen gebrauchen. Danke, Schatz.» Als er mich passiert, beugt er sich flüchtig zu mir runter, als wollte er mir einen Kuss auf die Wange drücken. Stattdessen gibt er, ehe seine Lippen mein Gesicht berühren, lediglich ein Kussgeräusch von sich. Mmmwuua!! Hm. Daran erinnere ich mich von früher. Das Runterbeugen, die angetäuschte Berührung, das Kussgeräusch. Mmmwuua!!!!

Ich kann mich nicht entsinnen, dass es mich je gestört hätte. Es war eben eine dieser Gesten. Ein Tick. Genau wie er sich nach dem Essen immer mit der Zunge über die Zähne geleckt hat, um zu prüfen, ob dort auch keine Essensreste mehr hängen. Oder das mit der Excel-Tabelle für die Mülltonnen. Wer, bitte schön, kommt auf die Idee, eine Müllabfuhr-Excel-Tabelle zu erstellen? Tja, Dan. Es ist eine Angewohnheit, weiter nichts. Jeder von uns hat gewisse Angewohnheiten.

Ich wickle die Scherben meines Lieblingsbechers in Zeitungspapier und werfe sie in die Tonne draußen vor der Tür, damit die Kinder sie nicht sehen. 3,99 bei Easons. Gut zu wissen, dann kann ich eine neue besorgen, ehe sie etwas merken.

Ich mache zwei Tassen Tee und begebe mich damit in Dans Büro am Ende des Flurs. Da sitzt er, in seinem Arbeitszimmer, das ich erst kürzlich zu einer Art Bibliothek umfunktioniert hatte. Ich hatte all meine Bücher hier versammelt und damit die leeren Regale gefüllt, die Dan zurückgelassen hatte. Sie haben für eine gemütliche Atmosphäre gesorgt, vor allem abends, wenn die untergehende Sonne durch das Fenster schien und die Titel von Werken beleuchtete, die ich vor langer Zeit gelesen hatte, als wollte sie mich dazu animieren, sie mir noch einmal zu Gemüte zu führen.

Jetzt stehen wieder reihenweise schwarze Aktenordner in den Regalen, beschriftet mit Zahlen und mysteriösen Akronymen.

Dans Haare sind eindeutig dunkler als in meiner Erinnerung. Er wirbelt auf seinem Drehsessel herum, lächelt beim Anblick der Teetasse, runzelt jedoch kaum merklich die Stirn, als ich mich auf dem Stuhl vor seinem Schreibtisch niederlasse. Als wäre er Filialleiter einer Bank und ich eine Kundin, deren Kreditantrag er gleich abschmettern wird.

«Also ...» Ich verstumme. Überlege, was ich sagen soll. Den Flaschengeist werde ich tunlichst nicht erwähnen, sonst muss ich auch Dans Affäre mit der kessen Sekretärin erwähnen, die sich als überzeugte Abtreibungs- und Weihnachtsgegnerin entpuppt hat. Und das will ich nicht. Ich will nicht daran denken, wozu er fähig ist.

Er ist hier. Das ist das Wichtigste. Es war ein Missgeschick, ein Fehler. Wir machen alle mal Fehler. Andauernd. Wichtig ist, dass man nach vorne blickt.

«Was ist?» Er mustert mich, und über seiner Nase bildet sich eine Sorgenfalte, wie immer, wenn er beunruhigt ist.

Mein Ehemann macht sich Sorgen. Meinetwegen.

Mein Ehemann ist wieder da.

Sein Sorgenfaltengesicht hat aber auch etwas Unwirsches. Als würde er sich ärgern. Über mich. Ich schüttle den Kopf, um den Gedanken zu vertreiben.

«Was ist?» Jetzt wird er allmählich ungeduldig. Ist genervt.

«Entschuldige, Schatz, ich bin mal wieder in eine Märchenwelt abgetaucht.» Stimmt ja auch irgendwie.

«Hör zu, ich muss vor der Besprechung noch einen Bericht fertig schreiben. Wenn du jetzt also ...» Er deutet mit dem Kopf auf meine Tasse und dann auf die Tür.

«Oh. Natürlich.» Lächelnd stehe ich auf, verziehe mich aber nicht gleich, sondern gehe zu ihm, beuge mich hinunter, nehme sein Gesicht in beide Hände und schließe die Augen.

Sein Telefon klingelt. Dan schiebt sich hastig mit dem Drehsessel nach hinten. «Ich muss da mal ...» Er nimmt den Hörer ab. «Anthony! Schön, dass du zurückrufst. Also, was den Jahresbericht angeht ...» Er sieht mich an und scheucht mich mit einer Handbewegung, die ich von früher kenne und die ich noch nie sonderlich mochte, aus dem Zimmer.

Er tut es nach wie vor.

Und ich kann es nach wie vor nicht leiden.

Kaum bin ich draußen im Flur, höre ich, wie er mit dem Fuß gegen die Tür tritt, höre das Klicken, mit dem sie sich schließt. Vernehme das erleichterte Knarzen seines Stuhls, als er sich zurücklehnt.

In der Küche öffne ich den Vorratsschrank. Die Dosen sind da, alle beide. Ich werfe einen Blick hinein. In der einen der Kuchen, in der anderen der Plumpudding. Ich öffne den Kühlschrank. Da stehen sie, die Gläser mit dem Mincemeat, hübsch dekoriert mit karierten Schleifen, wie man es sonst vom Bauernmarkt kennt.

Meine Mutter geht beim dritten Klingeln ran. «Was gibt's, Anna? Ich bin beim Bridge.»

«Dan ist hier.»

«Und?»

«Er ist zu Hause. In seinem Büro. Er arbeitet.»

«Ja, ja. Du hast neulich erwähnt, dass er eine wichtige Besprechung hat. Heute Nachmittag, nicht? Worum geht es da noch gleich? Ich kann mich nicht mehr erinnern.»

«Wann hab ich das erwähnt?»

«Warum, was ist denn los? Ich bin gleich dran.»

«Nun sag schon!»

«Ach, ich weiß auch nicht mehr genau. Vielleicht am

Dienstag. Oder, nein, am Mittwochvormittag. Du hast Dans Wagen zur Hauptuntersuchung gebracht und mich von der Werkstatt aus angerufen, weil du eine Ewigkeit warten musstest.»

«Ach, richtig ...» Ich erinnere mich, wenn auch nur sehr vage.

«Ist alles in Ordnung? Du hast doch hoffentlich nicht zu viele von den Tabletten genommen, die dir der Arzt verschrieben hat, oder?»

«Welche Tabletten?»

«Na, deine Beruhigungstabletten.» Sie redet langsamer jetzt, als wäre ich ein Kind oder jemand, der ihre Sprache nur mangelhaft beherrscht.

«Seit wann nehme ich die noch gleich?»

«Seit ein paar Monaten. Wegen der Panikattacken. Muss ich mir Sorgen machen, Anna?»

«Nein, es geht mir gut, Mum. Ehrlich.»

«Hör mal, Liebes, ich rufe dich nachher zurück, ja?» Ehe sie auflegt, höre ich noch ihr «Drei ohne Trumpf», eine klare, schnörkellose Ansage, und der Klang ihrer Stimme weckt in mir den sehnlichen Wunsch, wieder ein Kind zu sein. Zur Weihnachtszeit. Zu glauben. Zu hoffen.

Auch meine Tochter Kate bestätigt mir, dass sich mein Leben grundlegend verändert hat.

«Dein Dad ist in seinem Büro», sage ich zu ihr, als sie von der Schule nach Hause kommt. Sie hat im Flur hastig Tasche, Jacke und Turnschuhe von sich geworfen und ist schnurstracks in die Küche marschiert, wo sie diverse Schränke aufreißt, sich ein Glas Saft einschenkt, die leere Packung wieder in den Kühlschrank stellt und ein paar Cracker mit Butter bestreicht.

«Das Hockeytraining ist ausgefallen. Der Platz steht unter Wasser.»

«Ich sagte, dein Dad ist in seinem Büro. Hier, zu Hause, meine ich.»

Sie hält inne und sieht mich an. «Und?»

«Na, willst du nicht hallo sagen gehen?»

Sie beißt von einem Cracker ab, schüttelt den Kopf. «Nachher. Er ist garantiert beschäftigt. Ich gehe jetzt erst mal raus.» Sie hinterlässt eine Krümelspur, wie Hänsel und Gretel auf ihrem Irrweg durch den Wald. Ich hole den Staubsauger, stecke ihn ein, aber statt ihn einzuschalten, setze ich mich an den Tisch, auf dem noch das Geschirr vom Frühstück steht.

Alles in allem ein höchst eigenartiger Vormittag.

Ich gehe nach oben ins Schlafzimmer, schließe die Tür hinter mir, lasse mich auf den Stuhl vor dem Spiegel plumpsen. Ich sehe älter aus als heute früh. Abgehetzt. Meine Haare gehören geschnitten, die Ansätze gefärbt. In meinem früheren Leben, dem vor dem Flaschengeist, hatte ich es mir erst vor einer Woche schneiden lassen. Vergangenen Mittwoch, als Dan mit den Kindern auf dem Match war. Ich hatte den ganzen Nachmittag frei, und dazu den halben Abend, bis neun. Ich war beim Friseur, und abends habe ich mir einen Film angesehen. Einen mit Untertiteln, gegen den sich Dan mit Händen und Füßen gewehrt hätte. Ich kam vom Friseur nach Hause, machte mir ein getoastetes Sandwich und setzte mich damit vor den Fernseher, wo eine Reisereportage lief. Meine Locken wippten, meine Ansätze waren frisch gefärbt.

Gegen Samstagnachmittag hat sich mein Unmut verfestigt. Wie Götterspeise. In meinem Leben vor dem Flaschengeist hätte ich dieses Wochenende frei gehabt. Ich liebe meine Kinder über alles, aber am meisten an den Sonntagabenden nach den freien Wochenenden. Wenn Dan sie mir an einem solchen Sonntagabend zurückbringt, schließe ich sie ganz fest in die Arme und freue mich an ihnen, wie man sich am ungewohnten Anblick eines nagelneuen, auf Hochglanz polierten Autos erfreut. Nach einem freien Wochenende nehme ich sie als Menschen wahr, nicht nur als meine Kinder. Meine Schützlinge.

Am Samstag fahre ich Kate zu ihrem ersten Hockeymatch, erledige im Supermarkt blitzschnell den Einkauf für die kommende Woche (ja, bei der Gelegenheit erstehe ich auch eine Flasche Pinot Grigio, die zwei Euro runtergesetzt ist), hole Kate wieder ab und bringe Ronan zu seinem Auswärtsspiel in Skerries, nachdem ich hinter der Hundehütte endlich seinen zweiten Fußballschuh aufgestöbert habe, kehre wieder nach Hause zurück, um Kate zu ihrem zweiten Match in Clontarf zu fahren (wobei ich sie erst davon überzeugen muss, dass es unnötig ist, sich davor noch die Haare zu waschen). Danach rase ich erneut nach Hause, verräume die Einkäufe und zaubere in aller Eile eine hausgemachte Bolognesesoße (Dan ist gegen gekaufte Pastasoßen, wegen der Konservierungsstoffe, gesättigten Fettsäuren und so weiter), ziehe mir eine Jacke über das Top, das nun einen orangeroten Fleck hat, weil sich die hausgemachte Bolognesesoße als etwas angriffslustig entpuppt hat, und düse nach Clontarf und Skerries, um meine Kinder einzusammeln, die nach diesem vollgepackten, anstrengenden Tag glatt noch so viel Energie haben, dass sie sich praktisch den gesamten Nachhauseweg um die Bestimmungshoheit über das Radio zanken.

Dan muss an einem Golfturnier teilnehmen. Eine berufliche Verpflichtung. Es sei wichtig, sagte er, als er mich um halb sieben Uhr morgens weckte, um mich zu fragen, wo sein Golfpullover sei. *In der dritten Schublade der Kommode. Rechts, unter der blau-grün karierten Golfhose.*

Golfhosen. *Kaum etwas wirkt lächerlicher als Golfhosen*, dachte ich, als Dan um Viertel nach sieben das Haus verließ.

Er ist noch nicht zurück, dabei ist es inzwischen zehn Uhr abends. Ein Verdacht regt sich, drängt sich mir förmlich auf. Dan. Die heiße Blondine. Die Abtreibungs- und Weihnachtsgegnerin. Bei der sieht man garantiert keine Ansätze. Ich schiebe mir noch einen Oreo-Keks in den Mund und spüle mit dem runtergesetzten Pinot Grigio nach.

Und dann fällt mir wieder ein, was die Tänzerin gesagt hat, über die Beschwerdestelle, bei der so viele Reklamationen wegen George Clooney eingehen.

Ich schleppe mich noch einmal auf den Speicher, was mir diesmal, da ich gut eine halbe Flasche zwölfprozentigen italienischen Wein intus habe, bedeutend leichter fällt. Ich krieche in die Ecke, in der die Spieluhr steht. Eine Spinne krabbelt quer über meine Hand, so zielstrebig, wie man über einen Zebrastreifen geht. Das lose Ende eines Spinnennetzes streift mein Gesicht. Ich vernehme ein Trippeln, das von einer Maus stammen könnte, wenn nicht gar von einer Ratte. Ich schmecke Staub, höre mich in der Dunkelheit ein- und ausatmen. Ich krieche weiter.

Sie sitzt auf dem Rand der Spieluhr, als hätte sie mich bereits erwartet.

«Ich habe dich bereits erwartet», sagt sie denn auch.

«Wie bist du aus der Spieluhr rausgekommen?»

Sie inspiziert ihre Fingernägel. «Wenn wir die Obrigkeit davon überzeugen können, dass es nach der Erfüllung eines Wunsches mit über siebzigprozentiger Wahrscheinlichkeit eine Beschwerde geben wird, dürfen wir raus, bis uns die Beschwerde vorliegt.»

«Ich will mich aber gar nicht beschweren.»

«Du bist also zufrieden? Begeistert, weil dein Mann wieder da ist?»

«Na ja ...»

«Du willst deinen Wunsch rückgängig machen.»

«Geht das denn?»

«Es ist schwierig. Ein ziemlich komplizierter Vorgang.»

«Heißt das, du kannst es nicht rückgängig machen?»

«Natürlich kann ich das. Ich bin nicht zufällig da gelandet, wo ich heute bin.»

«Woher wusstest du, dass ich wiederkommen würde?»

«Erfahrungswerte.» Sie betrachtet mich. Ihre Miene ist weicher geworden, eine Spur verständnisvoller. Vermutlich macht sie so was öfter durch. Mit Frauen wie mir.

«Nächstes Mal wünsche ich mir etwas anderes.»

«Das sagen alle.»

«Im Ernst. Vielleicht ein Cabrio.»

«In einem Cabrio ist kaum Platz für Hockeyschläger und sperrige Sporttaschen», gibt sie zu bedenken, und ich nicke, weil sie recht hat.

Wer hätte gedacht, dass es so schwierig ist, sich etwas zu wünschen?

Das Rückgängigmachen gestaltet sich ebenso unspektakulär wie die Erfüllung des Wunsches gestern. Sie schließt die Augen, atmet vielleicht ein klein wenig tiefer als vorher. Dann ertönt ein kaum hörbares Plopp!, etwa so, wie wenn eine Seifenblase platzt. Sie schlägt die Augen auf, steigt wieder in die Spieluhr, erklimmt das Podest. «Sei so nett und klapp den Deckel möglichst vorsichtig zu, ja?», sagt sie.

«Wohin musst du als Nächstes?», frage ich sie.

«Darf ich nicht verraten.»

«Danke.»

«Ich habe nichts getan.»

«Oh, doch.» Ich schließe den Deckel, und als ich ihn unmittelbar darauf noch einmal öffne, starrt mich die Flamencotänzerin mit leeren braunen Augen an. Von einem Flaschengeist weit und breit keine Spur.

Ich schnappe mir die Schachtel mit der Weihnachtsdeko, wobei ich die Spinnweben zerreiße. Ronan hat mir mal erzählt, dass Spinnen ihre Netze aus Seide weben.

Faszinierende Vorstellung.

Ich beschließe, das Haus weihnachtlich zu schmücken. Die Kinder werden sich freuen, wenn sie morgen Abend von ihrem Vater zurückkommen. Ich summe verhalten ein Weihnachtslied. *Stille Nacht.* Nehme mir vor, morgen auf einem Bauernmarkt ein Glas Mincemeat zu kaufen. Mit einer hübschen karierten Schleife obenrum.

Hinterher kuschle ich mich in den Ohrensessel, der früher meinem Mann vorbehalten war und für den inzwischen das demokratischere Nutzungsprinzip «Wer zuerst kommt, mahlt zuerst» gilt. Das Knistern des Feuers und das Schnarchen des Hundes in seinem Körbchen wirken auf mich wie der Soundtrack eines friedlichen Lebens. Eines Lebens, das sich durchaus jemand wünschen könnte.

Jemand wie ich.

Juliet Ashton

Ein gutes Mädchen

Aus dem Englischen
von Katharina Naumann

7.00 Uhr morgens/25. 12. 1982

Serena kniff die Augen zu, um sich noch eine Weile einbilden zu können, dass sie noch schlief. So ziemlich jede andere Siebenjährige würde inzwischen auf dem Bett herumhüpfen, das Papier von den Geschenken reißen und die neuen Monchichis triumphierend herumschwenken.

Wenn ich meine Augen nicht öffne, dachte Serena, *dann fällt Heute vielleicht aus.*

«Steh-auf-steh-auf!», krähte ihr Bruder und landete direkt auf ihren Beinen. «Steh auf!», fügte er hinzu. Zurückhaltung lag ihm nicht.

«Geh runter von mir!», brüllte Serena. Sie hatte gegen ihren Willen die Augen aufreißen müssen. Jetzt schaute sie sich in ihrem Zimmer um. Es war dunkel, die Vorhänge waren noch zugezogen, nur die Lichterketten leuchteten wie Glasperlenschnüre. Im Radio unten in der Küche spielten sie Weihnachtslieder, und das feierliche Klappern der Frühstücksvorbereitungen drang zu ihnen herauf. Es würde warme Brötchen mit Erdbeermarmelade geben, wie jedes Weihnachten.

Ein Strumpf, der sich vielversprechend beulte, hing am

Pfosten ihres eisernen Bettgestells. «Nein, das ist meins», warnte sie ihren Bruder, der schon seinen klebrigen, vorwitzigen Finger in die Öffnung gesteckt hatte, um das Innere zu erforschen. Serena schüttelte ärgerlich den Kopf. Er verdarb aber auch immer *alles*. So lagen die Kleider, die sie am Abend zuvor so sorgfältig für ihre Barbie bereitgelegt hatte, jetzt überall verstreut und zertreten herum. Sie strich die winzige pinkfarbene abgeschnittene Hose und das grelle Neckholder-Oberteil mit dem Paisleymuster vorsichtig glatt. (Manchmal dachte Serena, dass Barbie vielleicht ein bisschen etwas von einer Herumtreiberin hatte, aber dann verwarf sie den Gedanken schnell wieder.)

Ihre eigenen Kleider lagen ordentlich über der Lehne ihres Stuhls. Eine rote Cordlatzhose. Ein kanariengelber Rollkragenpullover. Schick. Hübsch.

Ihr stand ein schwieriger Tag bevor, aber zumindest würde Serena gut dabei aussehen. Nicht so wie Mum, die in den letzten vierzehn Tagen immer dasselbe Jeanskleid getragen hatte und deren ungewaschenen Haare an eine Vogelscheuche erinnerten.

Nachts hatte sie den gezischten Unterhaltungen gelauscht und den spitzen Bemerkungen im Auto, die vollkommen an ihrem Bruder vorbeigegangen waren, und sie hatte daraus geschlossen, dass Mums Schlampigkeit einer der Gründe war, warum Dad sie verließ.

Ich meine, Herrgott noch mal, hast du dich in letzter Zeit mal im Spiegel angeschaut?

Als Mum gebeten hatte: «Bitte gib uns noch ein letztes Weihnachten zusammen», hatte sie überhaupt nicht wie sie selbst geklungen. Sondern wie eine sehr, sehr alte traurige Dame.

«Kinder!», rief Dad jetzt von unten herauf. Er klang

fröhlich. Er klang ganz wie er selbst. «Kommt runter!» In letzter Zeit schien Dads gute Laune Mum wütend zu machen, fast als ob er nur deshalb glücklich wäre, um sie zu ärgern.

Serena zog sich an und spürte, wie jede einzelne Sekunde dieses letzten, kostbaren Weihnachtens an ihr vorbeizischte und verflog. Sie hakte die Träger ihrer Latzhose sorgsam fest und schlug den Rollkragen ihres Pullis auf genau die richtige Art um. Sie kämmte sich ordentlich das Haar, freute sich an seinem Glanz und wusste dabei, dass auch Mum sich darüber freuen würde.

Ich will ein gutes Mädchen sein.

Serena, der Name bedeutete «heiter» und «gelassen». Und genau so wollte sie sein. Sie würde sich große Mühe geben. Nicht nur an diesem besonderen Tag, sondern immer. Und eines Tages, in ferner Zukunft, wenn sie richtig, richtig alt wäre, so um die zwanzig, dann würde sie einen Mann wie Barbies Ken heiraten: liebevoll, gut aussehend, perfekt.

Sie strich mit der Hand über den Strumpf, als ob sie versuchte, etwas in Blindenschrift zu entziffern. Dabei ertastete sie ein Buch. Ein Springseil. Eine Puppe.

Nichts davon wollte sie haben.

8.04 Uhr morgens/25.06.1991

Tolles Timing.

Serenas Freund war ein toller Küsser, ein toller Tänzer und toll darin, Mum zu überreden, dass sie auch während der Woche mit ihm ausgehen durfte. Aber vor allem hatte er ein Talent für tolles Timing.

Um mit der Freundin ausgerechnet am Abend vor der

Highschool-Prüfung in Mathe Schluss zu machen, musste man schon ganz schön rücksichtslos sein und ein gewisses Maß an Sadismus besitzen. Das hatte Serena von einem so liebenswürdigen Jungen wirklich nicht erwartet.

Ich weiß nicht mehr, wie man eine Zahl als Produkt ihrer Primfaktoren errechnet, dachte Serena. Sie vertraute nur noch vage darauf, dass zwei plus zwei vier ergaben: Ihr Kopf war voll von ihm, vom Duft seines Haargels und der geschmeidigen Kraft seiner braunen Arme, die sie umarmten, und von der interessanten Ausbuchtung, die er an sie presste und die sie in den Sommerferien genauer hatte untersuchen wollen.

Ich sterbe als Jungfrau, dachte sie. *Als Jungfrau, die nicht rechnen kann.*

In ihr Zimmer, aus dem sie nur zum Teil das Rosa ihrer Kindheit entfernt hatte, flutete vollkommen unangebrachter Sonnenschein. Wie konnte das Wetter nur so gefühllos sein? Serena brauchte jetzt Gewitterwolken und das traurige Prasseln eines Dauerregens.

Es war Zeit, aufzustehen. Der Wecker war unerbittlich. Und dennoch blieb Serena in ihrem Bett liegen, gegen die Anforderungen des Tages durch die Bettdecke geschützt.

Ihre Schuluniform hing über der Lehne des Bugholzstuhls, den Serena aus dem Sperrmüll gerettet und leuchtend rot gestrichen hatte. Jede einzelne Falte des marineblauen Rocks war messerscharf gebügelt. Eine blütenweiße Unterhose lag auf einem zusammengefalteten Paar Socken. Auf dem Teppich stand ein Paar polierter Schuhe wie zwei alte Freunde nebeneinander, wie auf Kommando bereit zum Sprung.

Serena spürte eine plötzliche Welle von Energie.

Sie würde sich sorgfältig anziehen, dann würde ihr Hirn schon wieder aufwachen. Sie war erst sechzehn: Es würde andere Ausbuchtungen geben, die sie untersuchen könnte. Heute musste sie die Prüfung mit Bravour bestehen.

Serena dachte an die Zukunft, die sie sich erträumte und die sie nur noch umsetzen musste. Sie hatte Mums Mantra verinnerlicht: Gute Noten führten zu einem guten Job, der wiederum gutes Geld bringen würde. Serena würde der Armutshölle entkommen, in die sie nach Dads Fortgang geraten waren. Sie würde den Mann kennenlernen, der da draußen irgendwo auf sie wartete, den perfekten Lebensgefährten, der sie als seine Seelenverwandte erkennen würde, als seine Partnerin. Er würde sie niemals verlassen, und Serena würde niemals in der Weinflasche Trost suchen müssen. Sie würde ebenso gut in der Liebe sein wie in Mathe.

Sechsunddreißig als Produkt seiner Primfaktoren ist zwei mal zwei mal drei mal drei.

Serena sprang aus dem Bett.

Sie rief: «Mum! Steh auf!», und mühte sich mit ihrer Schuluniform ab. Dabei fiel ihr Blick auf das Poster, das sie an ihre Tür geklebt hatte: ein gebräunter Halbgott mit breiten Augenbrauen, ganz in Leder gekleidet, der in ein Mikrophon gurrte. *Vielleicht* wartet *er ja auf mich*, dachte sie und warf ihrem geliebten George Michael einen Handkuss zu.

1.07 Uhr morgens/17.10.1993

Auuuuu!

Winzige Mäuse krabbelten in Serenas Kopf herum, und jede einzelne hämmerte auf einem winzigen Amboss herum. Und dann sangen sie auch noch ihre eigenen Lieder. Hinter ihren Augen, die sie fest zusammenkniff, intonierten sie: *Du warst aber sehr, sehr blau gestern Nacht!*

Sie riss die Augen auf, als sie die Erinnerung mit voller Wucht wieder überkam. Und die Mäuse sangen vergnügt im Chor: *Du hast deine Jungfräulichkeit verloren!*

Serena stöhnte, dann wimmerte sie, weil das Stöhnen noch mehr weh tat.

Schwarze Leggings baumelten von der Glühbirnenfassung herunter. Ihre Jeansjacke, auf die sie Flicken genäht und an die sie Buttons geheftet hatte, war linksherum gewendet und achtlos auf den Boden geworfen. Wie Fahnen lagen die Kleider von gestern schlaff und abgetragen überall im Zimmer verstreut. Serena wusste genau, wie sie sich fühlten.

Sie achtete nicht auf die raupenförmige Erhebung neben ihr unter der Bettdecke und zog so vorsichtig wie ein Einbrecher ihre Arme aus dem Knäuel Bettwäsche.

Warum gerade der? Serena war verwirrt. *Warum dieser Trottel?* Das bedeutungsvollste Ereignis in ihrem bisherigen Leben, ein echter Wendepunkt, und sie hatte ihn ausgerechnet mit dem Jungen erlebt, der schon seit dem ersten Tag des Studiums hinter ihr hergedackelt war. Seine Bewunderung für Serena war für die anderen Jurastudenten praktisch ein Running Gag. Er studierte Bildende Kunst, trug einen viel zu großen Vintage-Mantel (Secondhand zu sagen, war wohl ehrlicher), übersät mit Farbflecken, und er tauchte überall dort auf, wo sie war. Er fing ihren Blick über den Rand seines Bierglases in der Studentenbar auf; er saß mit hochgelegten Füßen da und sah zu, wenn sie Tennis spielte; er bewarb sich um die Rolle des Benedikt im Schauspielkurs, wenn sie die Beatrice in «Viel Lärm um nichts» spielte.

Und dennoch hatten sie nie miteinander gesprochen, bis gestern Nacht. Der Vorrat an ekelhaftem, selbst gemachtem Wein auf der Party in der Wohnung des Freundes eines Freundes hatte ihr erst die Zunge gelöst und dann die Erinnerung gelöscht. Sie hatte keine Ahnung, worüber sie geredet hatten, als sie gegen den Kühlschrank gelehnt nebeneinandergestanden hatten. Die Küche hatte sich gefüllt, geleert und wieder gefüllt. Sie hatte sich vehement eingesetzt für ... *was*?

Herrgott, der konnte vielleicht schnarchen. Er drehte sich um und verkroch sich noch tiefer unter ihrer Bettdecke. Seine Haare erinnerten an ein Bündel Stroh. Er war rotblond: Seine Wimpern waren ganz durchsichtig, seine Haut leuchtete weiß, als ob sie aus Papier und von innen beleuchtet wäre.

Schwarzhaarig, groß gewachsen, geheimnisvoll: So mochte Serena ihre Männer. Sie sehnte sich nach einem selbstsicheren Alpha-Männchen, das sie einfach umhauen würde. Von hackevollen Karotten träumte sie eher nicht.

Wie bei den Songs einer Greatest-Hits-Schallplatte kamen Fetzen dessen wieder, was geschehen war, nachdem sie die Party verlassen hatten. Sie erinnerte sich daran, sich an der Bushaltestelle derart vor Lachen gebogen zu haben, als würde sie niemals wieder aufhören können. Sie erinnerte sich daran, dass sie vor ihm geheult hatte, weil sie - ach, du lieber Gott - an den Tod ihres Hamsters hatte denken müssen, als sie vier Jahre alt gewesen war. Sie hatten sich vor ihrer Haustür aufeinandergestürzt, und sie erinnerte sich, dass sie ihn in ihr Zimmer gezerrt hatte, die Lippen wie mit Sekundenkleber an seine geklebt.

O nein.

Sie hatte für ihn gestrippt. Einen echten Striptease hingelegt. Und sie hatte ihren drittbesten BH getragen, den, der nur noch von einer Sicherheitsnadel zusammengehalten wurde.

Serena konnte sich nicht mehr gegen die Bilder wehren, die jetzt mit voller Wucht zurückkamen, obwohl sie sich innerlich zwang, nicht allzu genau hinzusehen. Sie beschloss, dass es eigentlich ganz schön gewesen war. Kein Himmel voller Geigen, und ein Erdbeben hatte es auch nicht gegeben. Es war eher verspielt gewesen, so als ob ihre Körper einander schon gekannt hätten. Leidenschaftlich, das ja, aber irgendwie lustvoll und gleichzeitig – bekömmlich. Beide Male. Nein, Moment ... alle drei Male.

Serena wurde rot.

Er wachte jetzt auf. Serena kniff wieder die Augen zusammen und wusste, wenn sie genauso schlecht spielte wie damals die Beatrice, dann würde er ihr niemals glauben, dass sie noch schlief.

Sie spürte, dass sich etwas im Raum veränderte, als er zu sich kam, als ihm wieder einfiel, wo er war und mit wem er im Bett lag. Die Luft verdichtete sich irgendwie. Das Bett schien sich buchstäblich anzuspannen.

Geh weg!, befahl sie ihm in Gedanken, aber er blieb stocksteif liegen und spielte toter Mann. Warum konnte er nicht einfach aufstehen und weggehen? Es war alles ein großer Fehler. Sie müssten nie mehr darüber sprechen. Herrgott noch mal, sie müssten überhaupt nie mehr *miteinander* sprechen. Serena konnte es kaum erwarten, aufzustehen und ihr Zimmer aufzuräumen, die getragenen, muffigen Kleider in den Wäschekorb zu stopfen, zu duschen und sich für das fertig zu machen, was von diesem Tag übrig geblieben war.

Geh einfach.

Er streckte die Hand nach ihr aus und ertastete die Wölbung ihrer Hüfte.

Serena drehte sich zu ihm um. Er konnte ja gleich danach gehen.

6.32 Uhr abends/29. 03. 1997

Guy.

Serena sagte sich leise seinen Namen vor, noch bevor sie die Augen öffnete. Er war der erste vollständige Gedanke in ihrem Kopf, als sie aufwachte.

Guy.

Sie hatte gar nicht erwartet, in ihrem Jugendbett sonderlich gut zu schlafen, aber die unruhige Nacht, die sie gerade unter ihrer Patchwork-Tagesdecke verbracht hatte, war sogar noch schlimmer gewesen als erwartet. Sie hatte das Haus ausgeräumt, ihre Mutter war wie ein Gespenst durch die halb leeren Zimmer gegeistert, und Serena hatte ihren Bruder verflucht, der angeblich «zu beschäftigt» war, um ihr dabei zu helfen. Die Männer in ihrer Familie hatten wirklich ein Talent dafür, den schwierigen Dingen des Lebens aus dem Weg zu gehen.

Sie sah sich im Zimmer um, das langsam von der aufgehenden Sonne erleuchtet wurde. Nirgends hingen noch Poster und Anhänger und all die Bildchen, die die jüngere Serena gebraucht hatte, um einen Schutzwall zwischen sich und der Wirklichkeit zu errichten. Noch ein Semester, noch ein letzter Anlauf, und dann wäre sie fertig mit dem Studium, hoffentlich mit mindestens einer Zwei plus in der Tasche, und könnte sich in die große-böse-echte Welt aufmachen. Jetzt, da Mum in eine kleinere

Wohnung zog, würde sie dort kein eigenes Zimmer mehr haben, das auf sie wartete.

War es gemein, trotzdem froh zu sein?

Mum hatte voller Bewunderung dabei zugesehen, wie ihre Tochter all die Träume, die sie für die kleine Serena gehabt hatte, sogar noch übertraf. «Du wirst meine Fehler nicht wiederholen», hatte sie stolz gesagt. «Du wirst eine selbständige Frau sein und auf eigenen Füßen stehen.» Aber dann hatte sie wehmütig hinzugefügt: «Aber vergiss nicht, dich zu verlieben, ja?»

Sie hatte Mum nie etwas von dem Trottel erzählt. Serena dachte nicht weiter darüber nach, dass er immer noch zu ihr kam. Er war bequem wie die alten Frottélatschen, die ihre Zehen neben dem Bett ertasteten. Ja, ja, er behauptete, ihre wabbeligen Stellen ganz besonders zu lieben, und er schaffte es zweifellos, sie anzuturnen, aber du lieber Gott, er konnte sie ebenso schnell wieder abturnen. Diese Bedürftigkeit. Diese Albernheit. Der Trottel sah an allem immer nur die lustige Seite. Er machte aus allem einen Witz.

Ganz anders als Guy.

Serena sprang aus dem Bett, zog die schwarzen Strumpfhosen und den engen schwarzen Rock und den schwarzen Pulli an. Mum würde den Kopf schütteln und murmeln: «Gehst du auf eine Beerdigung?»

Nein, würde Serena antworten, *ich treffe gleich Guy, den Mann, den du mir gestern Abend auf dieser schrecklichen Familienfeier vorgestellt hast, denn der hat mich gefragt, ob ich heute mit ihm in diesem schicken neuen Restaurant in der Hauptstraße Mittag essen gehen will.*

Gut aussehend. Erfolgreich. Guy war ein Mann, der wusste, wann man ernst sein musste. Er war vollkommen konzentriert gewesen, als er sich zu ihr heruntergebeugt hatte, um sie nach ihrer Nummer zu fragen, ganz so, als sei das die wichtigste Frage seines Lebens. Serena gefiel die Frau, die sich in seinen grauen Augen spiegelte.

Guy war die Zukunft.

6.45 Uhr abends/27. 08. 1998

Serena legte sich das Kissen auf den Kopf, um das aufdringliche Gepiepe des Weckers auszublenden. Sie wollte die Augen noch nicht öffnen und sich wieder bewusst werden, wie unglaublich wenige Quadratmeter sie sich für ihr Geld in dieser riesigen Stadt leisten konnte.

Ihre Mitbewohner waren freundliche, entspannte Leute. Sie hatte Glück gehabt, das wusste sie, dass sie sich nicht ständig mit ihnen darüber herumzanken musste, wer den letzten Joghurt im Kühlschrank gegessen hatte oder wer mit dem Putzen dran war. Das Mädchen im Zimmer nebenan war ganz besonders freundlich und unbekümmert: Serena legte keinen Wert darauf herauszufinden, woher die Geräusche kamen, die sie durch die Wand hörte. In manchen Nächten hörte es sich an, als ob ihre Mitbewohnerin mit einem frischen Schellfisch geschlagen würde, in anderen, als ob sie ihre Ringertechniken vervollkommnete. Aus der Nähe war das Liebesleben anderer Leute doch ziemlich rätselhaft.

Aber nicht so rätselhaft wie ihr eigenes.

Um diesen Gedanken wieder zu verdrängen, öffnete Serena jetzt doch die Augen und schaute sich in ihrer mönchischen Zelle um. Der Vermieter hatte deutlich gesagt, dass er keine Veränderungen wünschte. Serenas Welt war vollkommen weiß: ein Ikea-Rollo. Ein selbst aufgebauter

Schrank. Ein Schaffell. Der fröhlichste Fleck in ihrem Zimmer war ihr alter Stuhl, inzwischen schon ziemlich zerkratzt, aber immer noch von einem trotzigen Rot. Darauf lagen sorgfältig gefaltet, wie immer, die Kleider für heute. Ein adrettes marineblaues Kostüm, eine cremefarbene Seidenbluse mit einer Schluppe. Diese Schuhe, die so furchtbar drückten. Das Meeting heute war ungeheuer wichtig, der erste dicke Fisch, seit sie ihr Referendariat in einer der wichtigsten Kanzleien Englands begonnen hatte. Sie hatte ihre Hausaufgaben gemacht, jetzt musste sie nur noch entsprechend aussehen.

Serena hatte eigentlich vorgehabt, aus dem Bett und direkt unter die Dusche zu springen, sich die Haare zu föhnen, sie zu einem glänzenden Chignon im Nacken festzustecken und wie eine Walküre durch die Drehtür ihres Bürohauses zu stürmen.

Der Plan – oh, wie Serena Pläne liebte! – war bereits gescheitert, denn der Arm des Trottels lag wie ein Schraubstock um ihre Taille.

Er hatte anders ausgesehen, als sie ihm letzte Nacht zufällig begegnet war. (Es kam ihr vor, als ob der Abend schon lange her wäre, aber nein, sie hatten den ganzen Wein und die ganze Küsserei in nur ein paar kurzen Stunden absolviert.) Sie hatte einen Moment gebraucht, bis sie ihn wiedererkannt hatte und sich damit herausgeredet, dass es schließlich schon ein Jahr her war, seit sie die Uni hinter sich gebracht hatten, aber in Wirklichkeit war es der Anzug gewesen, der sie verwirrt hatte.

Er sah in seinem gut geschnittenen dunklen Dreiteiler so erwachsen aus, geradezu *unternehmerisch.* Sein Kiefer wirkte kantiger, seine immer zu einem Lachen bereiten Züge strenger als in ihrer Erinnerung.

Offenbar hatte er seine dummen Träumereien von

irgendeinem alternativen Leben aufgegeben, in dem nur die anderen Männer Anzüge trugen und sich vom großen Gott des Business versklaven ließen.

Sie waren in eine Bar gegangen und dann in eine andere weitergezogen. Dann in einen Club. Dann hatten sie atemlos in einer Gasse neben den Mülltonnen geknutscht. Es hatte sich alles so vertraut angefühlt, ein Revival all der albernen Nächte, die sie auf der Uni miteinander verbracht hatten, in denen sie voller Lust und Lachen sorglos wie Kleinkinder umhergezogen waren.

Unglücklicherweise hatte ihr besoffenes Hirn die Erinnerung an die Folgen ausgeblendet, und jetzt verbrachte sie wieder einen «Morgen danach» mit dem Trottel.

Oder besser gesagt: mit *James*. Ihr war sein Spitzname aus Versehen herausgerutscht, aber er hatte so verletzt gewirkt, dass sie beschlossen hatte, ihn ab jetzt nur noch bei seinem richtigen Namen zu nennen. Serena war ein Mädchen, das seine Versprechen hielt.

Wobei Guy das vermutlich etwas anders sah.

Guy war perfekt, das stand außer Zweifel. Er war wie der fleischgewordene Barbie-Ken. Gut aussehend. Aufmerksam. Männlich. Aber Guys Freundin zu sein, war manchmal ... verwirrend. Waren sie im Moment gerade zusammen oder nicht? Es war demütigend, sich eingestehen zu müssen, dass sie es nicht wusste.

Wenn sie sich seiner Gefühle sicher gewesen wäre, wenn es nicht diese langen Phasen nebulöser Unsicherheit gegeben hätte, während derer sie kaum ein Wort von ihm hörte, dann hätte sie es niemals zugelassen, dass James ihre Hand nahm, sie hätte sich nicht zu ihm gebeugt, um seinen merkwürdigen, leicht schiefen Mund zu küssen, als er ihr Essen bestellte, sie hätte ihr Gewissen nicht im roten Hauswein ertränkt. Sie wäre Guy vollkommen treu geblieben während des Jahrs und der paar Wochen, die ihre Mutter hartnäckig «Brautwerbung» nannte. Guy hätte dieser Zeit gar keinen Namen gegeben. Er zog es vor zu sagen: «Es ist, was es ist, und es ist wunderbar.»

Wunderbar, aber verwirrend.

Neben ihr im Bett roch ihr Gefährte genauso, wie sie es in Erinnerung hatte. Zitronen. Kaffee.

Aber es gab natürlich immer eine Überraschung mit dem Tro..., *nein*, mit James. Sie rollte mit den Augen und musste daran denken, wie sie ihn nach seinem letztendlich ja doch «normalen» Job gefragt hatte. «Wer hätte gedacht, dass du einen Anzug tragen würdest?», hatte sie ihn geneckt. «Dazu noch ein so teures Modell.» Es war eine von Guys Lieblingsmarken.

«Das Ding hier?» Er befingerte das Etikett, als wäre es ein totes Tier. «Oh, Serena ...» Er musste sich das Lachen verbeißen. «Ich war auf einer Beerdigung. Den habe ich von meinem Vater geliehen.» Er schien ihren entsetzten Blick zu genießen. «Ich bin Künstler.» Und dann konnte er es sich nicht verkneifen hinzuzufügen: «Ich habe den am wenigsten normalen Beruf der Welt.»

In zehn Minuten musste sie unter der Dusche sein. James' Atem ging gleichmäßig, zufrieden, aber in ihren Ohren klang er unerträglich laut. Sie versuchte darüber nachzudenken, wie sie Guy ihren Fehltritt beichten sollte. Es war undenkbar, ihn nicht zu gestehen. Sie wusste aus erster Hand, welche Auswirkungen Lügen auf Beziehungen hatten.

Es würde ihre Beziehung auf die Probe stellen. Es würde schwer sein, ihm reinen Wein einzuschenken, aber es wäre noch schwieriger, ihm zu gestehen, was sie für ihn fühlte, dass sie eine Zukunft mit ihm wollte. Das würde ihn womöglich noch mehr von ihr forttreiben als ihre

Untreue. Es war eine riskante Strategie, aber Serena musste den Gedankennebel vertreiben. Sie musste ans Licht, in die Sonne.

«He du!» Sie knuffte James in die Seite. «Steh auf und raus mit dir!»

11.07 Uhr vormittags/01.01.2000

Das neue Jahrhundert gleich mit Ausschlafen zu beginnen, bedeutete im Grunde nichts anderes, als das Schicksal herauszufordern. Nicht nur ein neues Jahr, sondern gleich ein neues Jahrhundert – sollte sie da nicht aufspringen und ihr Schicksal in die Hand nehmen?

Serena öffnete die Augen und sah, dass ihr Kleid unordentlich über der Lehne ihres Stuhls hing. Sie hatte nichts herausgelegt. An diesem Tag hatte sie nichts geplant.

Aus dem Badezimmer – eine wahre Kathedrale aus Marmor und Chrom – drang das gedämpfte Rauschen der Dusche. *Groß genug für zwei*, hatte sie bemerkt, als sie eingecheckt hatten, und dann hatten sie das gemeinsam bewiesen.

Das Kleid, ein Traum aus Tüll mit Mieder und Spitzen, bauschte sich und sah aus, als ob noch jemand darin steckte. Die knapp sieben Kilo abzunehmen, hatte sie fast umgebracht. Serena hatte nicht gewusst, wie sehr sie Kohlehydrate liebte, bis sie auf sie verzichten musste. Aber es hatte sich gelohnt, allein schon für das kollektive Luftanhalten, als sie die Kirche betrat. Ihr Dad hatte ganz feuchte Augen vor Stolz. Man musste jetzt nicht hinterfragen, wo er all die Jahre eigentlich gewesen war. Er war an ihrem großen Tag gekommen, und das reichte.

Und es war wahrhaftig ein großer Tag gewesen. Die Glocken hatten geläutet, die Brautjungfern waren gekommen, die kleinen Jungs hassten die Westen, die man sie zu tragen gezwungen hatte, immer wieder brachten die Kellner Canapés vorbei, Champagnerkorken knallten, Jung und Alt tanzten bis in die frühen Morgenstunden hinein.

Es war eine Hochzeit, an der man alle anderen Hochzeiten messen würde. Sie sah praktisch vor sich, wie ihre Tanten in den kommenden Jahren nicken und sagen würden: «Das ist wirklich ein nettes Fest, aber nichts im Vergleich zur Hochzeit von Serena und Guy.»

Wie ein Filmstar hatte er in seinem Cut ausgesehen. Seine Rede war eine Ode an sie, voller Versprechungen für ihr gemeinsames Leben. Sie hatte aus dem Augenwinkel gesehen, dass ihre Mutter das Taschentuch nahm, das ihr Vater ihr angeboten hatte. Ihre Eltern hatten wie ein echtes Paar ausgesehen. Einen flüchtigen Augenblick lang.

«Guten Morgen, Frauchen!»

«Guten Morgen, mein Göttergatte!» Sie wurden es einfach nicht müde, es immer wieder auszusprechen. «Möchtest du da drin vielleicht ein wenig Gesellschaft?»

«Zu spät.» Guy trocknete sich das dichte Haar und trat ins Zimmer. «Ich habe den ganzen Tag verplant. Ich zeige dir Florenz. Du wirst es lieben.»

Nicht so sehr, dachte Serena, wie ich dich liebe.

7.00 Uhr morgens/18.03.2003

Das Bett war breit. Das Zimmer war groß, verdammt, das ganze Haus war riesig.

Sie krabbelte über Guy herüber – mit einem kurzen

Blick auf ihn versicherte sie sich einmal mehr, dass er schlafend genauso gut aussah wie wach – und gab sich Mühe, ihn dabei nicht zu wecken. Er hatte gestern Abend lange gearbeitet und war ganz erschöpft nach Hause gekommen. Wie er immer wieder sagte, ihr Leben war nicht billig.

Serena übernahm ihren Teil. Sie hatte sich hochgearbeitet auf der Karriereleiter und sich durch alles durchgebissen, was man ihr zwischen die Beine geworfen hatte. Sie betrachtete nichts als selbstverständlich und gab sich bei den Prozessen, die viel Geld und Ansehen brachten, ebenso viel Mühe wie bei ihren ersten, unbedeutenderen Fällen.

Sie hatte einen taubengrauen Hosenanzug und eine Nadelstreifenbluse über dem antiken Stuhl zurechtgelegt. Für diesen zurückhaltenden Stil war sie inzwischen bekannt. Sie hatte in der Ehe mit Guy eine Menge gelernt.

Dankbarkeit zum Beispiel. Für ihn, für all das, für sie *beide*.

Sie war zuversichtlich, dass bald auch Babys kommen würden. «Du bist doch erst achtundzwanzig», erinnerte sie Guy, wenn sie sich doch einmal Sorgen machte. «Du hast noch so viel Zeit.»

Er hatte recht. Guy hatte immer recht. (Na ja, einmal hatte er den denkwürdigen Fehler gemacht, ihre Mutter mit in den Urlaub zu nehmen, aber immerhin hatte er damit bewiesen, dass er das Herz am rechten Fleck hatte. Nie. Wieder.)

Es ging nicht nur darum, dass sie ein Baby wollte. Der Wunsch war da, ein Ziehen tief unten in ihrem Bauch, das irgendwie mit ihrem Herzen verbunden war. Wenn sie ganz ehrlich war, dann ging es ihr auch um das Bedürfnis,

Guy und sie aneinanderzubinden, mit einem Band, das haltbarer war als das der Ehe und der Hypotheken und der Gewohnheit und, natürlich, der *Liebe*.

In jenem Urlaub war sie dumm genug gewesen, ihre Gedanken mit ihrer Mutter zu teilen. «Ein Baby», hatte ihre Mutter finster bemerkt, «ist kein Klebstoff.»

Ein Husten. Guy drehte sich um und stützte sich auf einen Arm.

«Pssst, Liebling», flüsterte Serena. «Gönn dir noch ein bisschen Ruhe. Ich muss ins Gericht.»

«Viel Glück», sagte er, lächelte und war schon halb wieder in seinen Träumen.

«Das brauche ich nicht.» Serena war vorbereitet. Sie hatte ihre Hausaufgaben gemacht. Alles war wasserdicht. Sie mochte keine Grauzonen, ein hilfreicher Charakterzug für eine Rechtsanwältin.

Und dennoch glaubte sie an Glück. Sie glaubte, eine glückliche Frau zu sein. Ihr Maskottchen lag im Bett, ausgestreckt wie ein goldenes X in der weißen Bettwäsche.

Sie schlüpfte in Schuhe, die genau auf der Grenze zwischen seriös und sexy lagen, und dankte Gott einmal mehr, dass sie sich bei ihren Eltern nicht mit dem Scheidungsvirus angesteckt hatte.

Sie war immun.

7.00 Uhr morgens/25. 12. 2005

Heute Morgen brauchte sie keinen Wecker.

Ein Truthahn wartete im Kühlschrank auf sein Schicksal. Eine Schar Verwandter, die es zu unterhalten galt, war auf dem Weg zu ihr. Seine Eltern waren im Anbau, ihre Mutter im Gästezimmer untergebracht. Ein gefährlich hoher Turm Geschenke stand neben dem Weihnachtsbaum.

Der flauschige Pulli und die dunkelblauen Jeans, die sie die Nacht zuvor herausgelegt hatte, kamen ihr plötzlich nicht mehr passend vor für alles, was sie noch zu tun hatte.

Guy lag praktisch im Koma. Sie würde ihn wach rütteln müssen. Er war mit einem gesunden Schlaf gesegnet, ohne dass er wie Serena je verzweifelt zu Tabletten greifen musste.

Draußen war es immer noch dunkel. Der finstere Himmel spiegelte Serenas Verfassung wider, wo alles nur Schatten war. Sie war gestern gegen eine Mauer geprallt. Sie war einfach am Ende. Die Energie, die sie dafür aufgewendet hatte, an Guy zu glauben, war einfach verpufft – pffft! –, und sie hatte den Kopf gehoben und ihn in allen Einzelheiten erkannt, wie er dort stand, den Gästen Drinks mixte und höflich fragte, ob sie die Reise gut überstanden hatten.

Es war wie ein Spezialeffekt in einem Horrorfilm. Ganz plötzlich sah sie ihn, wie er wirklich war. Sie hatte den Wahnsinn darin begriffen, als er behauptete, dass sie schlicht den Kontext der SMS missverstanden hätte, die sie auf seinem Handy entdeckt hatte. Wie konnte man den *Kontext anzüglicher Textnachrichten missverstehen*?

Die Erkenntnisse kamen schnell und schmerzhaft, eine nach der anderen. Sie waren die ganze Zeit dort gewesen, hatten im Hintergrund gelauert und darauf gewartet, dass sich der Schlaftablettennebel hob und sie ihr ins Gesicht springen konnten.

Sie hatte immer gewusst, auch wenn sie es erst jetzt zugeben konnte, dass selbst ein Mann in Guys Stellung nicht so häufig so lange arbeiten musste. Ebenso hatte sie immer gewusst, dass die persönlichen Assistentinnen mit den Silikonbrüsten nicht die am besten qualifizierten Bewerberinnen für den Job waren. Sie hatte immer gewusst, dass die eherne Firmenregel *Keine Ehefrauen auf Dienstreisen* auf Guys Mist gewachsen war. Und wer fliegt schon nach Hawaii, um dort über die europäischen Steuervorschriften zu beraten?

Serena stieß sich vom Bett ab, als ob sie ins Meer hinausschwimmen wollte. Was wäre gewesen, wenn sie die Hotelrechnung mit den *Massagen zu zweit* und *Dinner bei Kerzenlicht* nicht gefunden hätte? Hätte sie dann ihr ganzes Leben lang die Wahrheit verdrängt, wäre die rosafarbene Brille dann an ihrem Kopf festgewachsen?

Sie öffnete den Kleiderschrank und fuhr mit der Hand die vielen eleganten Roben entlang, die dort hingen und in ihren Kleidersäcken knisterten. Guy war so gut darin, sie anzuziehen. Vielleicht sollte sie ihn aufwecken und ihn nach seiner Meinung fragen.

Was sollte man als Frau anziehen, wenn man seinem Ehemann sagt, dass man sich scheiden lassen will?

9.14 Uhr morgens/22.10.2006

Der dumpfe Schlag vor der Haustür weckte sie auf.

Irgendwo in ihrem Unterbewusstsein hatte sie dieses Geräusch erwartet. In ihren Träumen hatte es von Postboten und Paketen und abgestempelten Umschlägen nur so gewimmelt.

Das Geräusch von etwas Hartem, das auf die Türmatte fiel, bedeutete nur einen weiteren Katalog, in dem perfekte Einrichtungen und glattgebügelte Familien angepriesen wurden. Das vorläufige Scheidungsurteil war, trotz seiner Bedeutung, nur ein hauchdünnes Dokument und würde kein Geräusch machen, wenn es auf die Matte fiel.

Von Rechts wegen sollte es dabei explodieren. Es sollte die Wände des Hauses zertrümmern und dabei lang gehegte Träume zerstören, große Hoffnungen, ihren kindlichen Glauben an das Auf-immer-und-ewig. Das sanfte Plop, mit dem es auf die Matte fiel, war die Totenglocke für ihr Leben mit Guy.

Auf dem Stuhl lag eine bequeme Velourhose mit Gummizug in der Taille. Das Top passte nicht dazu und war außerdem eine Größe zu groß. Ich muss unbedingt wieder arbeiten, dachte Serena und zog beides an. Sie brauchte Reißverschlüsse, Gürtel, Knöpfe, um sich zusammenzuhalten. Sie lief Gefahr, aus der Form zu geraten, dass die Grenzen ihres Körpers so durchlässig wurden wie ihr Verstand.

Irgendwo im Durcheinander ihres Bettes vibrierte ihr Telefon.

Bin ich gestern überhaupt aufgestanden?, überlegte sie und suchte nach dem Handy.

Sie starrte auf das Display.

Ich habe davon gehört. Es tut mir leid. Wollen wir uns sehen? Meine Schulter ist extra dafür gemacht, um sich daran auszuheulen. Aber kein Druck. J x

P.S. Er war einfach nicht gut genug für dich.

Serena hatte schon vergessen, wie sich Spaß anfühlte oder wie er roch. Ein Abend mit James wäre Spaß. Sie hatten immer Spaß zusammen, darin waren sie gut.

Aber das war auch alles. Serena brauchte auch klare Regeln, Grenzen, *einen Plan*. Sie brauchte keinen feuchtfröhlichen Abend und ein paar Stunden Bumserei in seiner muffigen, vernachlässigten Wohnung.

Mit einem Fingertippen löschte sie die Nachricht. Sie zögerte nur ganz kurz, dann löschte sie auch seine Nummer.

7.00 Uhr morgens/14. 05. 2007

Serena wachte auf, rieb sich die Augen und wartete, bis das Zimmer Gestalt annahm. Die Arbeit rief, ebenso wie der schwarze Hosenanzug, den sie auf dem Stuhl zurechtgelegt hatte. Er war streng und somit perfekt. Er wäre die Rüstung für ihre jährliche Leistungsbeurteilung. Sie nahm an, dass alles gutgehen würde, trotz ihrer schwachen Nerven. Sie hatte, weiß Gott, genug dafür getan.

7.00 Uhr morgens/13. 04. 2008

Serena wachte auf, rieb sich die Augen und wartete, bis das Zimmer Gestalt annahm. Zeit, aufzustehen und zur Arbeit zu gehen. Heute war ein großer Tag. Meetings, dann Mittagessen mit einem Headhunter, dann zum Gericht. Der adrette schwarze Hosenanzug lag schon über dem Stuhl und wartete auf sie.

7.00 Uhr morgens/22. 10. 2009

Serena wachte auf, rieb sich die Augen und wartete, bis das Zimmer Gestalt annahm.

Sie drehte sich zur Wand. Sie weinte. Sie stand auf. Sie zog den adretten schwarzen Hosenanzug an, der über dem Stuhl lag. Heute war ein großer Tag. Serena wurde klar, dass jeder ihrer Tage ein großer war. Und dennoch: Wenn sie zurückschaute, ragte keiner besonders heraus.

7.00 Uhr morgens/05. 05. 2010

Serena wachte auf, rieb sich die Augen und wartete, bis das Zimmer Gestalt annahm. So also, dachte sie, fühlt es sich an, wenn man fünfunddreißig ist. Die Postkarte ihrer Mutter mit dem rührseligen Gedicht darauf lag auf dem Teppich, wo sie sie hatte fallen gelassen. Der adrette schwarze Hosenanzug hatte keine Ahnung, dass Serena Geburtstag hatte. Er wartete.

7.00 Uhr morgens/25. 12. 2014

Serena wachte auf und rieb sich die Augen, aber bevor das Zimmer Gestalt annehmen konnte, riss sie etwas aus ihrem Halbschlaf, das sich anfühlte wie eine Kanonenkugel auf ihrem Bauch.

«Uff!»

Im Zimmer war es so hell, als hätte sie auf der Sonne selbst geschlafen.

Jetzt fiel Serena wieder ein, wo sie war und wer sie war. Sie war die Mutter dieses kleinen blonden Kobolds, der sich gerade auf sie geworfen hatte und fortgeflitzt war, um weiteren Unfug anzustellen.

Sie waren wegen des Lichts nach Griechenland gekommen, und jetzt flutete diese magische Quelle das kleine, einfache Zimmer. Neben ihr lag James auf dem Bauch und schnarchte.

Er hatte lange gearbeitet. Er arbeitete meistens lang, aber er betonte ständig, dass er dafür immerhin keinen langen Arbeitsweg hatte: nur eine Treppe hinunter in sein Studio. Die Insel inspirierte ihn; *sie* inspirierte ihn. Jedenfalls sagte er das. Und Serena konnte ihm glauben.

Es war ein großer Augenblick gewesen, als sie begriff, dass sie glauben konnte, was James sagte. Dass sie ihn nicht kontrollieren musste. Dass sie keine Zweifel hatte.

Später standen sie auf und aßen, was sie immer aßen. Sie kochte keine komplizierten Gerichte in ihrer einfachen Küche, nicht einmal zu Weihnachten. Sie entdeckte eine Leinwand, die in einen Seidenschal eingewickelt war, und fragte sich, ob er ihr wohl das Porträt von ihrem kleinen Jungen schenken würde. Sie hoffte es sehr.

Sie stieg vorsichtig aus dem Bett und bewegte sich dabei ganz sachte, weil ihre Last sie beschwerte. Wenn James aufwachte, würde er ihren Bauch küssen. Und ihn streicheln, weil das Glück brachte.

Über dem Stuhl lag ein Sarong. Darunter ihre Flipflops.

Schon wieder ein großer Tag für Serena.

Sofie Cramer

Fest der Liebe

Wo habe ich jetzt wieder ...», fragte Almut und unterbrach sich auf der Suche nach ihrer Brille. Ihr Mann Ewald saß wie immer in seinem Fernsehsessel und würde ihr ohnehin keine Antwort in die Küche zurufen. Ein spitzes Lächeln huschte über Almuts Gesicht, als sie die Lesebrille endlich auf der Fensterbank entdeckte. Sie setzte sie auf und sah auf ihre goldene Armbanduhr an ihrem zierlichen Handgelenk. Es war bereits halb vier! Schon in einer guten Stunde würde ihr Sohn Robert mit seiner Frau Heike und den beiden Kindern aus der Kirche kommen, voller großer Erwartungen an einen hübsch geschmückten Weihnachtsbaum, eine beglückende Bescherung und ein rundum gelungenes Festtagsessen, dessen Duft sich bereits seit Stunden im ganzen Haus ausbreitete. Wie jedes Jahr an Heiligabend sollte ein gefüllter Gänsebraten für Weihnachtsstimmung sorgen und hoffentlich harmonisch verlaufende Feiertage im Kreise der Lieben einläuten. Auch wenn es dann und wann Streit zwischen ihren Enkeln Lars und Lena geben würde, weil sie im Alter von sieben und elf Jahren nun einmal ihre Kämpfe um Spielzeuge und Fernsehzeiten auszufechten hatten, konnte Almuts Vorfreude über den Besuch nicht größer sein. Sie hatte allerdings noch eine Menge vorzubereiten, ehe sie sich an den gedeckten Tisch setzen und das Beisammensein genießen konnte.

Es zischte laut, als Almut den Braten ein ums andere Mal mit Wasser übergoss, damit die Haut der Gans so kross würde, wie es vor allem die Männer am meisten liebten. Es war auch höchste Zeit, die Klöße zu drehen. Denn Almut wusste nur zu gut, dass sie dafür später keine Ruhe haben würde, wenn die Familie erst einmal einfiel und die Kinder hier und da Extrawünsche hätten, die eine Großmutter nur allzu gerne erfüllte. Wie etwa eine Flasche Ketchup zu organisieren, weil Lars spontan Lust darauf hatte. Oder die alten Langspielplatten herauszukramen, die in Ewalds Arbeitszimmer gespielt werden sollten, weil sie für Lena so schön knisterten und die Zeit immerhin etwas zu überbrücken halfen, bis die Kinder aufgeregt in die Stube mit all den Geschenken unterm Weihnachtsbaum tänzeln durften.

Der Weihnachtsbaum!, dachte Almut mit Schrecken. Sie sollte besser einmal nachsehen, ob Ewald seinen Pflichten inzwischen nachgekommen war und die Nordmanntanne hübsch genug hergerichtet hatte. In den letzten Jahren waren auch seine Sinne etwas schwächer geworden, weshalb es sicher nicht schaden konnte, ihm zur Hand zu gehen. Als Almut ihre schmutzigen, mit Kloßteig verklebten Hände an ihrem Kittel abgewischt hatte und das Wohnzimmer betrat, traute sie ihren Augen kaum. Der Baum stand zwar akkurat ins rechte Licht gerückt, wie immer in der linken Ecke des Raumes, gleich neben dem Fenster. Doch es fehlte der Schmuck. Nicht eine Kugel oder Kerze hatte Ewald bislang in die Hand genommen. Almut war stinksauer und wollte schon losschimpfen, als sie bemerkte, dass ihr Mann selig schlummernd im Sessel saß. Kopfschüttelnd betrachtete sie ihn und sein altes, von jahrelanger Gartenarbeit in praller Sonne gezeichnetes Gesicht. Sein hellgrauer Haarkranz war leicht zerzauselt, und seine Lippen zeigten ein zufriedenes Lächeln.

Almut brachte es nicht übers Herz, ihn zu wecken. Stattdessen strich sie ihm sanft über die Wange, holte anschließend tief Luft und begann mit der Arbeit. Früher, als ihr Sohn Robert und ihre Tochter Klara noch klein gewesen waren, hatte Almut sich bemüht, den Weihnachtsbaum jedes Jahr anders zu schmücken. Mal war Rot die dominierende Farbe gewesen, mal Silber oder Gold. Doch seit Ewald diese Aufgabe übernommen hatte, war der Baum im Laufe der Jahre immer bunter geworden, was Almut durchaus mochte. Überhaupt gehörte es ihrer Erfahrung nach zum Altwerden dazu, in vielen Dingen nachsichtiger zu sein. Den Rotkohl etwa machte sie nicht mehr selbst. Denn das stundenlange Stehen am Herd war zunehmend mühsamer geworden. Stattdessen nahm sie den aus dem Glas, schmeckte ihn aber immerhin mit Kompott aus der eigenen Apfelernte ab. Auch den Vanillepudding, den es traditionell zum Nachtisch gab, rührte sie inzwischen mit Fertigpulver aus der Tüte an. Almut fand zwar immer noch, dass ihr selbstgemachter viel besser schmeckte. Doch sie tat dies als Zugeständnis an ihre Schwiegertochter, die des Öfteren angemahnt hatte, doch besser ein Produkt zu verwenden, das die Kinder auch wirklich mochten, sonst gäbe es wieder Geschrei. Almut war solche Auseinandersetzungen nicht gewohnt oder vielmehr nicht *mehr* gewohnt. Natürlich hatte sie Mühe mit ihren Kindern gehabt, als sie in der Trotzphase gewesen waren. Und auch Roberts Pubertät war für die ganze Familie eine Herausforderung gewesen. Bloß hatte man damals kein großes Aufheben darum gemacht.

Almut tauschte für gewöhnlich stumme Blicke mit ihrem Mann und schüttelte unbemerkt mit dem Kopf, wenn Heike so lange mit den Kindern diskutierte, bis diese endlich Ruhe gaben. Ein bisschen empfand es Almut so, dass ihre Schwiegertochter nur so tat, als würde sie die Bedürfnisse von Lars und Lena ernst nehmen. In Wahrheit wurden sie jedoch viel strenger erzogen als die meisten Kinder damals. Denn irgendwie schaffte es Heike immer, ihren Willen durchzusetzen, nicht nur bei den Kindern, sondern auch bei den Erwachsenen, wenn es etwa um die Frage ging, ob Fleisch ausnahmsweise zu Feiern auf den Tisch kam, obwohl sie vegetarisch lebte, oder welcher Wein zum Essen passte. Für gewöhnlich war Ewald taub auf dem Ohr, wenn Almut ihre Sorge über Heikes Ansprüche teilen wollte. Er hielt sich gerne heraus aus den Dingen. Doch beim Thema Fleisch kannte er kein Pardon. Und auch Robert, da war sich Almut sicher, wollte weder auf den traditionellen Weihnachtsbraten noch auf seine geliebte Landleberwurst zum Frühstück verzichten. Er war schon immer ein kleines Schleckermäulchen gewesen, und somit war es Almut eine besondere Freude, ihn auch in diesen Tagen wieder mit allem Drum und Dran verwöhnen zu dürfen. Sie liebte es, wenn er dieses glückliche Strahlen in seinen Augen hatte, wann immer er sich an ihren reichlich gedeckten Tisch setzte. Dann war es ihr, als wären nicht schon beinahe vier Jahrzehnte vergangen, seit er noch ein kleiner Junge gewesen war. Diese ureigene Gabe der Mütter, mit Essen ihre Liebe zu zeigen, kommentierte Ewald allzu gerne mit einem Augenzwinkern.

Manches Mal reichte schon ein Blick, und Almut wusste genau, was im Kopf ihres Mannes vor sich ging. Über fünfzig Jahre währte ihre Ehe nun schon, fünfzig Jahre, in denen sie gemeinsam viele Höhen und Tiefen durchlebt hatten. Im Rückblick hatte der schlimmste Schlag ihres Lebens sogar ihre Liebe gestärkt. Ohne Ewald hätte Almut den Verlust ihrer gemeinsamen Tochter Klara niemals überwinden können, die damals im Alter von sieben Jahren an einer Lungenerkrankung gestorben war. Almut musste schlucken, als sie an Klara dachte. Nach so vielen Jahrzehnten überwältigte sie der Schmerz natürlich nicht mehr in dem Maße, wie es zu Beginn der düsteren Trauerzeit gewesen war. Doch auch heute noch tat es weh, wenngleich Almut tief in sich diese Gewissheit trug, ihrer geliebten Tochter eines Tages wiederzubegegnen.

Nachdem Almut zunächst die Kerzenhalter an den Spitzen der Tannenzweige angebracht und diese mit cremefarbenen Kerzen versehen hatte, griff sie mit zitternden Händen zur dunkelroten Schachtel, in der sie den glänzenden Stern mit goldener Metallspitze aufbewahrte. Dabei durchströmte sie ein warmes Glücksgefühl. Es war jedes Jahr ein besonderer Moment, wenn Almut den Stern das erste Mal am Heiligen Abend zu Gesicht bekam. Denn immer dann tauchten Bilder vor ihrem geistigen Auge auf, auf denen Klara freudestrahlend um den Baum herumtanzte. Die besonderen Anlässe wie Geburts- und Feiertage waren es, bei denen die Erinnerungen an sie am lebendigsten waren. All die Weihnachtsutensilien umgab etwas Zeitloses, das die Vergangenheit aufleben ließ. So auch die kleinen Porzellanengel, die die gleichen Gefühle von Grundgeborgenheit und Frieden auslösten. Mit einem Lächeln nahm Almut eine Figur nach der anderen zur Hand und löste jeweils das goldene Schleifchen, um sie damit an den Baum zu hängen. Dann trat sie einen Schritt zurück, um ihr vollendetes Werk zu betrachten. Sie tat dies weniger mit Stolz, als vielmehr mit Dankbarkeit. Dass Almut an solchen Tagen eine ganz besondere Nähe zu Klara spürte, lag sicher auch daran, dass Lena ihrer verstorbenen Tante sowohl äußerlich als auch vom Wesen her ähnelte.

Wie freute sich Almut schon auf den Moment, an dem all ihre Lieben sich vor dem Baum versammelten und andächtig die brennenden Kerzen und bunten Geschenkpakete betrachteten.

Und für diese wurde es höchste Zeit. Eines nach dem anderen musste auf der bunt bestickten Weihnachtsdecke abgelegt werden, die bereits Almuts Mutter für denselben Zweck genutzt hatte, um den Parkettboden vor Wachsflecken zu bewahren. In diesem Jahr hatte Almut besonders schönes Papier ausgesucht. Dunkelgrünes für die Geschenke der Erwachsenen und dunkelrotes für die Kinder, die glücklicherweise nicht mehr an den Weihnachtsmann glaubten, was die Sache mit der Übergabe etwas erleichterte. Die Bescherung und die überaus glücklich strahlenden Augen der Kinder waren der Höhepunkt des Abends. Leider wurde heutzutage den lieben Kleinen beinahe jeder Konsumwunsch erfüllt, weswegen die Geschenke oft bereits nach wenigen Tagen ihren Reiz verloren. Erst kürzlich hatte Almut sich mit ihrer Nachbarin Frau Leopold darüber ausgetauscht: Wenn sie daran denke, wie viel Freude sie damals mit ihrer selbstgehäkelten Lieblingspuppe gehabt hatte, konnten einem die Kinder, die im Überfluss lebten, fast schon leidtun.

Almut hatte später jedoch auch Ewald recht gegeben, als er einwendete, dass früher nicht alles besser gewesen sei, und schon gar nicht, wenn Kinder im und nach dem Krieg darben mussten. Insofern war Almut dieses Jahr sehr zufrieden mit der Auswahl ihrer Geschenke gewesen, die sie das ganze Jahr über beschäftigte. Sie liebte diese

Vorfreude, wenn sie im Laden zufällig etwas entdeckte, von dem sie wusste, dass sich jemand aus ihrer Familie dafür begeistern konnte. Die Schmuckschatulle für Lena etwa hatte sie bereits im Frühjahr gekauft, als sie in der Stadt in einem entzückend dekorierten Schaufenster darauf gestoßen war. Das kleine Kästchen war nicht nur in Lila, in Lenas Lieblingsfarbe, lackiert, sondern auf dem Deckel auch kunstvoll mit Delfinen verziert, von denen Almut ebenso wusste, dass es die Lieblingstiere ihrer Enkelin waren. Dorthinein hatte sie ein schlichtes, silbernes Armband mit einem kleinen Herzanhänger gelegt, das Almut bereits von ihrer Großmutter geerbt hatte.

Für Lars hatte sie eine ebenso hübsche Schachtel aus einem Edelholz erstanden, in die sie alte Schachfiguren aus Elfenbein hineingelegt hatte. Mit diesen hatte Ewald schon zu Kindertagen gespielt, und er war mehr als stolz, diese Leidenschaft an seinen Enkel weitergegeben zu haben. Bei seinem Sohn war das nicht geglückt, und somit war es ihm eine Herzensangelegenheit, sie Lars zu überlassen. Vielleicht war es Lars möglich, nun öfter eine Partie zu spielen und nicht immer nur dann, wenn er seinen Opa besuchte. Das war leider Gottes nur allzu selten der Fall. Höchstens alle zwei, drei Monate machten sich die Kinder und Enkel auf den Weg zu ihnen, obwohl sie nur etwa eineinhalb Autostunden entfernt wohnten. In den Sommerferien waren die Kleinen des Öfteren auch mal allein gekommen. Aber seit Almut mit so mancherlei Alterswehwehchen zu tun hatte, trauten ihr die Eltern wohl nicht mehr zu, dass sie sich kümmerte. Vielleicht hatten aber auch Lars und Lena keine Lust mehr, ihre kostbare Zeit außerhalb der Schule mit ihren alten Großeltern zu verbringen. Doch das bezweifelte Almut. Schließlich verstand sie sich prima mit den Kindern, jedenfalls hatte sie das Gefühl, zu beiden einen besonderen Draht zu haben und ihnen das geben zu können, was nur Omas konnten.

Almut seufzte, als sie ins Arbeitszimmer ging, um die Geschenke zu holen. Sie beschloss, die kommenden drei Tage umso mehr zu genießen. Das Schönste an Weihnachten war doch, dass all ihre Lieben Zeit miteinander verbrachten. Etwas Wichtigeres im Leben gab es nicht. Um des lieben Friedens willen hatte sich Almut in diesem Jahr auch besonders viel Mühe mit dem Geschenk für Heike gegeben. Diese legte sehr viel Wert auf Qualität, weswegen es Almut eine gute Idee fand, ihr einen Schal aus Kaschmirwolle zu stricken. Weil sie trotz ihrer Lesebrille Schwierigkeiten hatte, die Maschen gut zu erkennen, hatte sie sich über all die Monate genügend Zeit damit gelassen und die Arbeit einfach bis zum nächsten Tag beiseitegelegt, wenn ihre Augen zu müde geworden waren. Auch für Robert hatte Almut sich etwas ganz Besonderes ausgedacht. Sie hatte das ganze Jahr über Rezepte gesammelt und fein säuberlich per Hand auf schönes Briefpapier geschrieben. Die Sammlung hatte sie in einen Aktenordner geheftet und diesen mit einem Familienfoto verschönert. Die gleiche Aufnahme hatten sie auf der Kommode im Esszimmer stehen, zusammen mit Hochzeitsbildern und Porträts aus allen Generationen. Doch dieses war Almuts liebstes Foto. Es zeigte die ganze Familie an der langen Tafel im Esszimmer zu Weihnachten vor drei Jahren. Warum ihr ausgerechnet dieses Fest in so lebhafter und guter Erinnerung war? Vielleicht hing es allein mit dem Foto zusammen. Manches Mal wusste Almut nicht genau zu sagen, ob die inneren Bilder, mit denen sie die Vergangenheit in Ehren hielt, wirklich aus der Erinnerung kamen oder ob die Erinnerung nur leidlich von den Fotos, die als Grundgerüst dienten, zusammengehalten wurden, während sie die Lücken mit reiner Phantasie füllte. Jedenfalls lachten alle ausgelassen in die Kamera, weil Robert einen seiner üblichen Witze gemacht hatte, vielleicht über den schütteren Haarkranz von Ewald. Robert sprach allzu gern scherzhaft von dem Herrn mit dem breiten Scheitel. In Wahrheit konnte man genauso gut Glatze zu Ewalds Frisur sagen. Doch davon wollte ihr Mann nichts wissen. Wann immer man darauf zu sprechen kam, stellte er sich noch mehr taub, als er ohnehin schon war.

«Ewald?», rief Almut mit mahnendem Unterton, als sie mit den ersten beiden Geschenken zurück ins Wohnzimmer kam und diese unter dem Baum drapierte. Wieder kam keine Reaktion aus der Ecke, in der der Fernsehsessel stand. Wie auch? Das Gerät war viel zu laut eingestellt. Außerdem holte er sicher seinen Schlaf der letzten Nacht nach. Das war durchaus nicht ungewöhnlich. Denn in den frühen Morgenstunden wanderte Ewald nur allzu oft durchs Haus, weil er nicht mehr ausschlafen konnte. Wenn er gegen fünf Uhr wach wurde, wälzte er sich hin und her im gemeinsamen Ehebett, sodass auch Almut regelmäßig aus ihren Träumen gerissen wurde. Was hatten sie nicht alles schon ausprobiert, von Baldrian über neumodische Entspannung, die Heike ihnen verordnet hatte. Nach zwei Probekursen Autogenem Training und Yoga für Senioren hatten Ewald und Almut aufgegeben. Sie waren sich einig, dass sie aus dem Alter raus waren, um sich noch auf etwas vollkommen Neues einzulassen, und schwangen sich allenfalls dann und wann aufs Fahrrad, um sich etwas Gutes zu tun. Mit Mitte achtzig machte der Körper, was er wollte. Schon seit Jahrzehnten hatte Almut mit Arthrose, Krampfadern und Zucker zu kämpfen, während Ewald eher das Herz und Bluthochdruck plagten. Aber dafür gab es immerhin Tabletten, wenn nur die Sache mit dem Schlaf nicht wäre. Das Herumgeistern in der Nacht brachte Almut noch um den Verstand. Jedenfalls zweifelte sie manchmal an ihrer Wahrnehmung, wenn sie nachts aufschreckte und glaubte, Ewald wanderte wieder einmal umher, obwohl er friedlich schlafend neben ihr lag. Und dann wieder glaubte sie sein vertrautes Schnarchen zu hören, obwohl er längst aufgestanden war.

Erneut schaute Almut auf die Uhr. Sie hatte nur noch eine gute halbe Stunde. Sie musste sich allmählich sputen. Eilig holte sie die anderen beiden Geschenke aus ihren Verstecken im Aktenschrank. Alles in allem ergab sich ein rundes Bild, das Almut mit Zufriedenheit erfüllte. Erst ein paar Augenblicke später bemerkte sie, dass doch tatsächlich noch ein Geschenk fehlte. Beinahe hätte sie das für ihren lieben Mann vergessen. Zwar hatte er sich heute wirklich nicht mit Ruhm bekleckert und sie ziemlich im Stich gelassen bei all den Vorbereitungen, aber natürlich sollte er nicht leer ausgehen.

Gerade als Almut loslaufen wollte, um das Präsent zu holen, hielt sie inne. Wo hatte sie es doch gleich versteckt? Im Arbeitszimmer konnte es nicht sein, weil sich Ewald dort die meiste Zeit des Tages aufhielt, wenn er nicht gerade im Fernsehsessel saß und schlief. Eigentlich musste es auf ihrer Seite des großen Kleiderschrankes aus massiver Eiche sein. Für gewöhnlich verstaute sie all jene Dinge im unteren Regal hinter ihren Unterhemden und Miederhosen, die niemand zu Gesicht bekommen sollte. Ganz sicher hatte sie auch Ewalds Geschenk dort über all die Monate gehütet. Allerdings vermochte sie sich für den Moment partout nicht mehr daran erinnern, was sie Schönes für ihn besorgt hatte. Mit angespannter Neugier eilte sie nach oben ins Schlafzimmer. Ungeduldig nahm sie den Schlüssel aus Ewalds Schranktür, um diesen für ihre Seite nutzen zu können. Schon seit Jahren benutzten sie ein und denselben Schlüssel, da ihr eigener irgendwie abhandengekommen war.

Endlich öffnete sich die quietschende Tür. Und Almut traute ihren Augen kaum. Nichts war mehr an seinem Platz. Es herrschte ein Chaos, als ob Einbrecher ihre Sachen durchwühlt hätten. Panisch schaute Almut sich im Zimmer um. Gab es noch mehr Spuren der Verwüstung? *Der Schmuck!*, schoss es ihr durch den Kopf. Der Schrecken machte sich augenblicklich in ihren Gliedern bemerkbar. Mit letzter Kraft konnte sie zum Nachttischchen gelangen und die unterste Schublade aufreißen, in der sämtliche Familienreichtümer und Erbstücke aufbewahrt waren.

«Gott sei Dank!», entfuhr es ihr. Alles lag wie eh und je an seinem Platz. Wieso nur war ihr Kleiderschrank so durchwühlt? Wenn Einbrecher im Haus gewesen wären, hätten sie doch sicher weitergesucht, dachte Almut, als sie sich vollkommen erschöpft auf der Kante ihres Bettes niederließ. Sie schloss ihre Augen, um sich zu sammeln. Vielleicht hatte sie das Geschenk gesucht und es einfach nicht finden können. Almut bemühte sich, sich zu konzentrieren. Gerade als sie noch einmal nachsehen wollte, ob sich das Geschenk irgendwo zwischen all den Sachen befand, klingelte es an der Haustür.

«Es ist so weit!», sagte sie begeistert und ließ von ihrem Vorhaben ab. Noch während sie die Stufen hinuntereilte, rief sie, so laut sie konnte: «Ewald? Ewald, du musst jetzt wirklich aufstehen, die Kinder!»

Voller Aufregung eilte Almut zur Tür und sah aus den Augenwinkeln im Spiegel, dass sie noch immer ihre Schürze umgebunden hatte. Im Gehen zog sie sie aus und warf sie auf die Kommode. Schließlich wollte sie ihre Lieben kräftig umarmen.

Es klingelte ein zweites Mal, sodass Almut lachend in Richtung Tür rief: «Ich komme ja schon. Eine alte Dame ist bekanntermaßen kein D-Zug!»

Erwartungsvoll riss sie die Tür auf. Ihr glückseliges Lächeln erstarb. Vor ihr standen zwei fremde Frauen.

«Hallo, Frau Wiese! Ich habe heute etwas Verstärkung mitgebracht», sagte die ältere der beiden und deutete auf ihre Begleitung.

«Wer sind Sie?», fragte Almut verwundert und musterte die weißen Hosen und Kittel der Frauen, die unter ihren Winterjacken auszumachen waren.

«Na, ich bin's doch, Schwester Silke! Und das ist Schwester Annette. Sie unterstützt uns über die Feiertage und wird zukünftig auch für Sie zuständig sein.»

Almut verstand nicht. Vielleicht war das eine neue Masche. So eine Sache, vor der alte Leute in der Zeitung gewarnt wurden. Sie spürte, wie ihr Herz heftig pochte.

«Dürfen wir reinkommen?», fragte die Frau weiter. Doch eigentlich war es gar keine Frage. Ohne eine Antwort abzuwarten, schob sie Almut sanft beiseite, um einzutreten.

«Annette Neumann», sagte die andere Frau und griff nach Almuts Hand, um sie kurz zu drücken. «Sind Sie denn allein zu Hause, an so einem besonderen Tag?»

Almut schüttelte den Kopf und versuchte zu erklären, dass sie ganz im Gegenteil überhaupt keine Zeit für überraschenden Besuch hatte. Denn jeden Moment würden ihr Sohn und seine Familie kommen. Die Schwestern hörten gar nicht zu. Statt wieder zu gehen, führten sie Almut durch die Diele und Wohnzimmer.

«Nehmen Sie doch schon mal Platz, Frau Wiese!»

«Ich habe keine Zeit. Ich muss mich ums Essen kümmern», schimpfte sie. Allmählich wurde ihr das alles zu bunt.

«Erst mal kümmern wir uns um Ihren Blutzucker. Und Sie wissen ja, Sie haben dann noch etwa eine halbe Stunde Zeit, um etwas zu sich zu nehmen.»

Die Frau lächelte. Almut ließ sich stumm aufs Sofa sinken und sah hilflos zu Ewald hinüber. Doch der schlief immer noch tief und fest.

«Gibt es heute denn etwas Besonderes zu essen?», fragte die andere Frau und blätterte in dem Aktenordner, den sie zuvor wie einen Schutzschild vor ihrer Brust getragen hatte. Vielleicht hatte sie dahinter eine Waffe versteckt und würde diese gleich auf sie richten und sie so lange bedrohen, bis die andere alles Bargeld und den Schmuck zusammengeklaut hatte.

Almut hielt es für das Beste, sich nichts von ihrer Angst anmerken zu lassen und ging zum Schein auf die Plauderei ein.

«Ich habe eine Gans im Ofen. Mein Sohn kommt jeden Moment. Wir haben das ganze Haus voller Besuch.»

Die ältere Frau holte nun einen kleinen, unscheinbaren Stab aus ihrer Tasche hervor, an dessen Ende eine Nadelspitze herausragte. Das war es also! Sie würden sie mit einer Spritze außer Gefecht setzen.

«Lassen Sie das!», rief Almut empört. «Ewald, wach auf! Ewald, Hilfe!»

Panisch schlug Almut um sich. Wenn ihr Mann nicht endlich aufwachte, hätte sie keine Chance gegen die beiden Frauen. Diese warfen sich einen vielsagenden Blick zu.

«Beruhigen Sie sich, Frau Wiese! Es ist alles in Ordnung. Sie sind heute wieder etwas durcheinander.»

Das konnte man wohl laut sagen, dachte Almut. Sie

wusste einfach nicht, was all das zu bedeuten hatte, nur, dass sie noch alle Hände voll zu tun hatte. Sie musste sich noch etwas Hübsches anziehen und ihre Haare herrichten. Auch war der Tisch noch nicht festlich eingedeckt. Und Sahne für den Nusskuchen, den sie bereits gestern gebacken hatte, musste sie noch schlagen. Was dachten sich diese ungehörigen Menschen eigentlich, ausgerechnet heute unangemeldet hier aufzutauchen? Plötzlich spürte Almut einen kleinen Schmerz an ihrer Fingerspitze. Doch sie war starr vor Schreck und brachte kein Wort mehr heraus.

«Wie ich es mir gedacht habe, Frau Wiese, Ihr Wert ist nicht sonderlich hoch. Sie müssen wirklich bald etwas zu sich nehmen, hören Sie!»

«Aber gewiss nicht, bevor die anderen da sind», entgegnete Almut schwach. Sie war auf einmal entsetzlich müde.

«Ich sehe mal nach, ob ich in der Küche eine Kleinigkeit für Sie finde», sagte die jüngere der beiden und entfernte sich.

Almut konnte nur noch schemenhaft wahrnehmen, wie die Frau in Richtung Küche verschwand. Dort, wo das gesamte Bargeld in der Besteckschublade versteckt war. Hoffentlich würde sie es nicht finden, schoss es Almut durch den Kopf. Dann fielen ihr die Augen zu. Die Spritze schien ihre Wirkung zu zeigen. Sie hatte keine Chance, sich zu rühren, konnte aber mit halbem Ohr wahrnehmen, wie die Frauen sich leise unterhielten.

«In der Küche ist alles durcheinander. So, als hätte ein Sturm gewütet. Überall Schüsseln und Schalen. Sogar der Herd stand offen.»

«Oh, mein Gott! Da drüben auch. Guck mal dort, in der Ecke!»

«Sieht aus, als wenn sie den Gummibaum dekoriert hat. Vielleicht sollte die Pflegestufe beizeiten angepasst werden.»

«Solche Schwankungen sind aber nicht ungewöhnlich. Letztes Jahr dachte sie immer, ihr Mann würde noch leben. Zwischenzeitlich ging es eigentlich. Vielleicht ist sie wegen der Feiertage etwas aufgewühlt!»

«Frau Wiese! Frau Wiese, hören Sie?!»

Almut schreckte hoch.

«Wir haben Ihnen vier Einheiten gespritzt. Sie müssen jetzt essen. Meine Kollegin hat Ihnen was geholt.»

Widerwillig nahm Almut die Banane zur Hand, die ihr gereicht wurde, und biss einen kleinen Happen ab. Vielleicht hatte die Frau recht. Sie musste schnellstens zu Kräften kommen, um den ungebetenen Besuch in die Flucht zu schlagen.

«Werden Sie denn heute noch von Ihrem Sohn abgeholt?», fragte die Ältere.

Almut winkte ab. Offenbar hatten sie ihr nicht zugehört.

«Ich sagte doch, wir werden das ganze Haus voll haben. Mein Sohn kommt gleich mit seiner Familie aus der Kirche. Ich muss jetzt zusehen, dass ich mich umziehe. Wenn Sie also bitte verschwinden würden?»

Die beiden Frauen tauschten einen Blick. Sie kannte solche Gesten nur zu gut. Immer wenn die jungen Leute meinten, etwas besser zu wissen, machten sie dieses Gesicht, das deutliche Missachtung zum Ausdruck brachte.

«Wenn Ihr Sohn bald kommt, sind Sie ja wenigstens heute nicht allein.»

Verwundert nahm Almut zur Kenntnis, dass die Dame ihre Hand hielt. Es war ihr irgendwie unangenehm. Andererseits war es auch schön. Nur wusste sie nicht, wie sie darauf reagieren sollte. Einerseits musste sie ihre Gäste doch so schnell wie möglich loswerden, um wirklich noch alles zu schaffen, was sie auf ihrer Liste hatte. Andererseits war sie sich für einen kurzen Moment gar nicht mehr sicher, ob sie sich vielleicht im Tag geirrt hatte. Für gewöhnlich meldete Robert sich noch einmal, ehe er sich mit Heike und den Kindern ins Auto setzte und auf den Weg zu ihnen machte. Vielleicht hatte er auch angerufen, und Almut hatte es nur nicht gehört, weil der Fernseher wieder einmal so laut war.

«Jetzt reicht es aber wirklich. Entschuldigen Sie bitte, dass der Ton so laut ist! Mein Mann hat es mit den Ohren.»

Mit aller Kraft hievte sich Almut vom Sofa hoch und suchte nach der Fernbedienung. Doch sie konnte sie nicht finden.

«Kann ich Ihnen helfen?», fragte eine der Damen.

«Wie bitte? Ich muss endlich dieses olle Gerät abstellen. Man versteht ja sein eigenes Wort kaum.»

«Sie meinen den Fernseher? Der ist doch gar nicht eingeschaltet. Am besten, Sie nehmen noch ein Weilchen Platz, Frau Wiese!»

«Jetzt reicht es mir aber!», entfuhr es Almut. Sie ballte ihre Fäuste und wusste nicht, wohin mit ihrer Wut. Warum nur behandelten die Frauen sie wie ein kleines, dummes Kind? Allmählich mussten sie doch begriffen haben, dass sie unerwünscht waren.

«Wenn Sie nicht auf der Stelle gehen, rufe ich die Polizei!»

«Frau Wiese, wir sind doch nur hier, um Ihnen zu helfen», sagte die Jüngere und erhob sich. Unsicher blickte Almut von einer zur anderen. Womöglich würden sie jetzt versuchen, sie zu überwältigen oder gar, sie mit einem der Sofakissen zu ersticken.

«Ich sage es nicht noch mal, bitte gehen Sie jetzt oder ...»

Es klingelte an der Haustür. *Gott sei Dank!*, dachte Almut erleichtert und taumelte los. Obwohl sie Mühe hatte, sich auf den Beinen zu halten, lief sie, so schnell es ging, durch die Diele, um die Tür zu öffnen.

«Robert, endlich ...!», rief sie. Doch es war nicht Robert. Vor ihr stand Frau Leopold.

«Ich habe Ihre Nachricht eben abgehört», sagte sie und reichte Almut eine Flasche Ketchup, «oder hat sich das schon erledigt?»

Almut blickte ratlos auf die Flasche.

«Danke», flüsterte sie. Sie konnte sich nicht erinnern, ihre Nachbarin angerufen zu haben.

«Sind Sie die Schwiegertochter?», fragte plötzlich eine der Damen hinter ihr.

«Nein», lachte Frau Leopold, «so schnell wird die hier auch nicht auftauchen.»

«Was meinen Sie?», fragte Almut irritiert.

«Die lassen sich schon das zweite Jahr nicht blicken, weil sie über die Feiertage lieber Skifahren», schimpfte Frau Leopold kopfschüttelnd in Richtung der Frau.

«Das ist ja traurig», sagte die andere leise, die inzwischen auch zu ihnen gestoßen war.

«Können wir Sie denn heute allein lassen?», fragte diese und legte ihre Hand auf Almuts Schulter.

«Ich bin nicht allein», entgegnete sie energisch. Hilfesuchend ließ sie ihren Blick zu Frau Leopold wandern. Vielleicht konnte sie erklären, was hier vor sich ging.

«Ich bin die Nachbarin, ich sehe dann und wann nach ihr.»

Almut war froh, dass sie da war. Nun konnten sie die Damen gemeinsam nach draußen befördern.

«Also dann, haben Sie trotzdem fröhliche Weihnachten! Bis morgen, Frau Wiese!» Die beiden weißgekleideten Frauen kamen hinter ihr hervor und traten nach draußen.

«Ihnen auch frohe Weihnachten», sagte die Nachbarin und winkte den beiden Frauen hinterher, die schnellen Schrittes in ihr kleines, weißes Auto verschwanden, so als müssten sie ihre Beute zügig in Sicherheit bringen.

«Wenn Sie sonst noch etwas brauchen, Frau Wiese?» Frau Leopold sah sie besorgt an.

Almut hingegen hielt Ausschau, ob sie Roberts Kombi vom Ende der Straße aus ankommen sah. Er würde sich sicher mächtig aufregen, wenn sie ihm gleich brühwarm von dieser ganzen Sache berichtete.

«Ist alles in Ordnung?», fragte Frau Leopold und legte ihre Hand auf Almuts Arm.

«Ich denke schon», antworte sie, «ich werde nachsehen, ob etwas fehlt. Danke! Und frohe Weihnachten!»

Mit diesen Worten schob Almut ihre Nachbarin sanft von der Fußmatte. Sie nickte ihr noch einmal dankbar zu, ehe sie die Tür leise schloss. Vollkommen erschöpft lehnte Almut sich an der Rückseite dagegen und atmete tief durch. Noch immer klopfte ihr Herz heftig, und Almut konnte nicht mit Bestimmtheit sagen, ob es die Aufregung wegen dieses sonderbaren Besuchs war oder aber die pure Vorfreude auf ihre Lieben. Ein schneller Blick auf die Uhr verriet ihr, dass sie noch etwa zehn Minuten hatte, um Robert, Heike und den Kindern doch noch den gebührenden Empfang zu bereiten. Doch was war jetzt das Dringendste? Früher als Empfangsdame in einer kleinen Versicherungsagentur hatte sie immer damit glänzen können, den Überblick zu behalten. Jeden relevanten Namen und jede Telefonnummer hatte sie auswendig gekannt. Aber das war ja nun schon über zwanzig Jahre her.

Die Gans! Das was nicht nur dringend, sondern die wichtigste Angelegenheit. Es war längst an der Zeit, sie noch einmal mit Wasser zu übergießen. Andernfalls wäre all die Mühe umsonst gewesen. Und die Sahne sollte sie schlagen, solange sie noch nicht angezogen war. Es passierte immer wieder, dass ihr Handrührgerät sämtliche Zutaten durch die Küche schleuderte, wenn sie nicht penibel darauf achtgab, das Ding auch senkrecht in der Schüssel zu halten.

Dieses Mal ging alles glatt. Ohne große Spritzer hatte Almut die flüssige Sahne in eine cremige Masse verwandelt, die sie zur Feier des Tages in eine Schüssel aus Kristallglas füllte. Eilig machte sie in der Küche ein bisschen Ordnung, damit ihre Schwiegertochter nicht wieder behaupten konnte, sie wäre überfordert, in ihrem Alter allein den Haushalt zu führen.

Dann hastete Almut nach oben, um sich umzuziehen. Am wohlsten fühlte sie sich in ihrem dunkelblauen Wickelkleid, das man zu jedem Anlass tragen konnte, je nachdem, wie man es kombinierte. Wenn sie Perlenschmuck dazu tragen würde, war es festlich genug. Also ging Almut erneut an die Schublade mit dem Schmuck. Ihre Hände zitterten etwas, denn noch immer steckte ihr der Schreck in den Knochen. Glücklicherweise war alles noch an seinem Platz. Ihre Perlenkette fand Almut sofort. Lediglich die dazu gehörenden Ohrringe musste sie suchen, ehe sie diese unter dem Kästchen mit Ewalds Manschettenknöpfen fand. Als Almut das Kästchen mit ihren Armbändern öffnete, stutzte sie. Denn obenauf lag das silberne Bändchen mit dem Herzanhänger, das eigentlich für Lena gedacht war. Dabei war sich Almut so sicher gewesen, dass es längst fein säuberlich verpackt unterm Weihnachtsbaum lag. Wie gut, dass sie ihr Versäumnis noch rechtzeitig entdeckt hatte. Gleich nachdem sie im Bad ihre Haare gekämmt, mit Spray fixiert, die Lippen altrosa bemalt und etwas Rouge aufgelegt hatte, beeilte Almut sich, ins Arbeitszimmer zu gehen und Klebeband zu holen.

Wo nur hatte sie es hingelegt, nachdem sie die Geschenke eingepackt hatte? Almut zog eine Schublade nach der anderen auf. In der dritten von oben machte sie eine erstaunliche Entdeckung. Dort lag ein Kuvert, in das Almut ihr Geschenk für Ewald gesteckt hatte. Endlich fiel es ihr wieder ein!

Sie hatte ihm einen lang gehegten Wunsch erfüllt und aus all ihren Notizen, Fotos und Tagebuchaufzeichnungen eine lange Liste mit Erlebnissen erstellt, die sie beide in all den Jahren gehabt hatten. Wie konnte ihr das nur entfallen sein? Über Wochen hatte sie die immer früher einbrechenden Herbstabende genutzt, um heimlich am Schreibtisch all jenes aus fünf Jahrzehnten aufzulisten, das ihr wichtig erschien. Jedenfalls zu wichtig, als dass die Schusseligkeit des Alters alle Erinnerungen verblassen lassen durfte.

Mit einem Lächeln nahm Almut den Briefumschlag mit den zehn Seiten zur Hand und schrieb darauf in schönster Schrift «Für meinen lieben Mann». Dann wickelte sie Lenas Schmuckkästchen aus, um das Armband an seinen Platz zu legen, bevor sie das Geschenk neu verpackt wieder unter den Baum legte.

Ewald schien noch immer tief und fest zu schlafen. Was sollten bloß Lars und Lena denken, wenn ihr Opa an einem solch besonderen Tag ungekämmt vor sich hin schlummerte? Ein letztes Mal eilte Almut nach oben, um seinen Kamm aus dem Badezimmerschränkchen zu holen. Als sie zurück war, versuchte sie, so gut es ging, seine wenigen Haare in Ordnung zu bringen, ohne ihn zu wecken. Es war solch ein rührender Anblick, ihn so zufrieden zu sehen. Vielleicht sollte sie die Ruhe vor dem Sturm genießen und noch einmal kurz verschnaufen. Almut schob den zweiten Sessel dicht an den von Ewald heran, sodass sie sich an seiner Schulter anlehnen und seine Hand halten konnte. Mit der anderen umklammerte sie das Weihnachtsgeschenk für ihn, das ihr alles bedeutete. Ein Gefühl der Glückseligkeit stellte sich ein, als sie innerlich ruhig wurde und voller Vorfreude an die kommenden Stunden dachte.

Janne Mommsen

Raststätte «Heiliger Abend»

Lilly hielt den Mini One tapfer in der Spur. Das Innere des Wagens war auf sommerliche dreiundzwanzig Grad geheizt, aus der Anlage kamen die filigranen Klänge von Tschaikowskys «Schwanensee». Seit einer halben Stunde schwebten vor ihren Augen Millionen weißer Schneeflocken vom Himmel, und als Zugabe warf der starke Wind immer wieder glitzernden Feenstaub von der Seite herein, der alles zusätzlich verwirbelte. Die flache Landschaft, die eben noch öde und grau dagelegen hatte, verwandelte sich in eine atemberaubende, freundliche Schönheit. Eigentlich mochte Lilly klassische Musik nicht besonders, ihre Kollegin Britta Hansen, die neben ihr saß, hatte sie eingelegt. Aber wie die Schneeflocken anmutig und wild zu der Musik tanzten, war unfassbar schön. Plötzlich erinnerte sie sich an ihre Ballettzeit als kleines Mädchen, an die Vorschulzeit, bevor sie Stürmerin beim Handball geworden war. Das Ballett hatte sie fast vergessen.

Der erste Schnee – und das jetzt, an Heiligabend, mehr Glück gab es nicht!

Lilly träumte sich zurück in ihre Kindheit. In ihrer Erinnerung war der erste Schnee immer nachts gekommen.

Wenn sie und ihre Schwester morgens aufwachten, war draußen plötzlich alles weiß gewesen. Mit leuchtenden Augen waren sie im Pyjama ans Fenster gelaufen und hatten begeistert durcheinander gejuchzt und gequietscht. Inzwischen war sie achtundzwanzig, und nichts hatte sich daran geändert: Der erste Schnee versetzte sie jedes Mal wieder in Euphorie.

Angst vor dem Fahren auf glatten Straßen kannte sie nicht. Lilly hatte ein intensives Winterfahrtraining hinter sich, sie hatte den kleinen Wagen auf der Autobahn voll im Griff. Die runden Instrumente am Armaturenbrett erschienen ihr an diesem Tag fast wie eine feierliche Christbaumbeleuchtung. Der Mini war ein Dienstwagen, privat fuhr sie jedoch dasselbe Modell.

«So ein Mist, verdammt!» Ihre Kollegin Britta neben ihr drückte das x-te Mal auf die Wahlwiederholung ihres Handys. «Immer besetzt, anscheinend telefoniert heute die ganze Welt.»

Lilly nickte mitfühlend. «Ist schon bitter, dass du als Mutter Heiligabend arbeiten musst.»

«Unsinn, ich habe mich ja freiwillig gemeldet. Letztes Weihnachten hatte ich die Kinder, dieses Jahr hat sie mein Ex-Mann. So ist das nun mal unter Geschiedenen.»

Lilly kannte die zehn Jahre ältere Britta nur vom Sehen aus der Kantine. Sie hätten kaum unterschiedlicher sein können. Lilly saß nicht gerne still und kleidete sich meist sportlich, wobei sie nie vergaß, eine glitzernde Haarspange oder eine auffällige Kette anzulegen, um nicht zu burschikos zu wirken. Britta war groß und dünn und trug eine auffällige, schwarze Nerd-Brille. Sie sah immer makellos aus, nie verrutschte die Bügelkante ihrer Hose oder zerknitterte ihre Bluse auch nur an einer Stelle. Ihr Make-up war immer perfekt, unvorstellbar, sie sich schwitzend vorzustellen. Wie sie das hinbekam, war Lilly ein Rätsel.

«Und du?», fragte Britta. «Vermisst du deine Familie?»

Lilly lachte. «Ich bin ja Single. Und mein Vater hat Heiligabend sowieso nie frei.»

«Wie das?»

«Er ist Pastor. Papa wünscht den Menschen in der Kirche immer ‹Friede auf Erden›. Anschließend streiten wir uns in der Familie bis aufs Messer.»

«Ist ja krass.»

«Pastoren sind auch nur normale Menschen.» Lilly schaute weiter konzentriert auf die Fahrbahn.

«Und worum geht es?»

«Es fängt meist an mit Kleinigkeiten. Wenn ich zum Beispiel sage, dass ich meinen Mini echt super finde und ich mich jeden Morgen über ihn freue, dann flippen mein Vater und meine Schwester sofort aus.»

«Wieso das denn?»

«Weil ich damit zeige, dass ich ein Opfer der Werbung bin. Ich versuche, immer so zu leben wie das Klischee, das dort gezeigt wird. Außerdem wäre die Welt ohne Autos eine bessere ...»

«Oje.»

«Dann geht es über die Umweltzerstörung bis zum Unrecht in der Dritten Welt, pardon, der ‹sogenannten› Dritten Welt natürlich.»

«Und für alles bist du verantwortlich?» Britta grinste. «Gut zu wissen ...»

«Zumindest tue ich zu wenig dagegen. Ganz anders meine Schwester. Die kriegt in ihrem Leben zwar nichts geregelt, rennt aber zu jeder Demo und meint deswegen etwas Besseres zu sein. Na ja, meine Mutter beendet das Gekeife immer, indem sie anfängt, versaute Witze zu erzählen. Und zwar alle politisch total unkorrekt. Keine Ahnung, wo sie die herhat, als Pastorenfrau. Dazu trinken wir viel Schnaps, und wenn mein Vater später in der Kirche den Mitternachtsgottesdienst hält, ist er schon immer halb besoffen. Der Rest ist dann immer sehr lustig.»

«Erzähl mal einen von den Witzen», bat Britta amüsiert.

«Warte ... – Uups!»

Lilly riss das Steuer herum, um einer kleinen Schneewehe auszuweichen, die sich wie aus dem Nichts vor dem Wagen aufgebaut hatte. Der Mini kam leicht ins Schlingern. Schwanensee wurde in diesem Moment durch das Verkehrsstudio unterbrochen. Alle Autofahrer rund um Berlin und in Brandenburg wurden aufgefordert, auf Fahrten zu verzichten, die nicht absolut notwendig waren. Angeblich stand ein schwerer Schneesturm bevor.

«Wir halten uns an den schwarzen Geländewagen vor uns, wie gehabt», erklärte Lilly entschlossen. Der war seit einiger Zeit das einzige Auto weit und breit.

«Obwohl er viel zu schnell ist, wenn du mich fragst», wandte Britta ängstlich ein.

Es dämmerte langsam. Die Fahrbahn war eine breite weiße Fläche geworden, Markierungen waren nicht mehr zu erkennen. Nachdem sie eine Raststätte passiert hatten, entdeckte Britta im Rückspiegel ein blinkendes Blaulicht.

«Was ist da denn passiert? Ein Unfall?»

«Nee, die sperren wohl gerade die Autobahn», erklärte Lilly ruhig, ohne das Tempo zu verringern. Im Radio kam prompt die Durchsage, dass es ab sofort ein totales Fahrverbot für Berlin und Brandenburg gab.

«Klingt gar nicht gut», murmelte Britta nervös.

Lilly zuckte mit den Achseln. «Dienst ist Dienst.»

«Aber wenn die Straßen gesperrt sind?»

«Egal.»

Man merkte, dass Mathematikerin Britta seit Jahren nur am Schreibtisch saß. Außendienst war ganz offensichtlich nicht ihr Ding. Lilly hingegen war fast nur draußen unterwegs. Allerdings musste auch sie zugeben, dass die Straßenverhältnisse langsam haarig wurden. Zumal der Mini zwar ein schönes Auto war, aber sehr tief lag, was im hohen Schnee ein Nachteil war. Es wurde nun dunkel. Die Scheinwerfer konnten die dichte Flockenwand nicht mehr durchdringen und erfassten nur wenige Meter vor ihnen. Der Schnee auf der Fahrbahn wurde immer höher, sie konnte gerade mal 40 km/h fahren. Vom Geländewagen vor ihnen waren nur noch die roten Rücklichter zu erkennen. Lilly sah, dass er mehrmals bedrohlich ins Schlingern kam.

«Langsam ist das nicht mehr witzig. Riskiere nicht unser Leben, das ist es nicht wert», bat Britta mit zitternder Stimme. «Schau dich doch um, wir sind die Einzigen auf der Piste.»

«Außer dem Geländewagen vor uns, und nur auf den kommt es an.»

Plötzlich bremste der Mini ruckartig ab, obwohl Lilly Vollgas gab. Der Wagen rutschte in ein Feld mit Tiefschnee. Nichts ging mehr, sie steckten fest. Aus der Anlage kam die Schlussmusik von Schwanensee, der große Ball, auf dem Prinz Siegfried mit Odette im Schloss tanzt. Lilly stellte die Musik aus. Der Sturm heulte um ihren Wagen wie eine Horde Wölfe.

«Das war's dann wohl», bemerkte Britta und starrte angestrengt durch die Frontscheibe. «Die Seeling ist auf und davon.»

«Alles umsonst. Und dafür hauen wir uns den Heiligabend um die Ohren!», fluchte Lilly. Die beiden waren

Polizistinnen des Bundeskriminalamtes und hatten Katja Seeling von ihrer Wohnung in Berlin-Marzahn aus verfolgt. Um die Seeling ging es streng genommen allerdings gar nicht. Sie sollte die beiden Hauptkommissarinnen nur zu ihrem neuen Freund Maximilian von Stetten führen, der sich irgendwo auf dem platten Land in Brandenburg versteckt hielt. Von Stetten hatte eine Schweizer Bank mit einem Computertrick um sechs Millionen Euro erleichtert und war seit drei Wochen auf der Flucht.

Britta nahm das Funkgerät in die Hand: «Hallo, Zentrale?» – «Ja?», kam eine Männerstimme aus dem Lautsprecher. – «Habt ihr unseren Wagen auf dem Bildschirm? Wir haben die Verdächtige hinter der Raststätte verloren und sitzen im Schnee fest.» – «Braucht ihr Hilfe?» – «Nein, das wird schon.» – «Na, denn frohes Fest.» – «Ebenso.»

«Und jetzt?», fragte Britta und schaute besorgt in die Dunkelheit.

Lilly drehte die Heizung höher. «Wir werden die Nacht hier im Wagen verbringen.»

«Und wenn die Heizung ausgeht?»

«Der Mini hat einen Zusatztank, der reicht für zwanzig Stunden. Bis dahin ...»

Wenn Polizisten jemand verfolgten, konnten sie nicht zwischendurch einfach mal tanken. Und übrigens auch nur auf Toilette gehen, wenn es der Verfolgte tat, was zu den wirklichen Härten ihres Berufes zählte.

«Wieso hast du bloß den Mini genommen? Im Fuhrpark standen doch genug andere Wagen bereit.»

«Weil es ein Frauenauto ist. Niemand würde vermuten, dass die Frauen in so einem Wagen Polizistinnen sind.»

«Ein Geländewagen wäre besser gewesen.»

«Konnte man ahnen, dass es so schlimm wird?»

Kollegin Britta Hansen ging ihr langsam auf den

Zeiger. Normalerweise saß die komfortabel im Büro des Bundeskriminalamtes in Meckenheim bei Bonn und erstellte Polizeistatistiken. Eine Theoretikerin durch und durch. Ohne die Einsätze, bei denen Lilly täglich Kopf und Kragen riskierte, hätte Britta kein Zahlenmaterial, das sie auswerten könnte. Weil niemand sonst Heiligabend Dienst machen wollte, hatte man ihr Britta einfach zugeteilt. Lilly fummelte genervt am Radio herum. Die Räumfahrzeuge hatten laut Verkehrsfunk ihre Arbeit eingestellt, weil sie nicht mehr durchkamen.

«Und das in Deutschland», greinte Britta. «Das heißt schon was.»

«Irgendwann holen die uns hier schon raus.»

Britta wurde nun fast hysterisch. «Bis dahin sind wir bis übers Dach eingeschneit.»

Je aufgeregter Britta wurde, desto ruhiger wurde Lilly. «Wenigstens haben wir es warm», sagte sie.

«Ich bekomme schnell Platzangst, ich sag es nur.» Britta nahm ihr Handy in die Hand und drückte wieder auf die Wahlwiederholung. Eine lange Nummer wurde angezeigt, vermutlich die eines Pauschalhotels in Ägypten.

«Es ist immer besetzt, verdammt.»

Als wenn ein Anruf in Ägypten sie irgendwie weiterbringen würde. Britta zog einen Parfümflakon aus ihrer Handtasche und sprühte sich wie wahnsinnig damit ein. Ein herber, grasiger Duft verbreitete sich im ganzen Wagen.

«Hey, was soll das?», rief Lilly und ließ das Fenster etwas herunter. Was eine schlechte Idee war, denn sofort wehten unzählige Flocken herein, sodass die linke Kopfhälfte innerhalb kürzester Zeit nass wurde.

«Ich brauchte das jetzt einfach.» Britta klang beleidigt.

«Du hättest vorher fragen können.»

Britta verfiel in düsteres Schweigen. Lilly wünschte sich, dass sie einen Linienbus als Verfolgerfahrzeug genommen hätte. Dann hätte sie ihre Kollegin jetzt in die letzte Reihe verbannen können.

«Habe ich dir schon meine Kinder gezeigt?», fragte Britta nach einer Weile und zeigte ein Foto auf ihrem Handy. «Das sind Jannick und Greta. Jannick ist acht und Greta ist sechs.»

Lilly atmete tief durch. Wenn das eine Art Friedensangebot sein sollte, ging es voll daneben. Lilly mochte Kinder gerne. Wenn ihre fünfjährige Nichte übers Wochenende bei ihr zu Hause war, hatten sie eine Menge Spaß miteinander. Aber Lilly hasste kaum etwas mehr als Eltern, die stundenlang mit ihren Kinder herumprahlten.

«Süß», sagte Lilly, wie immer, wenn ihr Eltern Fotos ihrer Sprösslinge zeigten, egal, wie die aussahen. In Brittas Fall waren es allerdings wirklich zwei Süße, der Junge hatte große braune Augen und trug ein Fußballtrikot der deutschen Nationalmannschaft; das Mädchen im Prinzessinnenkostüm lächelte entzückend ohne Schneidezähne ins Objektiv.

«Ich liebe sie so sehr», seufzte Britta versonnen.

«Klar», sagte Lilly.

«Das ist überhaupt nicht klar», fauchte Britta sie an. «Du als Polizistin solltest wissen, wie viele Mütter schlecht zu ihren Kindern sind ...»

Die ganze Situation machte Britta offenbar hochnervös.

«Und ...?» Lilly sah sie herausfordernd an.

«Darf ich das nicht mal sagen?»

Lilly sah nicht ein, warum sie zurückstehen sollte. «Ich bin kein schlechterer Mensch, nur weil ich Single bin», zischte sie.

«Habe ich das behauptet?»

«Du redest die ganze Zeit so, als ob du als Mutter heilig bist. Deine Kinder sind in Ägypten, und es geht ihnen gut. Hast du auch nur *einmal* gefragt, wie es *mir* geht?»

«Ja, vorhin, als es um Heiligabend ging», sagte Britta.

«Wenn man das zweite Weihnachten hintereinander Single ist, findet man das gar nicht witzig, das kann ich dir sagen. Sei froh, dass du deine Kinder hast, die geben dir wenigstens Halt.»

Lilly war selbst erschrocken darüber, was da plötzlich alles aus ihr herausplatzte.

«Meine Kinder sind weit weg.»

«Ganze fünf Tage!»

Ihre Einsamkeit dauerte länger als ein paar Stunden!

In diesem Moment wummerte etwas dumpf gegen Brittas Seitenscheibe. Es klang wie ein schwerer Körper, der gegen den Wagen fiel. Beide Frauen zuckten zusammen. Was war das? Ein großes Tier? Es wummerte erneut, ein Schatten war in der Dunkelheit zu erahnen, ein Hund bellte. Lilly zog blitzschnell ihre Pistole aus dem Holster und entsicherte sie. Britta ließ die Scheibe einen Spalt herunter.

«Ich bin in den Graben gefahren», rief eine Frauenstimme. «Mir ist kalt. Kann ich reinkommen?»

Lilly und Britta schauten sich an.

«Klar.»

Britta öffnete die Beifahrertür und stieg aus, um sie hereinzulassen. Dabei ging das Licht im Wagen an. Ein großer schwarzer Hund huschte auf den Rücksitz, er verströmte einen penetranten Mundgeruch. Genauer gesagt, roch er nach frischem, rohem Fleisch, dazu kam noch sein stinkendes, nasses Fell. Allein Brittas grasiges Parfüm bewahrte Lilly vor dem Übergeben. Die Frau, die dem Tier folgte, sah ziemlich durchgefroren aus, aber Lilly und Britta erkannten sie sofort: Es war Katja Seeling, ausgerechnet! Ihre hellblonden, schulterlangen Haare klebten nass an Stirn und Schläfen, ihre großen grünen Augen flackerten nervös. Katjas Nase erschien Lilly noch spitzer als auf den Polizeifotos. Sie trug eine schwarze Lederjacke, auf der noch etwas Schnee lag. Lilly wusste aus der Akte, dass sie in wenigen Tagen, am 2. Januar, fünfunddreißig Jahre alt wurde.

Britta schloss die Tür, und es wurde wieder dunkel im Wagen. Katja durfte auf gar keinen Fall mitbekommen, dass sie Polizistinnen waren. Unauffällig sicherte Lilly ihre Pistole und ließ sie in den Fußraum gleiten. Der Wind heulte mit launischen, lauten Böen um den Wagen, sodass er richtig erzitterte. Die Flocken wirkten so dicht, als würden sie mit einer riesigen Walze unaufhörlich vom Himmel geschoben.

«Ich dachte, mit dem Geländewagen komme ich durch», fluchte Katja.

«Frohe Weihnachten», bemerkte Lilly lakonisch. «Noch etwas vom Gänsebraten?» Sie reichte Katja ein Snickers, das sie im (gekühlten!) Handschuhfach gelagert hatte.

«Müssen wir die ganze Nacht hier verbringen?,» fragte Katja besorgt.

«Sieht so aus», erklärte Britta. «Wartet wer auf Sie?»

«Mein Freund. Ich habe schon zigmal probiert, ihn anzurufen, aber das Handynetz ist zusammengebrochen ...»

«Ja, dein Freund Maximilian von Stetten», dachte Lilly, «zu dem wollen wir auch.»

«... und ihr?»

«Wir sind auf dem Weg nach Hause», erklärte Britta.

«Müsst ihr noch weit?»

«Rostock», log Lilly schnell.

«Ich habe Angst, dass wir einschneien, und dann kommt ein Schneeschieber und macht uns platt», sagte Katja.

Lilly versuchte, sie zu beruhigen. «Ach was, die fahren nicht mehr, die Autobahn ist voll gesperrt.»

«Bekommen wir denn mit, wenn es wieder losgeht?» Katjas Stimme klang bedrückt.

«Für eine Gangsterbraut bist du aber sehr ängstlich», dachte Lilly.

«Das sagen die im Radio an. Wir sind mit Sicherheit nicht die Einzigen, die hier stecken geblieben sind.»

Wobei: Wer sonst sollte sich freiwillig in so eine Wetterhölle begeben haben?

«Ich könnte jetzt in einem warmen Haus vorm Kamin liegen ...», seufzte Katja.

Britta lächelte. «Klingt perfekt.»

«Ist es auch.»

Britta ging leicht die Phantasie durch. «Mit Tigerfell davor?»

«Zählt eine Ikea-Decke mit Tigermuster auch?»

Lilly und Britta waren überrascht. Im Dossier ihrer Dienststelle hatte alles Mögliche gestanden, aber nicht, dass Katja Humor besaß.

«Bist du schon lange mit deinem Freund zusammen?», fragte Britta, obwohl sie die Antwort aus dem Polizeidossier wusste: drei Wochen.

«Ein halbes Jahr», log Katja.

«Mmh, ganz frisch», gurrte Britta.

Katja lachte. «Und sofort denken alle an wilden Sex, stimmt's?»

«Ach was.»

«Woran hast du denn gedacht?»

Britta überlegte. «Okay, an ... wilden Sex natürlich.»

Alle drei lachten. Der Hund bellte dazu und steckte seinen Kopf zwischen Britta und Lilly. Britta kraulte ihn hinter den Ohren.

«Was wird jetzt bloß aus meinem Wagen?», fragte Katja. «Ich brauche den beruflich.»

Das kam nicht besonders überzeugend. Er gehörte mit Sicherheit ihrem neuen Freund Max von Stetten. «Bist du Försterin oder so was? Oder wozu braucht man beruflich so eine Geländekiste?», fragte Britta. Mal sehen, was jetzt kam, der Wagen gehörte ja ihrem Freund.

«Ich handle mit Luxusimmobilien», antwortete Katja leicht herablassend. «Und die liegen manchmal total abgelegen auf dem Land.»

Lilly und Britta mussten einvernehmlich grinsen. Gut gelogen für eine Frau mit einer abgebrochenen Lehre als Arzthelferin, die jahrelang in Bars gejobbt hatte und nun in einem Null-Sterne-Hotel an der Rezeption saß, wo sie den Kriminellen von Stetten kennengelernt hatte, als der sich dort versteckte. Katja gegenüber spielten Lilly und Britta natürlich weiter die Ahnungslosen. «Wohnst du in Berlin?», fragte Britta.

«Ja, in Dahlem. ...»

Klar, Katja, natürlich residierst du im teuersten Villenviertel ... In Wirklichkeit lebte sie in einem nicht renovierten DDR-Plattenbau, eine triste Randlage in Berlin.

«... und was macht ihr so?»

Britta und Lilly warfen sich einen kurzen Blick zu. Sie hatten Katja Seeling nur verfolgen sollen, es war nicht geplant gewesen, sich als verdeckte Ermittlerinnen mit einer ausgeklügelten Legende an eine Zielperson heranzumachen. Also mussten sie jetzt improvisieren.

«Ich bin Ingenieurin und konstruiere Flugzeugflügel», erklärte Britta.

Lilly nahm schnell die Hand vor den Mund, damit Katja ihr Grinsen nicht sehen konnte. Davon träumte also die kleine Beamtin Britta Hansen in Meckenheim bei Bonn ...

«Echt? So was kannst du?» Katja klang beeindruckt.

«Ich versuche es.»

«Versuchen? Das klingt aber lässig», wandte Lilly ein. «Die Flügel sollten bei einem Flugzeug schon halten, oder?»

«Als Vielfliegerin würde mich das auch freuen», sagte Katja und lachte.

Vielfliegerin, na klar ... Die Ermittlungen hatten ergeben, dass Katja Seeling im letzten Jahr kaum aus Berlin herausgekommen war, das Weiteste war Potsdam gewesen.

«Und du?», fragte Katja Lilly.

Lilly beschloss, noch einen draufzusetzen. «Oh, Britta hat mich gerade vom Flughafen abgeholt. Ich lebe in New York, das heißt, genauer gesagt, auf der anderen Seite von Manhattan, in New Jersey.»

Sie sah, wie sich nun Britta erstaunt zur Seite drehte und sich bemühte, nicht laut loszulachen. Zum Glück war es dunkel im Wagen.

«Wahnsinn.»

«Ach was, das klingt nur so. Ich arbeite dort für eine kleine Literaturagentur. Wir kaufen amerikanische Autoren für deutsche Verlage ein.»

«Wow! Kennst du zufällig Elisabeth George, die Krimiautorin? Die finde ich super.»

Lilly lächelte. «Über unsere Kunden darf ich leider nicht reden.» Sie spielte mit der Lichthupe herum und ließ es zweimal hell im Schnee vor ihnen aufblitzen. «Okay, es erfährt ja keiner: Lizzy George ist nett, aber ein bisschen schüchtern. Das sind die Autoren fast alle, bis auf ... Ach, ich rede zu viel, vergesst es.»

Sie durfte ihre Kollegin Britta nicht anschauen, sonst hätten sich beide vor Lachen in die Ecke geschmissen: Britta, die Herrin der Lüfte, und Lilly, die Sportlerin mit dem intellektuellen Touch. Das war wirklich sehr dicke aufgetragen. Aber heute war Heiligabend, und Katja hatte damit angefangen ...

«Woher kennt ihr euch?», fragte Katja.

«Wir sind Cousinen», behauptete Britta schnell.

«Sagt mal, sind wir nicht eben an einer Raststätte vorbeigefahren?», fragte Katja.

Britta nahm eine Karte aus dem Handschuhfach. «Die liegt zwei Kilometer entfernt, würde ich schätzen.»

«Sollen wir nicht da hingehen? Besser als hier im Wagen zu hocken, oder was meint ihr?», fragte Katja.

Sie hatte recht. Tatsächlich war der Mini so, wie er hieß: mini. Und mit drei Frauen und einem großen Hund fühlte er sich noch kleiner an, als er sowieso schon war. Bequem ging anders, vor allem, wenn sie müde wurden und schlafen wollten. Außerdem stank es immer noch penetrant nach nassem Hundefell und rohem Tierfleisch.

«Mir wird das zu eng hier», stöhnte Britta und drückte mit aller Kraft gegen die Beifahrertür. Doch die war blockiert. Sie bekam sofort Panik. «Scheiße, wir sind eingeschlossen!», schrie sie. «Ich dreh durch!»

Lilly bekam ihre Seite zum Glück problemlos auf. Sie fischte die Pistole aus dem Fußraum hervor und versteckte sie beim Aussteigen schnell unter ihrem Winteranorak. Dann krabbelten Britta und Katja hinter ihr aus dem Auto, bevor der Hund heraussprang. Nach den hochsommerlichen Temperaturen im Wagen war die schneidende Kälte draußen ein Schock. Um sie herum türmten sich hohe Schneewehen, die teilweise bis auf Augenhöhe angewachsen waren. Zudem pfiff ihnen der eisigste Wind um die Ohren, den Lilly je erlebt hatte.

«Eng beieinanderbleiben!», rief sie laut gegen den Sturm. Sie rückten auf Tuchfühlung zusammen und kämpften sich Schritt für Schritt voran. Nur der Hund blieb heulend sitzen.

«Der Schnee ist zu tief für Max», wimmerte Katja.

Ihr Hund hieß so wie ihr Freund? Tja, Vorsicht bei der Namenswahl des Haustiers, musste man da wohl sagen. Lilly half ihr, den schweren Border Collie hochzuheben. Sie versuchte Max von der Seite mit zu stützen. Ihre und Katjas Hände und Arme berührten sich manchmal, sie spürte Katjas warmen Atem auf ihrer Wange. Lilly fiel auf, dass Britta zu ihrem konservativen, beigen Kamelhaarmantel hochhackige Wildlederstiefeletten trug – nach Sandalen das Blödeste, was man im Schnee anziehen konnte. Aber es war nicht zu ändern. Langsam pirschten sie sich voran, Katja blieb mit Max dicht neben ihr, Lilly klebte an ihrem Rücken. Es war stockfinster und äußerst schwierig, sich in den dichten Flocken zu orientieren. Auf der Fahrbahn stellten sich ihnen überall unüberwindbare Schneeberge in den Weg, hier kamen sie nicht durch. Katja stöhnte unter der Last ihres Hundes.

«Wir müssen in den Wald!», rief Lilly. Die dunklen Fichten neben der Autobahn waren nur zu erahnen. Hier würde der Schnee vielleicht nicht so hoch sein wie auf der offenen Fahrbahn. Der frostige Wind blies weiter unbarmherzig auf ihre Stirne. Jeder Schritt war eine Tortur, manchmal sanken sie bis zur Hüfte ein, ihnen wurde richtig schlecht vor Anstrengung. Sie kamen nur äußerst langsam voran. Nach unendlich langen zehn Minuten kletterten sie durch einen Graben und erreichten endlich den Wald. Dort begann eine andere Welt. In Bodennähe war es fast windstill, nur die Baumkronen über ihnen ächzten bedrohlich. Lilly wusste, dass die gefrorenen Äste unter der Schneelast leicht brechen konnten, aber sie sagte lieber nichts. Leider war auch im Wald der Schnee sehr hoch, auch hier sanken sie tief ein und brauchten für jeden Schritt eine Ewigkeit. Nach einer Viertelstunde waren durch die Baumstämme hindurch die hellen Lampen der Raststätte zu erkennen. Die Tankstelle mit dem leuchtenden blauen Firmenemblem sah aus wie der Tempel einer mächtigen Gottheit, sie erschien ihnen schöner als das Schwanensee-Schloss im Winterland.

«Ich spüre meine Füße nicht mehr!», rief Britta. Ihre Wildlederschuhe waren pitschenass geworden und froren nun zu Eis, das wurde jetzt wirklich gefährlich. Katja gab Lilly ihren Hund herüber, nahm Brittas Arme über ihre Schulter und stützte sie. Hund Max erwies sich als verzärteltes Weichei, er heulte fast die ganze Zeit und zerkratzte mit seinen Pfoten Lillys Anorak. Innerlich fluchte sie genervt in sich hinein: Das alles nahm sie für Katja auf sich, die mit einem Kriminellen zusammen war, den sie fangen sollte! Sie kämpften sich weiter vor bis zum Parkplatz, der fast leer war. Das größte Fahrzeug dort war ein zweistöckiger Bus, auf dem über zwei Etagen ein farbiges Porträt der Schlagersängerin Helene Fischer zu sehen war. Sie strahlte ihnen in einem schulterlosen, hellgrünen Paillettenkleid entgegen, das viel nackte Haut zeigte. Darunter stand in großen Lettern: «Helene Fischer on Tour». Es musste das Paradies sein, in dem man so etwas tragen konnte, ohne zu erfrieren. «Helene ist hier!», schrie Katja begeistert. «Wahnsinn, jetzt lerne ich sie persönlich kennen!» Die Schlagersängerin schien ihr magische Kräfte zu verleihen, denn sie legte einen Schritt zu, obwohl sie Britta mehr trug als stützte. Lilly hasste Schlager, sie stand auf Heavy Metal, aber auch sie hielt sich heimlich an das aufmunternde Lächeln der schönen, blonden Sängerin auf dem Bus.

Nach einer weiteren Viertelstunde torkelten sie durchgefroren und erschöpft in die Raststätte hinein. Lilly schaute auf ihre Uhr, es war bereits halb sechs. Die braunen, abwaschbaren Tische, die öden Sitzbänke und die funzeligen, mit verblichenem Stoff bespannten Lampen, waren die schönste Wellness-Oase, die sie je gesehen hatten. Es war warm wie unter einer kuschligen Daunendecke. Ein dunkelhaariger rundlicher Mann in Aral-Tankwartuniform kam ihnen lächelnd entgegen.

«Froh Weihnacht», rief er und gab ihnen die Hand. «Ich bin Achmed.»

Er kam ihnen vor wie der Rezeptionist eines Grandhotels. Der Gastraum war fast leer, normale Menschen hatten die Unwetterwarnungen im Verkehrsstudio ernst genommen. Hier saßen die Unvernünftigen und die gescheiterten Optimisten, die gedacht hatten, dass sie es noch schaffen würden. Eine junge Familie, Vater mit kurzem Bart, seine Frau blond und schön, spielte Uno mit ihren hellblonden Zwillingsmädchen im Vorschulalter, es gab zwei schnauzbärtige, rundliche Schneeräumer in oranger Schutzkleidung über dicken Wollpullovern, ein älteres Ehepaar, das bestimmt an die achtzig war, er in korrektem Anzug, sie in einem pinkfarbenen Kostüm, und einen ziemlich attraktiven Kerl in Lillys Alter, sportlich, mit schneidend blauen Augen und einem kurzen dunklen Bart. Allein sein Helene-Fischer-T-Shirt sprach gegen ihn, wie Lilly fand. Katja schleppte Britta zur Heizung und zog ihr die gefrorenen Wildlederstiefeletten aus. Dann schob sie sich einen Stuhl heran, setzte sich, legte Brittas nasse Füße auf ihre Knie und massierte sie.

Britta stöhnte laut auf.

«Mach ich zu dolle?», fragte Katja besorgt.

«Nee, es tut nur weh, wenn das Blut wieder in die Adern schießt.»

Lilly setzte sich neben sie und legte ihren Kopf auf den Tisch. Nachdem Britta wieder einigermaßen fit war, versuchte Katja noch einmal, ihren Freund zu erreichen. Nach einer Weile legte sie das Handy frustriert beiseite. «Alles besetzt.»

«Wo ist Helene Fischer?», rief Katja dem Mann mit dem T-Shirt zu.

«Helene ist längst zu Hause», antwortete der Mann. «Ich fahre nur ihre Band. Aber die sind auch schon daheim.»

«Schade.»

Plötzlich fing Katja an zu weinen. «Weihnachten ist meine absolute Pechzeit», schluchzte sie.

«Weil Helene Fischer nicht da ist?», fragte Lilly leicht genervt.

«Nee, ganz allgemein. Wisst ihr, meine Mutter hat unsere Familie Heiligabend verlassen, als ich fünf war, Heiligabend! Einfach abgehauen, mit irgendeinem Typen. Mein Vater war vollkommen überfordert, ich hatte ja noch drei Geschwister. Könnt ihr euch das vorstellen?» *Lieber nicht.* «Danach habe ich kein einziges Weihnachten mehr gefeiert, was auch nur einigermaßen okay war.»

«Das tut mir leid», flüsterte Britta leise.

«Ich habe euch angelogen», schluchzte Katja weiter. «Ich bin gar keine Immobilientante. Das habe ich nur so gesagt, weil es gut klingt. In Wirklichkeit arbeite ich in einem kleinen Hostel für Rucksackreisende in Kreuzberg.»

Die beiden Polizistinnen starrten sie überrascht an. Mit der Wahrheit hatten sie jetzt nicht gerechnet. Immerhin klang das aber etwas anders als der «Abstieg zum Null-Sterne-Hotel», den das BKA in ihrem Dossier suggerierte. Das hatte wohl ein reichlich engstirniger Kollege verfasst.

«Und einen Freund hast du auch nicht?», fragte Britta.

Katja lächelte durch ihre Tränen hindurch. «Doch, der kann sogar wunderbar eislaufen. Max hat auf der Eisbahn in Berlin einen echten Rittberger für mich hingelegt.» Sie lächelte durch ihre Tränen hindurch. «Von so einem Mann habe ich immer geträumt. Und auch sonst ..., nützt aber nix.»

Lilly stellte sich den schlanken, gut aussehenden Maximilian von Stetten vor, wie er mit kräftigen Stößen rückwärts über das Eis glitt. Dann verlagerte er sein Gewicht auf das rechte Bein, sprang nach hinten ab und drehte sich einmal um jeweils 360 Grad. Das hätte sie auch schwer beeindruckt, auch wenn es natürlich nicht alles war.

«Wieso, was ist das Problem?», fragte sie.

«Er wird von der Polizei gesucht. Zwei Kripo-Typen waren seinetwegen bei uns im Hostel.»

«Was hat er denn getan?»

«Haben sie nicht gesagt.» Sie hielt sich beide Hände vors Gesicht. «Ausgerechnet in einen Verbrecher muss ich mich verlieben. Das kann auf Dauer doch nicht gutgehen, oder?»

Sie schaute Lilly und Britta an, die beide schwiegen. Katja lächelte müde. «Aber jetzt ist jetzt, noch ist er nicht geschnappt!»

Ein paar Minuten später trafen sich die beiden Polizistinnen in den Waschräumen.

«Und jetzt?», fragte Lilly. «Sie muss besser draufkommen, sonst können wir von Stetten abhaken.»

Britta funkelte sie aufgebracht an. «Denkst du immer nur an den Dienst? Mensch, ohne Katja hätte ich das nie bis hierher geschafft. Ich bin ihr etwas schuldig.»

Lilly gab ihr heimlich zwar recht, aber als Polizistin durfte sie nicht so denken. «Und was heißt das?»

«Ich werde ihr das schönste Weihnachten bereiten, das sie je erlebt hat.»

«Nichts leichter als das. Zum Glück befinden wir uns ja auf einer Autobahnraststätte.»

Doch Britta war nicht aufzuhalten. Sie stiefelte hinaus und stellte sich im Restaurant auf einen Tisch.

«Hallo?», rief sie laut zu den verstreuten Gästen. «Wenn wir schon den Heiligabend hier verbringen müssen, sollten wir zusammen feiern, oder?»

Zustimmendes Klopfen auf den Tischen. Britta wandte sich an Achmed: «Wie sieht es in der Küche aus?»

Tankwart Achmed zuckte entschuldigend mit den Achseln. «Der Koch ist nicht gekommen.»

«Dann kochen *wir* eben», erklärte Britta entschlossen. «Macht jemand mit?»

Achmed meldete sich sofort, ebenso der gut aussehende Typ mit dem Helene-Fischer-T-Shirt und die ältere Frau mit dem pinkfarbenen Kostüm. Achmed nahm sie mit in die Küche der Raststätte, wo sie aus dem, was da war, ein wunderbares Menü zauberten. Es gab Huhn, Rind, viel Gemüse, Paprika, Kartoffeln, Reis. Jeder hatte eine andere Idee, was man daraus machen konnte. Man einigte sich schnell und legte los. Achmed half ihnen bei den Geräten, weil niemand jemals in einer professionellen Küche gekocht hatte. Lilly schob mit Katja im Gastraum ein paar Tische zusammen, der Vater der Zwillinge holte

Kerzen aus dem Wagen, und Achmed plünderte die Tankstelle nach Getränken. Eine Dreiviertelstunde später rief Britta alle zu Tisch. Achmed machte das große Licht im Essensraum und in der Küche aus. Unzählige Kerzen beleuchteten die vielen kleinen Schälchen mit Fleisch und verschiedenem Gemüse.

«Haben wir zufällig einen Pfarrer unter uns?», fragte die junge Mutter.

«Die Weihnachtsansprache übernehme ich», rief Lilly. Als Pastorentochter kannte sie die Weihnachtsgeschichte von Kindheit an auswendig. Sie stand auf und erhob ihre Stimme: «Es begab sich aber zu der Zeit, als ein Gebot vom Kaiser Augustus ausging, dass alle Welt geschätzt wurde. Da machte sich auch auf Josef aus Galiläa, aus der Stadt Nazareth ...»

Nach der Weihnachtsgeschichte waren alle still und schauten durch die großen Scheiben hinaus. Es war genauso wie im Lied: Draußen rieselte der Schnee, still und klar lag der See, weihnachtlich glänzte der Wald. Die Menschen am Tisch in der Raststätte sahen im Kerzenlicht aus wie Engel, selbst Ungläubige hätten das nicht bestritten. Lilly sah, dass Katja feuchte Augen hatte, eine einzelne Träne suchte sich ihren Weg über die Wange, sie wischte sie nicht weg. Nach einer Minute des Schweigens prosteten die beiden Schneeräumer allen laut zu, und ein fröhliches Essen begann. Britta und ihre Crew hatten wirklich gezaubert, es schmeckte alles hervorragend, überhaupt nicht nach Raststätte. Alle plapperten wild durcheinander, erzählten von wunderbar missglückten Weihnachtsfeiern, verkohlten Gänsebraten, abgefackelten Christbäumen, Familienstreitigkeiten und Versöhnung. Anschließend gab es die Bescherung für die Zwillinge, alle Anwesenden steuerten dazu bei, was sie bei sich trugen, Schlüsselanhänger, Stifte, Haarspangen. Die Mädchen waren schwer begeistert.

Britta erhob sich. «Will noch jemand außer mir tanzen?», fragte sie in die Runde.

«Aber ja!», kam es von überall zurück.

Katja sang sofort laut einen Titel von Helene Fischer an: «Atemlos durch die Nacht, spür, was Liebe mit uns macht, atemlos, schwindelfrei, großes Kino für uns zwei ...» Lilly staunte, die Schneeräumer, das ältere Ehepaar und die Zwillinge stimmten mit ein und sangen text- und melodiesicher mit: «Atemlos durch die Nacht ...» Es klang schöner als jedes Weihnachtslied. Tourbusfahrer Nick holte eine Anlage aus dem Bus, die Helene Fischer sonst hinter der Bühne benutzte. Lilly staunte, die Musik, die die Schlagersängerin hörte, war wilder, als sie gedacht hätte. Worüber sie aber noch viel mehr staunte, das war, dass alle tanzten. Das ältere Ehepaar machte mit, die Kinder, die Schneeschieber – und Katja. Lilly schwofte mit Tankwart Achmed, der sich als perfekter Discofoxtänzer entpuppte, und Britta wirbelte die ganze Zeit mit dem gut gebauten Nick herum, der sich als äußerst charmant erwies.

Kurz nach Mitternacht waren die meisten müde. Nick bot seinen geheizten Bus zum Schlafen an, dort gab es bequeme Betten. Lilly rannte mit Katja und ihrem Hund Max hinaus durch die Kälte zu der Übernachtungsgelegenheit, die sich als einer der schönsten Orte erwies, an dem sie je geschlafen hatte. Durch die leicht getönten Rauchglasscheiben neben dem Bett konnte sie hinausschauen, ohne dass jemand hineinsehen konnte. Es hatte aufgehört zu schneien. Direkt hinter dem Bus begann der Winterwald, dessen dunkle Fichten dick mit Schnee bedeckt waren. Durch den Schnee wirkte die Nacht viel heller und freundlicher als sonst. Sie war wie verzaubert. Sie sah, wie Britta im Essensraum der Raststätte mit Nick engtanzte, beide schienen die Welt um sich herum vergessen zu haben. Ausgerechnet die spröde Britta angelte sich den tollsten Typen hier, sie sollte eigentlich eifersüchtig auf ihre Kollegin sein. Der hätte ihr auch gut gefallen. Aber dieser Heiligabend hatte ihr wieder einmal gezeigt, welche Überraschungen im Leben möglich waren, sie würde auch bald wen finden, da war sie sicher. Plötzlich spürte sie, wie jemand ihre Hand nahm. Sie drehte sich um. Es war Katja, die auf der anderen Seite des schmalen Ganges lag.

«Danke. Das war das schönste Weihnachten, seit ich denken kann», flüsterte sie.

«Geht mir genauso», murmelte Lilly müde, aber glücklich. Hand in Hand schliefen sie ein.

Am nächsten Morgen strahlte die pralle Sonne von einem tiefblauen Himmel. Die weißen Schneeberge blendeten einen so stark, dass es in den Augen weh tat. Nach einem kurzen Frühstück in der Raststätte wollten alle schnell weiter. Man tauschte Adressen und Telefonnummern aus und verabschiedete sich mit herzlichen Umarmungen, als würde man sich Jahrzehnte kennen. Die linke Spur der Autobahn war bereits geräumt. Die schnauzbärtigen Schneeräumer brachten Lilly, Britta und Katja mit ihrem LKW zum Mini, den sie gemeinsam mit großen Schaufeln aus dem Schnee buddelten. Und, o Wunder der Technik, er sprang nach dreimal Starten sogar an.

«Komm, wir bringen dich rum zu deinem Freund», schlug Lilly Katja vor. Obwohl sie das nach dem gestrigen Heiligabend als Verrat empfand. Katja ging ein paar Schritte weg, ließ ihren Hund Max kurz noch sein Geschäft machen.

«Geben wir ihr zwei Stunden bei von Stetten?», raunte Lilly Britta zu.

«*Vier* Stunden mindestens», antwortete die.

Im strahlenden Sonnenschein fuhren sie über dürftig geräumte Straßen an hohen Schneebergen vorbei bis in die Nähe von Rheinsberg. Dort ließen sie Katja an einer schneebedeckten Auffahrt mitten auf dem Land aussteigen. Im Hintergrund war ein wunderschönes altes Haus am zugefrorenen See zu erkennen. Hier hatte sich von Stetten also versteckt. Nicht schlecht, Geschmack besaß er, das musste man ihm lassen. Sie umarmten sich innig, Lilly und Britta streichelten Max noch einmal zum Abschied, dann fuhren sie weiter ins nahe gelegene Rheinsberg. Dort fanden sie sich eine Viertelstunde später in einem Restaurant unter lauter Großfamilien wieder, die hier am ersten Feiertag essen gingen. Erst nach fast fünf Stunden des Mittagessens, Spazierengehens und Kaffeetrinkens fuhren sie im Schritttempo zurück zum Haus am See. Lilly bekam richtige Magenschmerzen, so weh tat ihr das, was sie jetzt tun musste. Schreckliche Bilder tobten durch ihren Kopf: Sie musste Max von Stetten von Katja wegziehen, um ihn zu verhaften, Katja klammerte sich an ihn und schrie sie an ...

Schweigend gingen Lilly und Britta durch den Schnee auf das Haus zu. Je näher sie kamen, desto deutlicher erkannten sie, dass das Haus schon lange unbewohnt war. An der Eingangstür hing ein Zettel: «Ihr Lieben, sorry, Maximilian war nie hier. Ich weiß, dass ihr ihn sucht, eure Pistolen waren zu auffällig. Das ändert aber nichts: Mit euch war es mein schönstes Weihnachtsfest aller Zeiten. Danke! 1000 Küsse, eure Katja.»

Sie waren beide so erleichtert, dass sie erst einmal eine

wilde Schneeballschlacht anfingen, die nicht mehr aufhören wollte. «Frohes Fest», sagte Lilly schließlich und lächelte ihre Kollegin Britta an.

10 Autorinnen und 1 Autor

Juliet Ashton stammt aus Irland und lebt heute mit ihrer Familie und ihren Haustieren in London. Im Rowohlt Taschenbuch Verlag erschien «Ein letzter Brief von dir».

Morgan Callan Rogers, Jahrgang 1952, geboren und aufgewachsen im US-Bundesstaat Maine, umgeben von Stränden, Schiffswerften und Fischerdörfern, hat ihr Herz an diese Gegend verloren. Sie wohnt in der Hafenstadt Portland und in South Dakota. Sie studierte Anglistik und veröffentlichte mehrere Essays und Erzählungen. Morgan Callan Rogers ist die Autorin von «Rubinrotes Herz, eisblaue See» und «Eisblaue See, endloser Himmel».

Jane Corry hat deutsche Wurzeln, die bis ins 16. Jahrhundert zurückgehen. Die studierte Anglistin hat für Medien wie *The Times, The Daily Telegraph, The Daily Mail* und verschiedene Frauenmagazine gearbeitet. Die Schriftstellerin und Royal Literary Fund Fellow der Exeter University ist Mutter von drei Kindern und lebt mit ihrem Mann an der Küste im südenglischen Devon. In dieser Gegend spielen auch ihre Familienromane «Perlentöchter» und «Der Garten über dem Meer». Mehr Informationen unter www.janecorry.co.uk.

Sofie Cramer stammt aus der Lüneburger Heide, geboren wurde sie 1974 in Soltau. Zum Studium der Germanistik und Politik ging sie zunächst nach Bonn, später nach Hannover. Heute lebt und arbeitet sie als freiberufliche Drehbuchautorin in Hamburg. Sofie Cramer schreibt unter Pseudonym - auch weil sie in ihre Geschichten teilweise eigene Erfahrungen einbringt. Seit ihrem Bestsellerdebüt «SMS für dich» erschienen unter anderem die Romane «Was ich dir noch sagen will», «Der Himmel über der Heide» und «All deine Zeilen». Mehr über die Autorin unter www.sofie-cramer.de.

Gabriella Engelmann wurde 1966 in München geboren. Seit ihrem Umzug nach Hamburg fühlt sie sich im Norden pudelwohl und entdeckte dort auch ihre Freude am Schreiben. Nach Tätigkeiten als Buchhändlerin, Lektorin und Verlagsleiterin genießt sie die Freiheit des Autorendaseins. Sie schrieb Romane wie «Inselzauber», «Inselsommer» und «Sommerwind». Im Kinder- und Jugendbuchbereich erschienen unter anderem die modernen Märchen-Adaptionen der Brüder Grimm sowie der Facebook-Roman «Im Pyjama um halb vier». Gabriella Engelmann veröffentlicht ebenfalls unter dem Pseudonym Rebecca Fischer. Mehr Informationen zur Autorin unter www.gabriella-engelmann.de oder auf der Seite «Gabriella Engelmann – Autorin» auf Facebook.

Nina George, geboren 1973, arbeitet seit 1992 als freie Journalistin, Schriftstellerin und Kolumnistin. George schreibt Wissenschaftsthriller und Romane, Reportagen, Kurzgeschichten sowie Kolumnen. Ihr Roman «Die Mondspielerin» erhielt 2011 die DeLiA, den Preis für den besten Liebesroman. Für ihren Kurzkrimi «Das Spiel ihres Lebens» wurde Nina George 2012 mit dem Glauser-Preis ausgezeichnet. In ihrem Bestseller «Das Lavendelzimmer» begeisterte der Buchhändler Jean Perdu die Leserinnen und Leser. Unter ihrem Pseudonym Anne West gehört Nina George zu den erfolgreichsten deutschsprachigen

Erotikautorinnen. Mit ihrem Ehemann, dem Schriftsteller Jens J. Kramer, schreibt Nina George unter dem gemeinsamen Pseudonym Jean Bagnol Provencethriller. Nina George lebt in Hamburg. Mehr Informationen unter www.ninageorge.de.

Ciara Geraghty lebt mit ihrem Mann und ihren drei Kindern nördlich von Dublin. Zum Schreiben kam sie eher zufällig: Sie wollte eigentlich einen Töpferkurs belegen, machte aus Versehen an der falschen Stelle ein Kreuzchen und landete in einem Seminar für kreatives Schreiben – was sie nie bereut hat. Bisher erschienen unter anderem die Romane «Der Tag vor einem Jahr», «Und plötzlich ist es Glück» und «Einmal und für immer».

Tessa Hennig schreibt seit vielen Jahren erfolgreich große TV-Unterhaltung. Die Liebe zum Roman entdeckte sie mit ihrem Erstling «Mutti steigt aus», der auf Anhieb ein Bestseller wurde. Wenn sie vom Schreiben und ihrem Wohnort München eine Auszeit benötigt, reist sie auf der Suche nach neuen Stoffen und Abenteuern gern in den Süden. Zu ihren Erfolgsromanen gehören «Mutti steigt aus», «Elli gibt den Löffel ab» und «Mama mag keine Spaghetti». Mehr Informationen unter www.tessa-hennig.de.

Janne Mommsen, Jahrgang 1960, hat als Krankenpfleger, Werftarbeiter und Traumschiffpianist gearbeitet. Er lebt in Hamburg, wo er seit über zwanzig Jahren Romane, Drehbücher und Theaterstücke schreibt. Bisher erschienen im Rowohlt Taschenbuch Verlag unter anderem «Oma ihr klein Häuschen», «Oma dreht auf», «Omas Erdbeerparadies» und «Friesensommer».

Emma Sternberg, geboren 1979, liebt die Stadt und das Land. Sie hat schon fast überall gewohnt: in Hamburg, in Oberbayern, in Frankfurt, in Berlin. Wo es am schönsten ist? Natürlich immer da, wo sie noch nicht gewesen ist – das ist ja die Krux mit dem Leben. Emma Sternberg ist die Autorin von unter anderem «Liebe und Marillenknödel» und «Die Breznkönigin».

Lauren Willig, geboren in New York, schreibt Liebesromane, seit sie sechs Jahre alt ist. Sie hat einen Abschluss in Englischer Geschichte und einen Doktor in Rechtswissenschaften. Nach einem Jahr in einer New Yorker Rechtsanwaltskanzlei entschied sie sich ganz für die Schriftstellerei. Die Bestsellerautorin von «Ashford Park» ist in den USA mit ihrer «Pink Carnation»-Liebesroman-Serie bekannt geworden. Mehr Informationen unter www.laurenwillig.com.

MIX
Papier aus verantwortungsvollen Quellen
FSC® C083411

Das für dieses Buch verwendete FSC®-zertifizierte Papier
Lux Cream liefert Stora Enso, Finnland.